D1506643

Con el
CORAZÓN
en la
MANO

CHRIS CLEAVE

Con el
CORAZÓN
en la
MANO

*Dos mujeres, dos mundos,
una amistad
que lo supera todo.*

Traducción:
ÁLVARO ABELLA

MAEVA

Título original:
THE OTHER HAND

Diseño e imagen de cubierta:
OPALWORKS

Fotografía del autor:
NIALL MCDIARMID

Quedan prohibidos, dentro de los límites establecidos en la ley y bajo los apercibimientos legalmente previstos, la reproducción total o parcial de esta obra por cualquier medio o procedimiento, ya sea electrónico o mecánico, el tratamiento informático, el alquiler o cualquier otra forma de cesión de la obra sin la autorización previa y por escrito de los titulares del *copyright*. Diríjase a CEDRO (Centro Español de Derechos Reprográficos, http://www.cedro.org) si necesita fotocopiar o escanear algún fragmento de esta obra.

1.ª edición: noviembre de 2010
2.ª edición: febrero de 2011

© CHRIS CLEAVE, 2008
© de la traducción: ÁLVARO ABELLA, 2010
© MAEVA EDICIONES, 2010
  Benito Castro, 6
  28028 MADRID
  emaeva@maeva.es
  www.maeva.es

ISBN: 978-84-15120-01-8
Depósito legal: M-4.357-2011

Fotomecánica: Gráficas 4, S. A.
Impresión y encuadernación: Huertas, S. A.
Impreso en España / Printed in Spain

La madera utilizada para elaborar las páginas de este libro procede de bosques sujetos a un programa de gestión sostenible. Certificado por SGS según N.º: SGS-PEFC/COC-0634.

Para Joseph

«Gran Bretaña se siente orgullosa de su tradición de servir como refugio seguro para todas aquellas personas que *hullen* [sic] de persecuciones y conflictos.»

Tomado de *Vivir en el Reino Unido: viaje a la nacionalidad* (Ministerio del Interior del Reino Unido, 2005)

1

Muchos días pienso que me gustaría ser una moneda de libra esterlina en lugar de una chica africana. Todo el mundo se alegraría de verme. Podría pasarme el fin de semana contigo y luego, de repente, porque soy así de caprichosa, me iría con el tipo de la tienda de la esquina. Pero tú no te pondrías triste, porque estarías comiéndote un pastelito de canela o tomándote una lata de coca-cola bien fresquita, y no te volverías a acordar de mí. Seríamos felices, como dos amantes que se conocen durante las vacaciones y que luego olvidan sus nombres para siempre.

Una moneda de libra esterlina puede ir allá donde considere que va a estar más segura. Es capaz de cruzar desiertos y océanos, dejando atrás el sonido de los disparos y el acre olor que desprenden los tejados de paja ardiendo. Cuando se siente protegida y amistosa, se gira y te sonríe, con una de esas sonrisas que Nkiruka, mi hermana mayor, lanzaba a los hombres de nuestra aldea durante aquel corto verano en el que dejó de ser una niña, pero todavía no era una mujer —antes, por supuesto, de que mi madre se la llevara a un lugar apartado para tener una charla seria con ella.

Pero, claro, una moneda de libra esterlina también sabe ponerse seria. Se puede disfrazar de poder, o de propiedad, y no hay nada más serio cuando eres una chica que no posee ninguna de esas dos cosas. Tu único recurso es intentar atrapar la moneda y guardártela en el bolsillo para que no pueda escaparse a un país seguro a menos que te lleve con ella. Pero las monedas de libra se conocen todas las tretas de los hechiceros. Cuando se sienten perseguidas, las he visto perder la cola como una lagartija y, antes de que te des cuenta, sólo te quedan unos peniques en la mano. Y cuando por fin te crees que la has agarrado, la libra esterlina puede realizar un increíble truco de magia: transformarse no en uno, sino en dos billetes verdes idénticos de dólar americano. ¡Menuda cara de tonta que se te queda!

¡Cómo me gustaría ser una moneda de libra esterlina! Ella tiene libertad para viajar a un lugar seguro, mientras que nosotros sólo somos libres para verla partir. Éste es el gran logro de la raza humana. Lo llaman «globalización». A una chica como yo, los de inmigración la detienen en el aeropuerto, mientras que una moneda puede saltarse las barreras, esquivar los placajes de esos hombretones con gorra y uniforme y montarse en un taxi. «¿Adónde la llevo, señorita?». A la civilización occidental, buen hombre, ¡a toda pastilla!

¿Os habéis fijado con qué educación habla una moneda de libra esterlina? Lo hace con la voz de la reina Isabel II de Inglaterra. Lleva su rostro grabado encima y, a veces, cuando la miro atentamente, puedo ver que mueve los labios. Me la llevo a la oreja. ¿Qué dice? «Bájeme ahora mismo, jovencita, o llamo a la guardia».

Cuando la reina te habla en ese tono, ¿pensáis que es posible no obedecer? He leído que la gente que la rodea —reyes y primeros ministros incluidos— afirma que sus cuerpos responden a las órdenes de Su Majestad antes incluso de que sus cerebros puedan pensar por qué lo hacen. Pero fijaos bien en lo que os digo: no es la corona, ni el cetro, lo que produce este efecto. Yo podría engancharme una diadema en mi pelo rizado y cortito, o llevar un cetro en la mano, así, que los policías seguirían acercándoseme con sus enormes botas y me dirían: «Bonito conjunto, señorita. ¿Nos permite echar un vistazo a sus papeles, por favor?». No, la corona y el cetro no son lo que confiere a la reina autoridad sobre sus dominios. Son su gramática y su acento. Por eso, resulta muy aconsejable hablar como ella. Así, podrías responder a los agentes, con una voz tan brillante como el fabuloso diamante Cullinan: «¡Válgame Dios! ¿Cómo se atreven?».

Si sigo viva, es gracias a que aprendí a hablar inglés como la reina. Seguramente pensaréis que no es tan difícil. A fin de cuentas, el inglés es el idioma oficial de mi país, Nigeria. Es cierto, pero el problema es que allí lo hablamos mucho mejor que vosotros. Para aprender el inglés de la reina, tuve que olvidarme de todas las ingeniosas salidas de mi lengua materna. Por ejemplo, Su Majestad nunca diría: «¡*Menúa wahala*[1] *s'armó*! Esa tipa se cameló a mi hijo *preferío* usando su poderoso trasero. *Tol* mundo sabía que iban a *acabá* como el rosario de la aurora». En su lugar, Su Majestad diría: «Mi difunta nuera utilizó sus encantos femeninos para contraer matrimonio con mi heredero. Era de prever que las cosas terminaran mal». Suena todo un poco triste, ¿no os parece? Aprender el inglés de la reina es como quitarse ese brillante esmalte rojo de las uñas de los pies la mañana después de un baile. Se tarda un montón y al final siempre queda un poquito, una manchita roja en las puntas que te recuerda lo bien que te lo pasaste. Así que, como os podéis imaginar, tardé bastante en aprenderlo. De todos modos, disponía de mucho tiempo libre, porque aprendí vuestro idioma en un centro de internamiento para extranjeros en Essex, al sudeste del Reino Unido. Me pasé dos años allí encerrada. Lo único que me sobraba era el tiempo.

Y os preguntaréis, ¿cómo superé todas las dificultades? Gracias a algo que me explicaron las veteranas: «Para sobrevivir, tienes que estar buena o hablar bien». Las chicas normalitas y las calladas parece que nunca tienen los papeles en regla.

---

[1] Término coloquial nigeriano que significa «problema». *(N. del T.)*

Como decís vosotros, «las repatrían». Nosotros decimos «las mandan a casa antes de lo previsto». Como si vuestro país fuera una fiesta infantil, algo demasiado bonito que no puede durar para siempre. Pero a las guapas y a las parlanchinas nos permiten quedarnos. Así vuestro país se vuelve más animado y colorido.

Os contaré lo que me pasó cuando me dejaron salir del centro de internamiento para extranjeros. Un oficial me entregó un cupón –un bono de transporte– y me dijo que podía llamar un taxi. Le contesté: «Le estoy muy agradecida, caballero. Que Dios bendiga su existencia, colme de alegría su corazón y dé prosperidad a sus seres más queridos». El agente dirigió la vista al techo, como si hubiera algo muy interesante allá arriba, y dijo: «¡Jesús!». Luego, señaló en dirección al pasillo y añadió: «Ahí tiene el teléfono».

Así que me puse en la cola del teléfono, pensando que igual me había pasado un poco al darle las gracias al agente. La reina simplemente habría dicho «Gracias», sin más. De hecho, Su Majestad le habría ordenado al agente que llamara él al maldito taxi, o lo habría mandado fusilar, le habría cortado la cabeza y la habría expuesto en la puerta de la torre de Londres. Allí mismo me di cuenta de que una cosa era aprender el inglés de la reina con libros y periódicos en mi celda del centro de internamiento, y otra muy distinta hablarlo con los ingleses. Estaba molesta conmigo misma. No puedes permitirte ir cometiendo errores así, chica, pensé. Si hablas como una salvaje que ha aprendido inglés en la bodega de un barco, la gente te descubrirá y te mandarán de vuelta a casa. Eso creía yo.

Había otras tres chicas delante de mí en la cola del teléfono. Nos dejaron salir el mismo día. Era viernes, una mañana de mayo soleada y clara. El pasillo estaba sucio pero olía a limpio. Qué buen truco, ¿verdad? Lo consiguen con lejía.

El vigilante del centro de internamiento estaba sentado en el mostrador de recepción. No nos prestaba atención, pues leía un periódico que tenía sobre la mesa. No era uno de los periódicos con los que aprendí a hablar vuestro idioma —*The Times*, *The Telegraph* o *The Guardian*—. No, este periódico no era para gente como vosotros ni como yo. En la portada salía una foto de una mujer blanca en *topless*. Ya sabéis a lo que me refiero con esto, estoy hablando en vuestro idioma. Pero si estuviera contándoles esta historia a mi hermana mayor Nkiruka o a las otras chicas de mi aldea, tendría que detenerme ya mismo y explicarles que «topless» no significa que a la mujer del periódico le faltara la parte superior del cuerpo, sino que no llevaba nada de ropa en la parte de arriba. ¿Veis la diferencia?

—*Espera, ¿quiés decir que no llevaba sujetadó?*

—*No, no llevaba sujetador.*

—*¡Ué!*

Entonces podría seguir con mi historia, pero las chicas de mi aldea se pondrían a cuchichear, tapándose la boca para ocultar sus risitas. Luego, justo cuando volviera a explicar lo que me pasó la mañana que me dejaron salir del centro de internamiento para extranjeros, las chicas me interrumpirían otra vez, y Nkiruka diría:

—*A ver, vamos a ver. Pa que nos quede claro. Esa mujé del periódico, era una prostituta, ¿no? Una mujé de la calle. Seguro que no levantaba la vista de la vergüenza, ¿verdá?*

—*Pues no. Al contrario, tenía la cabeza levantada, miraba directamente a la cámara y sonreía.*

—*¿Cómo? ¿En el periódico?*

—*Sí.*

—*Entonces, ¿en Gran Bretaña no es una deshonra enseñá las tetas en el periódico?*

—*No, no es una deshonra. A los hombres les gusta y no lo consideran una vergüenza. Si no, las chicas no sonreirían, ¿lo entendéis?*

—*Entonces, ¿toas las mujeres allí van enseñando los pechos por ahí? ¿Salen de casa con las tetas al aire y van así a la iglesia, a la tienda, por la calle?*

—*No, sólo en los periódicos.*

—*Pero si a los hombres les gusta y no es una deshonra, ¿por qué no van* toas *enseñando las tetas?*

—*No lo sé.*

—*Te has pasado allí más de dos años, señorita «he-estado-aquí-y-allá». ¿Cómo es que no lo sabes?*

—*Allí todo es así. En aquel país, me pasaba casi todo el rato confundida. A veces creo que hasta los británicos no conocen la respuesta a esas preguntas.*

—*¡Ué!*

Así sería mi historia si tuviera que pararme a aclararles el más mínimo detalle a las chicas de mi aldea. Tendría que explicarles qué son el linóleo, la lejía, el porno *softcore* o las mágicas transformaciones de la moneda de libra esterlina, como si todas estas cosas cotidianas fueran prodigiosos misterios. Mi relato no tardaría en perderse en ese vasto océano de maravillas, pues parecería que vuestro país es una fascinante confederación de milagros y mis aventuras en él resultarían insignificantes y carentes de magia. Pero con vosotros resulta más fácil, porque puedo deciros: mirad, la mañana que nos soltaron, el vigilante de guardia en el centro de internamiento para extranjeros estaba mirando una foto de una chica en *topless* en el periódico. Vosotros lo comprendéis al instante. Por ese motivo me pasé dos años aprendiendo el inglés de la reina, para poder charlar con vosotros sin interrupciones.

El vigilante del centro de internamiento, ése que estaba mirando la foto de la chica en *topless*, era un hombre bajito con el pelo muy blanco, del color de la crema de champiñones que nos daban de comer los martes. Tenía unas muñecas delgadas y blancas que parecían cables eléctricos recubiertos de plástico. El uniforme le quedaba grande. Los hombros de la chaqueta formaban dos bultos, uno a cada lado de la cabeza, como si tuviera un par de animalillos escondidos debajo. Me imaginé a esas criaturas parpadeando deslumbradas por la luz cuando el hombre se quitara la chaqueta al volver a casa. La verdad, caballero, si yo fuera su esposa no me quitaría el sujetador delante de usted, gracias.

Entonces, pensé: «Caballero, ¿por qué mira usted a esa mujer del periódico y no a nosotras, en la cola del teléfono? ¿Y si nos escapamos?». Pero entonces me acordé de que nos estaban soltando. Era algo difícil de asimilar después de tanto tiempo encerradas. Dos años me pasé en ese centro de internamiento. Tenía catorce años cuando llegué a vuestro país, pero como no llevaba ningún papel que lo demostrara, me metieron en el mismo centro que a los adultos. El problema era que en ese sitio metían a hombres y a mujeres. Por la noche llevaban a los hombres a un ala separada, encerrándolos como lobos cuando caía el sol, pero durante el día andaban entre nosotras. Comían lo mismo que nosotras, pero siempre parecía que los hombres se quedaban con hambre y me miraban con ojos ávidos. Por eso, cuando las veteranas me dijeron que para sobrevivir tenía que estar buena o hablar bien, decidí que lo mejor sería optar por lo segundo.

Intenté resultar lo menos apetecible posible. Renuncié a lavarme y dejé que mi piel se volviera aceitosa. Me anudé una tira de algodón alrededor del pecho, debajo de la ropa, para que mis tetas parecieran pequeñas y planas. Cuando llegaban las cajas de caridad, llenas de ropa y zapatos usados, algunas chicas intentaban ponerse guapas. Yo prefería hurgar entre los cartones hasta encontrar ropas anchas que ocultaran mis curvas. Llevaba siempre unos vaqueros holgados, una camisa hawaiana de hombre y unas pesadas botas negras con la puntera de metal asomando bajo el desgastado cuero. Le pedí a la enfermera del centro de internamiento que me cortara el pelo muy cortito con unas tijeras médicas. Durante dos años enteros no sonreí ni miré a la cara a un hombre. Les tenía pánico. Sólo por la noche, cuando los encerraban, volvía a mi celda, me desataba la tira del pecho y respiraba aliviada. Después me quitaba las botas y me acurrucaba con las rodillas pegadas a la barbilla. Una vez a la semana, me sentaba en el colchón de espuma de mi cama y me pintaba las uñas de los pies. Encontré un botecito de esmalte en el fondo de una caja de caridad. Todavía llevaba pegada la etiqueta del precio. Si alguna vez descubro a la persona que lo donó, le diré que por una libra y noventa y nueve peniques me había salvado la vida. Porque para eso me sirvió el esmalte en aquel lugar: para recordarme constantemente que, en el fondo, seguía viva; que, por debajo de la puntera de acero de mis botas, llevaba las uñas pintadas de rojo brillante. A veces, cuando me descalzaba, tenía que cerrar los ojos para contener las lágrimas mientras me mecía tiritando de frío.

Nkiruka, mi hermana mayor, se convirtió en mujer durante la estación de cultivo, bajo el sol de África. ¿Quién podría culparla si el ardiente calor del astro rey la convirtió en una coqueta alocada? ¿Qué vecino no sonreiría comprensivo, apoyado en el marco de la puerta de su casa, cuando veía a mi madre sentada frente a su hija regañándola: «Nkiruka, cariño, no debes sonreír así a los hombres mayores»?

Yo, sin embargo, me hice mujer bajo un tubo de luz fluorescente, en una habitación soterrada de un centro de internamiento para extranjeros, a unos sesenta kilómetros al este de Londres. Allí dentro no había estaciones, sólo frío, frío y más frío, y no tenía a nadie a quien sonreír. Esos gélidos años se han quedado congelados en mi interior. La muchacha africana a la que encerraron en el centro de internamiento, pobrecita, nunca salió de allí. En mi alma, aquella chiquilla que una vez fui sigue atrapada, para siempre, bajo las luces fluorescentes, hecha un ovillo sobre el suelo de linóleo verde, con las rodillas pegadas a la barbilla. Esta mujer a la que sacaron del centro de internamiento, esta criatura que soy ahora, es un ser humano distinto. Ya no hay nada natural en mí. Nací —o, mejor dicho, renací— en cautividad. Aprendí el idioma que hablo de vuestros periódicos, mi ropa es la que vosotros tiráis, y mis bolsillos me duelen porque no tienen vuestras libras. Si me hacéis el favor, imaginaos por un momento el rostro de una sonriente jovencita recortada de uno de esos anuncios de *Save the Children* de las revistas, vestida con ropas raídas de color rosa sacadas del contenedor de reciclaje del aparcamiento de vuestro supermercado, y que habla inglés como un editorialista de *The Times*. Yo misma me cambiaría de acera para no cruzarme conmigo. Lo cierto es que esto es lo único en lo que la gente de mi país y la del vuestro están de acuerdo. Todos dicen lo mismo: «Esta refugiada no es de los nuestros». Esta chica no es de aquí, es un bicho raro, fruto de un apareamiento contra natura, un rostro desconocido de la Luna.

Eso soy yo, una refugiada, y me encuentro muy sola. ¿Es culpa mía si no parezco inglesa y no hablo como una nigeriana? ¿Y quién dice que una inglesa deba tener la piel blanca como las nubes que surcan los cielos en verano? ¿Y quién dice que una nigeriana tenga que hablar un inglés patatero, como si el idioma de Shakespeare se hubiera chocado con el igbo allá arriba, en la atmósfera superior, y lloviera en nuestras bocas como una ducha que nos medio ahoga? ¿Por qué en mi país todos tenemos que vomitar dulces cuentos llenos de los brillantes colores de África y con sabor a plátano frito? ¿Por qué tenemos que ser como víctimas rescatadas de una inundación, escupiendo el agua colonial de sus pulmones?

Os pido disculpas por haber aprendido a hablar vuestro idioma correctamente, pero es que quiero contaros una historia de verdad. No estoy aquí para hablaros de los brillantes colores africanos. He renacido como ciudadana del mundo desarrollado, y voy a demostraros que el color de mi vida es el gris. Y aunque en secreto adore el plátano frito, eso es algo que debe quedar entre vosotros y yo. Os ruego que, por favor, no se lo contéis a nadie, ¿vale?

La mañana que nos dejaron salir del centro de internamiento para extranjeros, nos entregaron todas nuestras pertenencias. Las mías iban en una bolsa de plástico transparente: una edición de bolsillo del diccionario Collins de inglés, un par de calcetines grises, un par de bragas grises, un permiso de conducir del Reino Unido —que no era mío— y una mohosa tarjeta de visita —que tampoco era mía—. Por si os interesa, este par de objetos pertenecía a un hombre blanco llamado Andrew O'Rourke, al que conocí en una playa.

Llevaba esta bolsita de plástico en la mano cuando el vigilante me dijo que me pusiera en la cola del teléfono. La primera chica de la fila era alta y guapa. Parece que apostó por estar buena, no por el idioma. Me preguntaba quiénes habríamos hecho la mejor elección para sobrevivir. Aquella muchacha se había depilado por completo las cejas y luego se las había dibujado con lápiz. Ésa era su estrategia para salvar la vida. Llevaba un vestido morado, ajustado en el pecho y holgado por abajo, con estrellitas y lunas rosas estampadas. Tenía un bonito pañuelo, también rosa, enroscado en el pelo, y sandalias moradas. Pensé que debía de llevar mucho tiempo encerrada en el centro de internamiento. Como comprenderéis, hay que pasar por un montón de cajas de caridad para reunir un conjunto en el que vaya todo a juego.

Las piernas de piel oscura de la chica estaban llenas de pequeñas cicatrices blancas. Me preguntaba si tendría marcas de ésas por todo el cuerpo, igual que las estrellitas y las lunas de su vestido. Me pareció que también era algo bonito, y os pido que convengáis conmigo en que una cicatriz nunca es fea. Eso es lo que quieren que pensemos los que nos hacen las heridas. Pero tenemos que unirnos y estar de acuerdo para hacerles frente. Tenemos que ver todas las cicatrices como algo bonito, ¿vale? Será nuestro secreto. Pensad en esto: los muertos no tienen cicatrices. Una cicatriz significa: «He sobrevivido».

Dentro de un suspiro voy a contaros cosas un poco tristes. Tenéis que escucharlas con el mismo espíritu con el que hemos acordado tomarnos lo de las cicatrices. Las historias tristes no son más que otra forma de belleza. Un relato triste significa que quien lo cuenta sigue vivo y que lo próximo que le va a pasar es algo bueno, algo maravilloso, y os mirará sonriente.

La chica del vestido morado y las cicatrices en las piernas estaba hablando por el teléfono.

—¡*Güenas*! ¿Es un taxi? —decía al aparato—. ¿*Pué* venir a recogerme? ¿Sí? *Mu* bien. ¿Qué? ¿De *ande* soy? *Pos* de Jamaica, guapo, ¿algún problema? ¿Eh? ¿Qué? ¿Que *ande* estoy? Vale, espera un segundo.

Tapó el auricular con la mano, se giró hacia la segunda chica de la cola y le preguntó:

—Oye, bonita, ¿sabes cómo se llama este sitio? ¿*Ande* estamos?

Pero la muchacha la miró encogiéndose de hombros. Era una joven delgada y tenía la piel muy oscura y los ojos de un color verde que me recordaba a cuando chupas el azúcar de un caramelo y lo miras contra la luz de la luna. Era muy guapa, no sé cómo explicarlo. Llevaba un sari amarillo y tenía una bolsa de plástico transparente como la mía, pero sin nada en su interior. Al principio pensé que estaba vacía, y me dije: «¿Por qué esta chica lleva una bolsa si está vacía?». A través del plástico transparente se podía ver su sari, así que decidí que su bolsa estaba llena de amarillo limón. Era su única pertenencia cuando nos soltaron.

Conocía un poco a esta chica. Una vez compartimos habitación durante un par de semanas, pero no hablamos nada. No entendía ni una sola palabra de inglés en ninguna de sus variantes. Por ese motivo, cuando la chica del teléfono le preguntó dónde estábamos, lo único que hizo fue encogerse de hombros y agarrar con fuerza su bolsa llena de amarillo limón. La del teléfono alzó la vista al techo, igual que había hecho el vigilante de la recepción del centro de internamiento.

Entonces la que estaba hablando por teléfono se dirigió a la tercera chica de la fila y le preguntó:

—Oye, tú, ¿sabes cómo se llama el sitio este?

Pero la tercera chica tampoco lo sabía. Se quedó callada, con su camiseta azul, sus pantalones vaqueros y sus zapatillas deportivas verdes Dunlop Flash, bajando la vista y mirando su bolsa de plástico transparente, llena de cartas y documentos. Llevaba tantos papeles en esa bolsa, todos arrugados y hechos una bola, que tenía que poner una mano por debajo para que no reventara. A ésta también la conocía un poco. No era guapa ni tampoco hablaba muy bien, pero hay una cosa más que puede evitar que te devuelvan a casa antes de lo previsto: esta chica tenía su historia escrita en papeles oficiales, con sellos al final del relato que decían en tinta roja que todo era «CIERTO». Recuerdo que una vez me contó su historia. Era algo así como:

los-hombres-llegaron-y-
prendieron-fuego-a-mi-aldea-
ataron-a-mis-niñas-
violaron-a-mis-niñas-
se-llevaron-a-mis-niñas-
azotaron-a-mi-marido-
me-cortaron-el-pecho-
escapé-por-el-bosque-
encontré-un-barco-
crucé-el-océano-

y-luego-me-metieron-aquí. O algo parecido. Siempre me hago un lío con esas historias del centro de internamiento. Todas empiezan con «*los-hombres-llegaron-y...*», y todas terminan con «*...y-luego-me-metieron-aquí*». Todas son tristes, pero recordad lo que hemos dicho sobre las historias tristes. En el caso de esta mujer, la tercera chica de la cola del teléfono, su historia la había convertido en una persona tan triste que no conocía el nombre del sitio en el que estaba y tampoco le interesaba saberlo. Había perdido la curiosidad.

Por esa razón, la chica que estaba al teléfono volvió a preguntarle:

—¿Qué?...¿Tú tampoco hablas? *¡Joé!* ¿Cómo es posible que no sepáis el nombre de este puñetero sitio?

Entonces, la tercera chica de la fila alzó la vista al techo, y la que estaba al teléfono la imitó. Pensé: «Vamos a ver, si el vigilante del centro de internamiento ha mirado al techo una vez, la chica número tres, otra, y la chica número uno ha mirado al techo dos veces... ¡A ver si la respuesta va a estar en el techo! Igual hay algo divertido ahí arriba. Puede que haya historias escritas, algo así como:

Los-hombres-llegaron-y-
nos-trajeron-vestidos-de-colores-
y-leña-para-el-fuego-
contaron-chistes-divertidos-
nos-invitaron-a-cerveza-
nos-hicieron-cosquillas-hasta-hacernos-reír-
mataron-a-los-mosquitos-que-nos-picaban-
nos-contaron-el-secreto-para-atrapar-la-moneda-de-una-libra-
convirtieron-la-luna-en-queso-

¡Ah!, sí... y luego me metieron aquí.

Dirigí la vista al techo, pero ahí arriba sólo había pintura blanca y tubos fluorescentes.

La chica del teléfono me miró, así que le dije:

—Este sitio se llama Centro de Internamiento para Extranjeros de Black Hill.

La chica me miró contrariada y exclamó:

—¡*'tas* de broma! ¿Qué clase de nombre es ése?

Le señalé el cartel metálico que estaba clavado en la pared justo encima del teléfono. La chica lo observó, luego se dirigió de nuevo a mí y me dijo:

—Lo siento, guapa, pero no lo *pueo leé.*

Así que se lo leí, apuntando cada palabra mientras las pronunciaba: «CENTRO DE INTERNAMIENTO PARA EXTRANJEROS DE BLACK HILL, HIGH EASTER, CHELMSFORD, ESSEX».

—*Grasias*, guapa —me dijo, y tomando de nuevo el auricular continuó—: A ver, oiga, *señó*, estoy en un sitio que se llama

Centro de *Entrenamiento pa* Extranjeros Black Hill. —Tras una pausa, añadió—: No, espere, por *favó*.

Su rostro se ensombreció y colgó el teléfono.

—¿Qué pasa? —le pregunté.

Soltó un suspiro y me contestó:

—El hombre del taxi *m'ha* dicho que no recoge a gente de este sitio. También ha dicho: Sois «escoria». ¿Tú sabes qué significa eso?

Le contesté que no, porque no estaba segura, así que saqué mi diccionario Collins de la bolsa transparente y busqué la palabra.

—Según ese hombre —dije—, somos una sustancia vítrea que sobrenada en el crisol de los hornos de fundir metales, formada por las impurezas de éstos.

La chica me miró, yo la miré, y las dos nos echamos a reír porque no sabíamos qué hacer con esa definición. Siempre tenía este problema cuando aprendía vuestro idioma. Las palabras saben defenderse. Cuando parece que vas a atrapar una, va y se divide en dos significados distintos, dejándote con cara de tonta y sin comprender nada. Os admiro, la verdad. Sois como hechiceros y habéis conseguido que vuestro lenguaje sea tan inaccesible como vuestro dinero.

Así que la primera chica de la cola del teléfono y yo estábamos riéndonos, con nuestras bolsas de plástico transparente en la mano. En la suya había un lápiz de cejas, unas pinzas y tres rodajas de piña secas. Cuando vio que estaba mirando sus pertenencias, la muchacha dejó de reír.

—¿Qué miras? —me preguntó.

—No lo sé —contesté.

—Sé lo que estás pensando —dijo—. Piensas que el taxi no va a *vení* a buscarme y que *ánde* voy a ir yo con un lápiz de cejas, unas pinzas y tres rodajas de piña.

—Podrías utilizar el lápiz para escribir un mensaje que diga: «AYÚDENME», y luego regalarle las rodajas de piña a quien te ayude.

La chica me miró como si yo estuviera mal de la cabeza y dijo:

—Mira, bonita: primero, no tengo papel *pa escribí* ningún mensaje, y segundo, no sé *escribí*. Sólo sé dibujarme las cejas. Y tercero, esta piña es *pa mí*.

Me lanzó una mirada desafiante abriendo mucho los ojos.

Mientras esto sucedía, la segunda chica de la cola —la del sari amarillo limón y la bolsa transparente llena de amarillo— se convirtió en la primera chica de la cola y ya tenía el auricular en la mano. Murmuraba al aparato en un idioma que sonaba a mariposas atrapadas en miel. Le di unos golpecitos en el hombro y tiré de su sari, diciéndole:

—Disculpa. Es mejor que intentes hablarles en inglés.

La muchacha del sari me miró y dejó de hablar en su idioma de mariposas. Muy despacito y con mucho cuidado, como si estuviera recordando las palabras de un sueño, dijo al teléfono:

—Inglaterra… *Yes, please…, yes, please…* Quiero ir a Inglaterra. *Thank you.*

Entonces, la chica del vestido morado acercó su nariz a la cara de la del sari amarillo limón, posó un dedo en su frente e hizo un sonido con la boca parecido al que hace el palo de una escoba al chocar con un barril vacío.

—¡Toc!, ¡toc! ¿Hay alguien ahí?…Ya estás en Inglaterra, ¡que no te enteras! —Apuntó con los dedos índices de ambas manos hacia el suelo de linóleo y añadió—: Esto es Inglaterra, cariño. ¿Es que no lo ves? ¡Aquí mismito! Ya estamos en Inglaterra.

La chica del sari amarillo se quedó callada, contemplándola con sus ojos verdes como lunas de caramelo. La del vestido morado, la jamaicana, exclamó arrebatándole el auricular:

—Anda, trae *p'acá*. —Se llevó el teléfono a la oreja y dijo—: Oiga, mire, un segundo.

Después permaneció unos instantes en silencio con cara de incredulidad, y me pasó el auricular. Escuché, pero sólo se oía el tono de la línea. Así que me dirigí a la chica del sari y le expliqué:

—Primero tienes que marcar un número, ¿me entiendes? Primero, marcar un número, después, decirle al taxista adónde quieres ir, ¿vale?

Pero la del sari me miró enfadada y agarró con fuerza su bolsa transparente llena de amarillo limón, como si temiese que fuera a quitársela igual que la otra chica le había arrebatado el teléfono. La del vestido morado suspiró y me dijo:

—No sirve de *na*, guapa. Puede *llegá* el día del Juicio antes de que ésta llame a un taxi. —Pasándome el auricular, añadió—: Toma, anda. Inténtalo tú a ver.

Señalé a la tercera chica de la cola, la de la bolsa llena de documentos, la camiseta azul y las zapatillas deportivas verdes Dunlop Flash.

—¿Y ella? —pregunté—. Está delante de mí.

—Es cierto —dijo la del vestido morado—, pero a esta *mujé* le falta *mo-ti-va-sión*. ¿*Verdá* que sí, guapa?

Y miró a la chica de los documentos, que se limitó a encogerse de hombros y bajar la vista y mirar sus zapatillas deportivas verdes Dunlop Flash.

—¿No lo *desía* yo? —comentó la del vestido morado, y girándose hacia mí añadió—: Así que te toca, guapa. *Tiés* que sacarnos *d'aquí* con tu labia, antes de que cambien de opinión y nos vuelvan a *enserrá*.

Contemplé al auricular, gris y sucio, y sentí miedo.

—¿A dónde quieres ir? —le pregunté a la del vestido morado.

—*Ande* sea.

—¿Perdón?

—¡A cualquier sitio, bonita!

Marqué el número de los taxis que estaba escrito en el teléfono. Me contestó una voz masculina que sonaba muy cansada:

—Servicio de taxis.

Por el modo en que lo dijo, se diría que me estaba haciendo un gran favor sólo por pronunciar esas tres palabras.

—Buenos días, caballero. Si fuera posible, querría contratar los servicios de un vehículo, por favor.

—¿Qué? ¿Cómo dice? ¿Quiere un taxi o no?

—Sí, por favor. Querría un taxi para cuatro pasajeros.

—¿Desde dónde llama?

—Desde el Centro de Internamiento para Extranjeros de Black Hill, en High Easter. Queda cerca de Chelmsford.

—Ya sé dónde está ese sitio. Mire, jovencita…

—Está bien, está bien. Ya sé que no recogen a refugiados. Nosotras somos empleadas de la limpieza, no inmigrantes. Trabajamos aquí.

—¿Sois empleadas de la limpieza?

—Sí, señor.

—Espero que sea cierto. Si me dieran una libra por cada maldito inmigrante que se monta en mis taxis sin tener ni idea de adónde quiere ir, que le habla al conductor en suajili y que intenta pagar la carrera con cigarrillos, ahora mismo estaría jugando al golf en lugar de hablando contigo.

—No se inquiete, caballero. Nosotras somos honradas empleadas de la limpieza.

—De acuerdo. Es verdad que no hablas como esa gentuza. ¿Adónde queréis ir?

Había memorizado la dirección del permiso de conducir que llevaba en mi bolsa de plástico. Andrew O'Rourke, el blanco a quien conocí en la playa, vivía en Kingston-upon-Thames, en el condado de Surrey. Así que contesté:

—Queremos ir a Kingston.

La chica del vestido morado me agarró del brazo y me dijo entre dientes:

—¡Ah, no, bonita, eso sí que no! ¡A cualquier sitio menos a Jamaica! Me matarán si vuelvo a *poné* un pie allí. ¡No pienso ir!

En aquel momento no entendí de qué tenía miedo, pero ahora lo sé. Hay un lugar que se llama Kingston en Inglaterra, y por lo visto hay otro con el mismo nombre en Jamaica, aunque con un clima totalmente distinto. Otro de vuestros trucos de hechiceros: hasta vuestras ciudades tienen dos colas.

—¿Kingston? —dijo el hombre del teléfono.

—Kingston-upon-Thames —añadí yo.

—Pero si eso está a tomar por el saco, ¿no? Está en... ¿dónde está?

—En Surrey —dije.

—Surrey, eso es. Así que sois cuatro limpiadoras del boscoso Surrey. ¿No es así?

—No, somos empleadas de la limpieza de por aquí, pero nos envían a un trabajo en Surrey.

—Vale, vale. ¿Al contado o a cuenta? —el hombre parecía muy cansado.

—¿Disculpe?

—Que si vais a pagar en metálico, o lo cargáis a cuenta del centro de internamiento.

—Pagaremos en metálico, caballero. Pagaremos en cuanto lleguemos a nuestro destino.

—Más os vale —dijo el hombre, y colgó.

Permanecí un minuto escuchando el tono y luego pulsé la base del teléfono y marqué otro número, el que aparecía en la tarjeta de visita que llevaba en mi bolsa de plástico. La tarjeta se había mojado, por eso no sabía si el último número era un 3 o un 8. Me decidí por el 8, ya que en mi país los impares dan mal fario, y bastante mala suerte había tenido ya en mi vida.

Un hombre contestó. Parecía bastante enfadado.

—¿Quién es? ¡Joder! Son las seis de la mañana.

—¿El señor Andrew O'Rourke?

—Sí, ¿quién eres?

—¿Puedo pasar a verlo, señor?

—¿Quién coño eres?

—Nos conocimos en una playa, en Nigeria. Le recuerdo muy bien, señor O'Rourke. Ahora estoy en Inglaterra. ¿Puedo pasar a visitarlo a usted y a Sarah? No tengo adonde ir.

Hubo un silencio al otro lado de la línea. Luego el hombre tosió y se echó a reír.

—Eres una bromista, ¿verdad? ¿Quién eres? Mira, te lo advierto: en mi trabajo me cruzo con chalados como tú casi todos los días. Déjame en paz, o lo lamentarás. Sé cómo hacer que te pillen. Localizarán esta llamada, descubrirán quién eres y te encerrarán. No vas a ser la primera.

—¿No me cree? Soy yo, de verdad.

—Déjame en paz, ¿entendido? No quiero volver a oír hablar de esa historia. Todo eso sucedió hace muchos años, y no fue por mi culpa.

—Me pasaré por su casa para que vea que soy yo de verdad.

—¡No!

—No conozco a nadie más en este país, señor O'Rourke. Lo siento. Llamaba sólo para que lo supiera.

La voz del hombre ya no sonaba enfadada. Soltó un ruidito, como el que hacen los niños cuando están nerviosos ante lo que pueda pasar. Colgué el teléfono y me giré hacia las demás chicas. El corazón me latía acelerado, pensé que iba a ponerme a vomitar ahí mismo, sobre el suelo de linóleo. Las otras me miraban tensas y expectantes.

—¿Y bien? —preguntó la chica del vestido morado.

—¿Eh? —contesté.

—El taxi, bonita. ¿Qué pasa con el taxi?

—Ah, sí, el taxi… El hombre me dijo que un coche vendrá a recogernos dentro de diez minutos. Que lo esperemos fuera.

La del vestido morado sonrió y se presentó:

—Me llamo Yevette. Soy jamaicana, sí *señó*. Nos has hecho un gran *favó*, guapa. ¿Cómo te llamas?

—Me llamo Little Bee[2].

—¿Qué? ¿Qué clase de nombre es ése?

—Es como me llamo.

—¿En tu país le ponéis a las tías nombres de insecto? ¿D'*ande* leches eres tú?

—De Nigeria.

Yevette se echó a reír, con una de esas carcajadas que suelta el jefe de los malos en las películas de piratas. «¡Wu-ja-ja-ja-ja!». Hasta el auricular del teléfono tembló sobre su base.

—¡Nigeria! —exclamó Yevette, girándose hacia las otras, la del sari y la de los documentos—. Venga, chicas. ¡Somos las *Nasiones Unías*! Hoy nos toca seguir *toas* a Nigeria. ¡Wu-ja-ja-ja!

Yevette seguía riéndose mientras las cuatro pasamos por delante del mostrador de recepción hacia la puerta. El vigilante levantó la vista de su periódico para mirarnos. Ya no se veía a la chica del *topless*, el hombre había pasado de página. En su lugar, había un titular que decía: «LOS INMIGRANTES EN BUSCA DE ASILO SE COMEN LOS CISNES DE NUESTRO PARQUE». Miré al agente, pero él no me devolvió la mirada. Mientras lo observaba, tapó el titular con el brazo, fingiendo que se rascaba el codo. O igual era verdad que le picaba el codo, no sé. Me di cuenta de que era una ignorante en lo relativo a los hombres, sólo les tenía miedo. Igual, cuando tienes un uniforme que te queda demasiado grande, una mesa que te queda demasiado pequeña, un turno de ocho horas que se te hace demasiado largo y, de repente, aparecen una chica sin motivación y con tres kilos de documentos, otra con ojos de caramelo y un sari amarillo tan guapa que no puedes mirarla por mucho tiempo sin que te revienten los ojos, una tercera de Nigeria con nombre de insecto y una ruidosa jamaicana que se ríe como el pirata Barba Azul... No sé, quizá en este tipo de situaciones a un hombre le pica el codo.

---

[2] Se ha preferido mantener el nombre original en inglés que traducirlo al castellano, que sería Abejita. *(N. del T.)*

Me giré para mirar por última vez al vigilante justo antes de atravesar la puerta. El hombre nos contemplaba mientras salíamos. Parecía muy chiquitín y solitario ahí, con sus escuálidas muñecas, bajo la luz fluorescente que daba un tono verdoso a su piel, como el de las orugas recién salidas del huevo. El sol del amanecer brillaba a través del cristal de la puerta. El agente entrecerró los ojos, cegado por la claridad del día. Supongo que para él no seríamos más que siluetas. Abrió la boca, como para decir algo, pero permaneció en silencio.

—¿Sí? —le pregunté.

Pensé que iba a decirnos que había sido todo un error. Dudé si no deberíamos echar a correr. No quería regresar al centro de internamiento. Me preguntaba hasta dónde llegaríamos si escapábamos y si nos perseguirían con perros.

El agente se levantó. Oí cómo su silla arañaba el suelo de linóleo. Se quedó de pie, con los brazos caídos a ambos lados del cuerpo.

—Chicas —dijo.

—¿Sí?

Bajó la vista al suelo, y luego volvió a mirarnos.

—Que tengáis mucha suerte —dijo.

Después de esto, nos dimos la vuelta y caminamos hacia la luz.

Empujé la puerta batiente y me quedé helada. Fue la luz del sol la que me congeló. Me sentía tan frágil después de pasar tanto tiempo en el centro de internamiento que temía que esos brillantes rayos de luz me fueran a partir en dos. No era capaz de dar ese primer paso en la calle.

—¿Qué pasa, Little Bee? —me preguntó Yevette, que estaba justo detrás de mí. Les bloqueaba el paso a todas.

—Un momento, por favor.

Fuera, el aire fresco olía a hierba húmeda. Una suave brisa me golpeó en el rostro y su aroma me dio miedo. Durante dos años, a mi nariz sólo había llegado el olor de la lejía, de mi esmalte de uñas y del tabaco de los otros detenidos. Todo artificial, nada parecido a esto. Sentí que si daba un paso adelante, la tierra se abriría y me expulsaría, pues ya no quedaba nada natural en mí. Allí estaba, con mis botas militares y mi pecho envuelto en una tira de algodón, sin ser mujer ni niña. Una criatura que ha olvidado su idioma y ha aprendido el vuestro, y cuyo pasado se ha convertido en polvo.

—¡Venga, *qu'es pa* hoy! ¿A qué leches esperas, guapa?

—Tengo miedo, Yevette.

La jamaicana meneó la cabeza y se echó a reír.

—*Pos* fíjate, igual haces bien teniendo miedo, Little Bee, porque eres una chica lista. Igual yo soy *demasiao* boba *pa tené* miedo. Pero *m'he pasao diesiocho* meses *encerrá* en este sitio y si te crees que soy tan idiota como *pa* quedarme aquí un segundo más sólo por tus temblores y tus dudas, estás *mu equivocá*.

Me giré para mirarla a la cara y me agarré al marco de la puerta.

—No puedo moverme —dije.

Entonces Yevette me pegó un gran empujón en el pecho y me caí de espaldas. Así fue cómo, por primera vez, toqué suelo británico como una mujer libre: no con la suela de mis botas, sino aterrizando con el trasero de mi pantalón.

—¡Wu-ja-ja-ja-ja! —se rio Yevette—. *Bienvenía* al Reino *Unío*, guapa. ¿*Verdá* que es maravilloso?

Cuando recobré el aliento, me eché a reír yo también. Sentada en el suelo, notando el calor del sol en la espalda, me di cuenta de que la tierra no me había expulsado y de que los rayos de luz no me habían partido en dos.

Me levanté y sonreí a Yevette. Nos alejamos unos pasos del edificio del centro de internamiento. Mientras caminábamos, cuando las otras chicas no miraban, me metí la mano por debajo de la camisa hawaiana y solté la faja de algodón que me apretaba el pecho. La tiré al suelo y la aplasté contra la tierra con el tacón de mi bota. Respiré profundamente el aire fresco y limpio.

Cuando llegamos a la puerta del recinto, las cuatro nos detuvimos. Miramos al exterior, tras la alta valla de alambre de espino, hacia las elevaciones de Black Hill. La campiña inglesa se extendía ante nosotras hasta el horizonte. Había una ligera bruma en los valles, pero el sol de la mañana doraba las cimas de las colinas. Sonreí, porque el mundo entero se me ofrecía fresco, nuevo y brillante.

2

Mi hijo llevó puesto su disfraz de Batman desde la primavera hasta el final del largo verano de 2007, cuando Little Bee se vino a vivir con nosotros. Sólo se lo quitaba para bañarse. Le tuve que comprar un traje idéntico para cambiárselo mientras él chapoteaba entre la espuma. Así, por lo menos, podía limpiarle las manchas de sudor y verdín del otro. Y es que combatir a los maestros del crimen es una tarea ardua y sucia. Por eso los superhéroes siempre terminan con las rodilleras verdes. Cuando no era el Señor Frío con sus malvados rayos de hielo, era el Pingüino, enemigo acérrimo de Batman, o el todavía más siniestro Pelícano –todavía no me explico cómo los creadores de Batman no han relatado sus fechorías–. Mi hijo y yo vivíamos sufriendo las consecuencias de tanta maldad: una casa llena de secuaces, esbirros y compinches acechándonos detrás del sofá, riendo ocultos en la oscuridad del estrecho hueco que hay tras la librería y, por norma general, asaltándonos en cualquier momento. De hecho, nos daban un susto tras otro. A sus cuatro años, mi hijo, estuviera despierto o dormido, vivía en un estado de constante alerta. No era posible separarlo de esa demoníaca máscara de murciélago, del traje de *lycra*, del cinturón de herramientas amarillo chillón ni de la capa negro azabache. Por supuesto, no servía de nada dirigirse a él por su nombre de pila, porque se daba la vuelta, mirando hacia los lados, y se encogía de hombros en un gesto que significaba: «Mis bat-sentidos no detectan a ningún niño con ese nombre por aquí cerca, señora». Durante aquel verano mi hijo sólo respondía al nombre de Batman. Tampoco servía de mucho explicarle que su padre había muerto. Mi hijo no creía en la posibilidad física de la muerte, pues era algo que sólo podía sobrevenir si triunfaban los siniestros planes de los malos y eso, por descontado, quedaba fuera de toda posibilidad.

Aquel verano –la estación en la que falleció mi marido–, todos nos resistíamos a abandonar una identidad que ya no nos pertenecía. Mi hijo tenía su disfraz de Batman; yo todavía usaba el apellido de mi esposo y Little Bee, aunque estaba relativamente a salvo con nosotros, seguía aferrándose al apodo que se puso en una época de terror. Aquel verano estuvimos, los tres, exiliados de la realidad. Éramos unos refugiados escapando de sí mismos.

Huir de la crueldad es lo más natural del mundo, por supuesto, y aquel verano que nos unió fue un período bastante cruel. Little Bee nos llamó por teléfono la mañana que salió del centro de internamiento. Mi esposo respondió, pero yo no lo supe hasta mucho más tarde, porque Andrew nunca me lo contó. Por lo visto, la muchacha le dijo que iba a venir, pero no creo que mi marido se sintiera capaz de volver a mirarla a la cara. Cinco días más tarde, se suicidó. Lo encontraron ahorcado, con los pies colgando en el aire, sin pisar el suelo de ningún país. Está claro que la muerte es un refugio, un lugar donde buscar amparo cuando ni un nuevo nombre, ni una máscara ni una capa pueden esconderte por más tiempo de ti mismo. Es donde terminas dirigiéndote cuando en ninguno de los principados de tu conciencia te conceden asilo.

Little Bee llamó a la puerta de mi casa pasados cinco días de la muerte de mi esposo. Es decir, diez días después de que la dejaran salir del centro de internamiento. Tras un viaje de ocho mil kilómetros y dos años de duración, llegaba demasiado tarde para ver a Andrew con vida, pero justo a tiempo para su entierro. «Hola, Sarah», me saludó aquella mañana.

Little Bee llegó a las ocho en punto, y el de la funeraria, a las diez. Ni un segundo antes ni un segundo después. Me imagino que el hombre habría permanecido durante unos minutos detrás de la puerta en silencio, mirando su reloj, esperando que nuestras vidas convergieran en esa precisa fractura en la que nuestro pasado se desgajaría de nuestro futuro con tres golpecitos en el brillante llamador de latón.

Mi hijo abrió la puerta y estudió la altura del enterrador, su impecable y elegante atuendo y sus sobrias maneras. Supongo que el hombre debió de parecerle nada más y nada menos que la identidad secreta de Batman en la vida real, porque me gritó desde el recibidor: «¡Mamá! ¡Es Bruce Wayne!».

Aquella mañana salí a la calle y me quedé allí, contemplando el ataúd de Andrew a través del grueso y ligeramente verdoso cristal de la ventanilla del coche fúnebre. Cuando Little Bee vino a mi lado, llevando a Batman de la mano, el hombre de la funeraria nos condujo a una larguísima limusina negra y nos invitó a subir. Le dije que preferíamos caminar.

Parecíamos un montaje de PhotoShop, los tres andando hacia el entierro de mi marido: una madre blanca de clase media, una famélica inmigrante de color y el Caballero Oscuro de Gotham City en miniatura. Parecía como si nos hubieran cortado y pegado en la misma foto. Una multitud de pensamientos aterradores e inconexos recorrían veloces mi cabeza. La iglesia distaba apenas unos cientos de metros, y los tres recorrimos la calle delante del coche fúnebre mientras, por detrás, se formaba una hostil cola de vehículos. Me sentí fatal.

Me había puesto un conjunto de falda y chaqueta gris oscuro acompañado de guantes y medias gris marengo. Little Bee llevaba mi elegante impermeable negro por encima de la ropa con la que había salido del centro de internamiento: una camisa hawaiana, muy poco apropiada para un funeral, y unos vaqueros. Mi hijo lucía un semblante de absoluta felicidad. Él, el poderoso Batman, estaba cortando el tráfico. Su capa ondeaba a cada paso que, lleno de orgullo, daba al frente, mientras bajo su oscura máscara lucía una sonrisa de bat-oreja a bat-oreja. De cuando en cuando, su supervisión detectaba a un enemigo al que zurrar. Cuando esto sucedía, mi hijo se paraba, daba unos cuantos golpes al aire y seguía adelante. Le preocupaba que las hordas invisibles del Pelícano nos atacaran. A mí, por mi parte, me preocupaba más que mi hijo no hubiera hecho pis antes de salir de casa y pudiera mearse en sus bat-calzones. También me inquietaba el hecho de ser viuda para el resto de mis días.

En un primer momento, me pareció que ir hasta la iglesia andando era un acto de valentía por mi parte, pero ahora me estaba empezando a marear y me sentía estúpida. Pensé que me iba a desmayar. Little Bee me cogió del brazo y me aconsejó que respirara hondo. Qué extraño que tengas que ser precisamente tú la que me ayude a mantenerme en pie, me dije.

En la iglesia, me senté en el primer banco, con Little Bee a mi izquierda y Batman a mi derecha. El templo, por descontado, estaba a rebosar. No había ningún compañero de trabajo —siempre me he preocupado por mantener separadas mi vida privada y mi revista—, pero el resto de las personas que Andrew y yo conocíamos se encontraban presentes. Resultaba desconcertante. Era como tener a todos los contactos de tu agenda telefónica vestidos de negro y dispuestos en orden no alfabético por los bancos. Se encontraban ubicados de acuerdo a un protocolo de dolor no escrito: los parientes morbosamente cercanos al ataúd, las ex novias en un grupo apartado cerca de la pila bautismal. No podía soportar mirar hacia atrás y ver este nuevo orden natural de las cosas. Era demasiado traumático, así, de golpe. Una semana antes, yo era

35

una exitosa madre trabajadora y ahora me encontraba sentada en el funeral de mi esposo, flanqueada por un superhéroe y una refugiada nigeriana. Parecía como si todo fuera un sueño del que me iba a despertar en cualquier momento. Contemplé el féretro de mi marido, cubierto de blancas azucenas. Batman miró al párroco con complicidad al ver la sotana y la estola que llevaba el cura. Solemnemente, le dio su aprobación levantando el pulgar, de superhéroe encapotado a superhéroe encapotado. El párroco le devolvió el saludo y luego su pulgar retornó al desgastado dorado del filo de las hojas de su Biblia.

La iglesia fue quedándose en silencio, expectante. Entonces, mi hijo miró a su alrededor, luego se giró hacia mí y me preguntó:

—¿Dónde está papá?

Apreté la mano caliente y sudorosa de mi hijo mientras escuchaba el eco de las toses y los gimoteos en la bóveda de la iglesia. Me preguntaba cómo podría explicarle a mi hijo la muerte de mi marido. Fue la depresión lo que mató a Andrew, está claro. La depresión y el sentimiento de culpa. Pero mi hijo no creía en la muerte, y mucho menos en que un simple estado de ánimo pudiera provocarla. Los rayos de hielo del Señor Frío, tal vez. El aletazo letal del Pelícano, podría ser. Pero ¿una vulgar llamada de teléfono de una delgaducha muchacha africana? Era imposible de explicar.

Fui consciente de que algún día tendría que contarle a mi hijo toda la historia, y me pregunté por dónde empezaría. Todo comenzó dos años atrás, durante el verano de 2005, cuando Andrew inició su larga y lenta caída en una depresión que terminaría llevándoselo por delante. Todo empezó el día en que conocimos a Little Bee en una solitaria playa de Nigeria. El único recuerdo que conservo de ese encuentro es un vacío donde antes estaba el dedo corazón de mi mano izquierda. Una amputación bastante limpia. En el lugar del dedo, ahora hay un muñón, el fantasma de un apéndice que era el responsable de las teclas E, D y C en mi ordenador portátil. Ya no puedo confiar en esas letras. Las pierdo cuando más las necesito. «Peor» se convierte en «por», «perdón» en «perón», y «caliento» en «aliento».

El momento en el que más echo de menos a mi dedo es en los días de entrega, cuando todos los correctores ya se han ido a casa y tengo que teclear los añadidos de última hora de mi revista. Una vez publicamos un editorial en el que decía que el machismo me parecía una *«formación* del alma masculina». Tras recibir cientos de cartas indignadas de atentos novios y devotos esposos que habían leído mi texto después de dar un masaje en la espalda a sus parejas y antes de ponerse a fregar los platos, me di cuenta de lo harta que estaba. Fue un error de imprenta, les contesté, sin añadir que era un fallo tipográfico causado por el acero de un machete en una playa nigeriana. Y es que, ¿cómo se llamaría un encuentro del que sales con una chica africana pero sin la E, la D y la C? Como diría Little Bee, «No creo que tengáis una palabra así en vuestro idioma».

Me senté en mi banco rascándome el muñón del dedo y fui consciente, por primera vez, de que mi esposo estaba condenado desde el día en que conocimos a Little Bee. En el intervalo de dos años que habían pasado desde aquella fecha se habían sucedido una serie de premoniciones, a cada cual peor, que culminaron en esa fatídica mañana, diez días atrás, en que me despertó el sonido del teléfono. Todo mi cuerpo se contrajo de pánico. Era una mañana corriente de un día de entre semana. El número de junio de mi revista estaba casi listo para enviar a imprenta, y la columna que Andrew escribía para *The Times*, también. Sin embargo, aunque era una mañana cualquiera, se me erizó el vello de los brazos.

Nunca he sido de esas mujeres felices que sostienen que las desgracias te sorprenden cuando menos te lo esperas. Para mí, hubo incontables presagios en Andrew de lo que iba a suceder, innumerables pequeñas rupturas de la normalidad: la barba de tres días, esa segunda botella descorchada una noche entre semana, el tono de sus últimos artículos... «Determinadas actitudes adoptadas por nuestra sociedad hacen que el que suscribe se sienta un poco perdido.» Es la última frase que escribió mi marido. En su columna de *The Times* era siempre muy preciso con las palabras que escogía. Para una persona normal, «perdido» sería un sinónimo de «desconcertado». Para mi esposo, era una calculada forma de despedirse.

Hacía frío en la iglesia. Me concentré en los salmos que recitaba el párroco: «¿Dónde está, oh muerte, tu aguijón?». Contemplé las azucenas y respiré su fúnebre aroma. Dios, ojalá le hubiera dedicado más atención a Andrew.

¿Cómo explicarle a mi hijo que las señales de aviso fueron demasiado débiles; que la desgracia, cuando se siente fuerte, apenas anuncia su inminencia con un imperceptible gesto de los labios? Dicen que, en los minutos previos a un terremoto, las nubes se detienen en el cielo, el viento se calma hasta reducirse a un cálido aliento y los pájaros se posan tranquilos en los árboles de las plazas. Pero, bien mirado, estos augurios son los mismos que preceden a la hora de la siesta. Si nos asustásemos cada vez que el viento amaina, nos pasaríamos toda la vida escondidos debajo de la cama, en lugar de durmiendo sobre ella.

¿Aceptará mi hijo que fue esto lo que sucedió con su padre? Se me ponen los pelos de punta, Batman, pero debo sacar adelante este hogar. Nunca pensé que Andrew sería capaz de hacerlo. Sinceramente, lo único que puedo argumentar en mi defensa es que, aquella mañana, el sonido del teléfono me despertó y mi cuerpo presintió que algo iba a ocurrir, aunque nunca imaginé que se trataría de algo tan serio.

Charlie estaba dormido, así que Andrew se dirigió corriendo a su despacho a contestar antes de que el teléfono despertara a nuestro hijo. La voz de mi marido sonaba nerviosa. Desde el dormitorio, pude oír claramente sus palabras:

«Déjame en paz. Todo eso sucedió hace muchos años, y no fue por mi culpa».

El problema es que mi marido no estaba convencido de lo que decía.

Me levanté y lo encontré llorando. Le pregunté quién había llamado, pero no me contestó. Entonces, ya que estábamos los dos despiertos y Charlie seguía dormido, hicimos el amor. Solíamos hacerlo así bastantes veces. Más por él que por mí, la verdad. Durante aquella fase de nuestro matrimonio, el sexo se había convertido en una cuestión de mantenimiento, igual que purgar el aire de los radiadores: una tarea del hogar más. No sabía —y, de hecho, sigo sin saberlo— cuáles son las terribles consecuencias que sobrevienen si una se olvida de purgar los radiadores. Toda mujer cauta procura que esto no llegue nunca a suceder.

No pronunciamos ni una palabra. Llevé a Andrew al dormitorio y nos tumbamos en la cama, bajo la alta ventana georgiana con cortinas de seda amarilla con bordados de follaje en tonos claros tras los que se ocultaban pájaros de seda en una especie de callada aprehensión. Era una despejada mañana de mayo en Kingston-upon-Thames, pero la luz del sol, al atravesar las cortinas, adquiría un florido tono azafrán oscuro, creando un ambiente febril y enfermizo. Las paredes del dormitorio eran amarillas y ocres. Al fondo del recibidor de crujiente tarima, se encontraba el despacho de Andrew. Era una estancia blanca, del color, imagino, de las páginas vacías. De allí es de donde lo saqué, tras la horrible llamada telefónica. Por encima del hombro, leí algunas palabras de su columna. Se había pasado toda la noche en vela escribiendo un artículo de opinión sobre Oriente Medio, una región que nunca había visitado y sobre la que no tenía ningún conocimiento especial. Durante el verano de 2007 mi hijo luchaba contra el Pingüino y el Pelícano, mientras mi país combatía contra Iraq e Irán y mi marido creaba opinión pública. Uno de esos veranos en los que nadie se quita el disfraz.

Arranqué, decía, a mi marido del teléfono. Me lo llevé al dormitorio tirando de las borlas del cinturón de su bata, porque había leído en algún sitio que ese tipo de cosas excitaban a los hombres. Lo arrojé con un suave empujón sobre la cama.

Recuerdo cómo se movía dentro de mí. Parecía el mecanismo de un reloj a punto de pararse. Acerqué su cara a la mía y le susurré: «Por Dios, Andrew, ¿estás bien?». Pero mi esposo no contestó. Cerró los ojos, conteniendo las lágrimas, y empezó a moverse con más brío mientras gemidos apagados e involuntarios escapaban de nuestras bocas, uniéndose a los suspiros del otro con una muda desesperación.

En medio de esta pequeña tragedia apareció mi hijo, que se encontraba en casa combatiendo el mal a otro nivel, más elevado y más duro. En un instante en el que abrí los ojos, distinguí su silueta, plantado en la puerta del dormitorio, contemplándonos a través de los pequeños orificios romboidales de su máscara de murciélago. Por la expresión que mostraba la parte de su rostro que quedaba al descubierto, me imaginé que estaría sopesando cuál —si es que había alguna— de las herramientas de su bat-cinturón sería de utilidad ante esa situación.

Cuando vi a mi hijo, me quité a Andrew de encima de un empujón y rebusqué como una loca el edredón para cubrirnos.

—Ay, Dios, Charlie. ¡Cuánto lo siento! —exclamé.

Mi hijo se volvió para ver si había alguien detrás de él, y luego me contestó:

—Charlie no está aquí. Yo soy Batman.

Asentí, mordiéndome el labio, y lo saludé:

—Buenos días, Batman.

—Mami, ¿qué estáis haciendo tú y papi?

—Esto…

—¿Os habéis *volvido* de los malos?

—Charlie, no se dice «*volvido*». Se dice «vuelto».

—¿Os habéis vuelto malos?

—Pues sí, Batman, eso es lo que estamos haciendo, volvernos malos.

Sonreí a mi hijo, esperando a ver qué respondía Batman a esto. Pero lo que dijo fue:

—Mami, alguien ha *hacido* caca en mi bat-traje.

—«Hecho», Charlie. Se dice «hecho caca».

—Sí, alguien ha hecho una caca muy, muy grande.

—Pero bueno, Batman, ¿te has hecho caca en tu bat-traje?

Batman negó con la cabeza, meneando sus orejas de murciélago. Tras la máscara, se dibujó una expresión de astucia en la parte visible de su rostro.

—¡No fui yo! Yo no me he *hacido* caca. ¡Ha sido el Pelícano! —exclamó, poniendo gran énfasis al pronunciar el nombre de su enemigo.

—¿Me estás diciendo que el Pelícano ha entrado en casa por la noche y se ha hecho caca en tu bat-traje?

Batman asintió, muy serio. Me fijé en que llevaba puesta la bat-máscara, pero se había quitado el disfraz. A excepción del antifaz y la capa, se encontraba desnudo. Me tendió el bat-traje para que lo inspeccionara y, al cogerlo, un pedazo de algo viscoso resbaló de la prenda y aterrizó en la moqueta. El olor era indescriptible. Me incorporé en la cama y descubrí un rastro de pegotes en el suelo que llegaba desde la puerta. En algún lugar de mi interior, esta chica que sacaba sobresalientes en ciencias se dio cuenta, con empírica fascinación, de que también había restos de heces diseminados por lugares tan dispares como las manos de Batman, el marco de la puerta, la pared del dormitorio, mi radio despertador y, cómo no, el bat-traje. Había mierda de mi hijo por todas partes: en sus manos, en su cara, hasta en el logotipo amarillo y negro de su traje de Batman. Aunque lo intenté, no podía creer que fueran excrementos del Pelícano. Sin lugar a dudas, era bat-mierda.

Ausente, recordé algo que había leído en las revistas para padres.

—No pasa nada, Batman. Mami no está enfadada.

41

—Mami, ¿me limpias la caca?

—Vaya… Esto… ¡Jesús!

Batman meneó la cabeza, muy serio.

—No, Jesús no. Límpiala tú, mami.

En mi interior, la furia estaba empezando a superar a la vergüenza y al sentimiento de culpa. Miré a Andrew, que permanecía tumbado con los ojos cerrados y las manos entrelazadas ante la infinita sucesión de fatalidades: su depresión, la interrupción de nuestro infeliz coito y, ahora, el pestilente tufo de la mierda.

—Batman, ¿por qué no le pides a papi que te limpie él la caca?

Mi hijo miró a su padre durante un buen rato, y luego se giró hacia mí. Con paciencia, como si le estuviera explicando algo a un idiota, volvió a menear su cabecita.

—Pero, ¿por qué no? —Mi tono ahora era suplicante—. ¿Por qué no puedes pedírselo a papi?

—Papá está combatiendo a los malos —repuso muy serio. La frase era impecable desde el punto de vista gramatical.

Miré a su padre y, suspirando, dije:

—Sí, supongo que tienes razón.

Cinco días más tarde, la última mañana que vi a mi marido con vida, estaba terminando de vestir a mi cruzado encapotado. Le hice el desayuno y lo llevé a todo correr a su guardería. De vuelta a casa, me di una ducha. Andrew me observaba mientras me ponía las medias. Siempre me arreglo para los días de entrega: tacones, falda, elegante chaqueta verde… La publicación de revistas tiene sus ritmos y si la jefa de edición no los sigue, no puede esperar que sus empleados lo hagan. No soy capaz de desencadenar una «tormenta de ideas» para un reportaje con unos zapatos de tacón de Fendi, y tampoco puedo cerrar un artículo con unas deportivas Puma. Como decía, estaba vistiéndome contrarreloj mientras Andrew me contemplaba tumbado desnudo en la cama. No dijo ni una palabra. El último recuerdo que tengo de él, justo antes de cerrar la puerta del dormitorio, es que seguía observándome. ¿Cómo describir a mi hijo la última expresión que vi en su padre? Decidí que, llegado el momento, le contaría que su padre parecía en paz, callándome que mi marido abrió la boca para decirme algo, pero que yo tenía prisa y salí corriendo.

Llegué a la oficina a eso de las nueve y media. La revista tiene su sede en Spitalfields, en Commercial Street, a noventa minutos en transporte público de Kingston-upon-Thames. La peor parte es cuando abandonas la red terrestre y te sumerges en el asfixiante calor del metro. Doscientas personas apiñadas en cada vagón, tiesas e inmóviles, escuchando los chirridos de las ruedas metálicas sobre las vías. Durante tres paradas estuve apretujada contra un hombre delgaducho que vestía una chaqueta de pana y que lloraba en silencio. Normalmente, ante una situación así, una aparta la vista, pero me encontraba encajonada en una posición tal que no podía dejar de mirarlo. Me hubiera gustado darle un abrazo, o una simple palmadita de consuelo en el hombro. Pero tenía los brazos atrapados por los pasajeros que me flanqueaban. Puede que algunos de ellos también quisieran acercarse al hombre, pero estábamos todos demasiado apretados como para movernos. El excesivo número de gente bienintencionada dificulta la compasión. Alguien debería haberse abierto paso a empujones y dado ejemplo, pero no habría quedado muy británico. No estaba segura de sentirme preparada para mostrar ternura así, en un abarrotado vagón de metro, ante la mirada silenciosa de todo el mundo. Me parecía mal no consolar al hombre, pero me encontraba atrapada entre dos tipos de vergüenza: por un lado, la deshonra de no dar rienda suelta a una obligación humanitaria; por otro, la locura de ser la primera de la multitud en reaccionar.

Ofrecí una inútil sonrisa al hombre de las lágrimas y no pude evitar pensar en Andrew.

En cuanto se emerge a cielo abierto, por supuesto, una se olvida rápidamente de las obligaciones humanitarias. Londres

43

es una hermosa máquina para conseguirlo. Esa mañana, la ciudad estaba reluciente, fresca y tentadora. Me encontraba muy ilusionada con la idea de cerrar el número de junio, así que anduve casi a la carrera los dos minutos que me separaban de la oficina. En el exterior del edificio lucía el nombre de nuestra revista, NIXIE, en letras de neón rosa de un metro de altura. Me detuve por un instante en el portal para tomar aire. No corría viento y se podía escuchar el zumbido de los tubos de neón por encima del rumor del tráfico. Con la mano en el tirador de la puerta, me preguntaba qué había querido decirme Andrew justo cuando salí de casa.

Mi marido no siempre había sido de ésos a los que les faltan las palabras. Los largos silencios comenzaron justo el día en que conocimos a Little Bee. Antes, no se callaba ni un minuto. Nuestra luna de miel nos la pasamos hablando y hablando. Estábamos en un chalé en la costa. Bebimos ron y limonada y estuvimos conversando durante tanto tiempo que ni me acuerdo de qué color era el mar. Cuando me paro a pensar en cuánto quise a Andrew, sólo necesito recordar esto: el océano cubre dos terceras partes de la superficie terrestre, pero mi marido conseguía que ni reparase en sus aguas. Así de grande era él para mí. Cuando volvimos a nuestra nueva casa de casados en Kingston, le pregunté por el color del mar en nuestra luna de miel. «Pues, azul, ¿no?», me contestó. «Venga, Andrew —le dije—. Tú eres un profesional, puedes hacerlo mejor.» Así que añadió: «Vale. El majestuoso océano lucía un esplendoroso tono ultramarino coronado con toques de carmesí y oro en las crestas de las olas bruñidas por el luciente sol, para luego romper en las lúgubres vaguadas que se hundían en malévolas tonalidades de añil». Se recreó en la última palabra, pronunciando con tono solemne la última sílaba, con una cómica pomposidad acentuada por unas cejas enarcadas. «¡Sabes perfectamente que no tuve tiempo de fijarme en el mar! Me pasé las dos semanas con la cabeza entre…». Bueno, dónde estuviera la cabeza de mi marido durante nuestra luna de miel es algo que prefiero que quede entre él y yo. Nos reímos como tontos, revolcándonos en la cama, y así fue como Charlie, mi querido Charlie, fue concebido.

Abrí la puerta y entré en la recepción de la revista. El suelo de mármol italiano negro era la única nota discordante que sobrevivía a nuestro arrendamiento de las oficinas. El resto del lugar tenía nuestro toque genuino. Apiladas contra una pared, había un montón de cajas con muestras de género enviadas por modistas que aspiraban a convertirse en diseñadoras de alta costura. Alguna becaria las había clasificado con un grueso rotulador azul: «PARA ECHAR UN VISTAZO», «CREO QUE NO» o un rotundo y triunfante: «ESTO NO ES MODA». Un enebro japonés muerto flotaba en un agrietado jarrón Otagiri, con tres brillantes adornos navideños colgando todavía de sus ramas. Las paredes estaban pintadas de fucsia y tenían lucecitas de adorno. Incluso bajo la débil luz que entraba por las ventanas tintadas que daban a Commercial Street la pintura se veía gastada y estropeada. Yo me ocupaba de mantener ese aire descuidado. Se supone que *Nixie* no es como las demás revistas para mujeres. Que se queden con sus inmaculados vestíbulos y sus pretenciosas sillas Eames. En cuestión de prioridades editoriales, prefiero tener una buena plantilla y una pésima recepción.

Clarissa, la editora de reportajes, entró justo después de mí. Nos dimos uno, dos y tres besos —somos amigas desde la escuela—, y me cogió del brazo mientras subíamos juntas las escaleras. La planta editorial estaba en lo alto del edificio. A medio camino, me di cuenta de que había algo que no me cuadraba en Clarissa.

—Clarissa, llevas la misma ropa que ayer.

—Tú también la llevarías si hubieras conocido al hombre con el que he pasado la noche —contestó sonriente.

—Ay, Clarissa, ¿qué voy a hacer contigo?

—Aumentarme el sueldo e invitarme a un café bien cargado con un paracetamol.

Sonrió, repasando con el pulgar sus uñas perfectamente limadas. Me dije que a Clarissa le faltaban algunas de las maravillosas cosas que poseo yo en mi vida, como mi queridísimo hijo Batman, y que, en consecuencia, debía de sentirse bastante menos realizada que yo.

Mis empleadas, pobrecitas, empiezan su turno a las diez y media, pero aquella mañana todavía no se había presentado ninguna. Arriba, en la planta editorial, aún estaban las de la limpieza, pasando la aspiradora, quitando el polvo de las mesas y dando la vuelta a las fotos de los horribles novios de mis empleadas, para demostrar que habían limpiado por debajo. Esta era la parte de «hay que aguantarse» de ser la editora de *Nixie*. En *Vogue* o *Marie Claire* el personal de redacción está en sus mesas a las ocho en punto, con sus ropas de Chloè y sus tazas de té verde. Pero, por otra parte, nunca estarían en la revista a medianoche garabateando «CECI N'EST PAS PRÊT-À-PORTER» en una caja de muestras que se devuelve a una venerable firma parisina.

Clarissa se sentó apoyada en el borde de mi escritorio y yo en mi silla, y echamos un vistazo a los rostros del grupo de mujeres de color que recogía del suelo muestras de tela y vasos de Starbucks del día anterior.

Hablamos sobre el número que estábamos a punto de cerrar. El personal de publicidad se había empleado a fondo este mes —cosa rara, puede que el encarecimiento de las drogas los haya obligado a pasar más tiempo en la oficina—, así que nos dimos cuenta de que teníamos más textos que espacio. Yo había redactado un artículo —un reportaje sobre una mujer que intentaba escapar de Bagdad— para la sección «Real como la vida misma» que, en mi opinión, debía salir, y Clarissa había escrito algo sobre un nuevo tipo de orgasmo que, al parecer, sólo se puede conseguir acostándote con tu jefe. Discutimos sobre cuál de los dos deberíamos incluir en la revista. Estaba concentrada a medias. Le mandé un mensaje a Andrew para ver qué tal estaba.

En la pantalla que había al fondo de la oficina, daban las noticias del canal BBC News 24 con el sonido apagado. Estaban mostrando un pedacito de guerra: columnas de humo alzándose en el cielo de uno de los países implicados, no me preguntéis cuál. A estas alturas, ya no sigo la guerra. Tiene ya cuatro años, comenzó el mismo mes que nació mi hijo y han crecido juntos. Al principio, los dos fueron un trauma enorme y requerían una atención constante, pero, con el paso de los años, se han vuelto cada vez más autónomos y puedo apartar la vista de ellos durante largos períodos. A veces, una circunstancia particular hace que les preste atención a uno de los dos —mi hijo o la guerra—, y en momentos como ése siempre pienso: «¡Santo Dios, qué mayores os habéis hecho!».

Me interesaba saber de qué iba ese nuevo tipo de orgasmo. Levanté la vista del SMS y pregunté:

—Y ¿cómo es eso de que sólo lo puedes alcanzar con tu jefe?

—Pues porque es como una fruta prohibida. Consigues un cosquilleo extra al romper los tabúes del trabajo. Cosas de hormonas, neurotransmisores y tal. Ya sabes, ciencia.

—Vaya. ¿Y lo han probado los científicos?

—No te pongas empírica, Sarah. Estamos hablando de un nuevo universo de placer sexual. Lo he llamado el punto J, de «jefe». ¿Qué te parece?

—Ingenioso.

—Gracias, cariño. Una hace lo que puede.

Lloré por dentro al pensar en directivos de medio pelo, con sus trajes desgastados, dando placer a mujeres a lo largo y ancho del país. En la televisión, las noticias se habían trasladado de Oriente Medio a África. Diferente paisaje, las mismas columnas de espeso humo negro. Un par de ojos amarillos y macilentos miraban impasibles a la cámara, con la misma desazón que había en el rostro de Andrew cuando me marché a trabajar. Otra vez, se me erizó el vello de los brazos. Aparté la vista de la pantalla y me acerqué a la ventana que daba a

Commercial Street. Apoyé la frente en el cristal, algo que suelo hacer cuando intento pensar.

—¿Te encuentras bien, Sarah?

—Sí, estoy perfectamente. Mira, ¿por qué no te portas bien y traes un par de cafés?

Clarissa se dirigió a nuestra idiosincrásica máquina de café, nuestro equivalente a lo que en la redacción de *Vogue* sería un «*Salon de thé*». Allá abajo, en la calle, un coche de policía se detuvo y aparcó sobre la doble línea amarilla enfrente de nuestro edificio. Un par de agentes de uniforme se bajaron, cada uno por su puerta, y se miraron por encima del techo del vehículo. Uno era rubio y llevaba el pelo muy cortito, y el otro tenía la coronilla tan redonda y limpia como la de un monje. Observé cómo agachaba la cabeza para escuchar la radio que llevaba en la solapa del chaleco. Sonreí, pensando ausente en una tarea que Charlie estaba haciendo en la guardería: «La policía: esas personas que están para ayudarnos», se titulaba. Ni qué decir tiene que a mi hijo no lo convencía esta frase. Siempre alerta, con su bat-capa y su máscara, Charlie creía que todo buen ciudadano debía estar preparado para sacarse las castañas del fuego él solito.

Clarissa regresó con dos cafés con leche en vasitos de cartón. En uno de ellos, la máquina había depositado un palito de plástico para remover el azúcar. En el otro, se había olvidado de hacerlo. Clarissa dudó sobre cuál de los dos entregarme.

—¡Primera gran decisión editorial del día! —dijo.

—Muy fácil. Soy la jefa, así que dame el café con el palito.

—¿Y si no me da la gana?

—Entonces, tú y yo nunca nos lo montaremos y no podrás descubrir tu punto J, Clarissa. Te lo advierto.

Clarissa palideció y me pasó el café con el palito.

—Me gusta el artículo sobre Bagdad —comenté.

Clarissa suspiró y se encogió de hombros.

—A mí también, Sarah, a mí también. Es un excelente artículo.

—Hace cinco años, lo habríamos publicado sin dudarlo.

—Hace cinco años, nuestras ventas eran tan bajas que podíamos permitirnos asumir esos riesgos.

—Y así fue como crecimos, siendo diferentes. Es nuestra forma de ser.

—Crecer no es lo mismo que mantenerse arriba —protestó Clarissa, meneando la cabeza—. Sabes tan bien como yo que no podemos andar ofreciendo moralidad cuando la competencia anda vendiendo sexo.

—Pero ¿por qué piensas que nuestras lectoras se han vuelto idiotas?

—No es eso. Creo que nuestras lectoras del principio ya no leen revistas, sin más. Se han pasado a cosas más serias. Lo mismo que podrías hacer tú si aceptases seguir el maldito juego. Sarah, ¿es que no te das cuenta de lo alto que has llegado? Tu próximo puesto podría ser el de editora de un periódico de tirada nacional.

—¡Qué emoción! —suspiré—. Podré poner tías en *topless* en todas las páginas.

El dedo amputado empezó a picarme. Volví a mirar hacia la calle. Allá abajo seguía el coche patrulla. Los dos agentes se estaban poniendo sus gorras. Me llevé el móvil a los dientes.

—¿Por qué no vamos a tomar algo después del trabajo, Clarissa? Tráete a tu nuevo chico si quieres, y le diré a Andrew que venga.

—¿En serio? ¿Salir por ahí, en público, con tu marido? ¿No está eso un poco pasado de moda?

—Lleva cinco años pasado de moda.

Clarissa acercó su rostro al mío.

—¿Qué estás intentando decirme, Sarah?

—No intento decirte nada, Clari. Te quiero demasiado para contártelo. En realidad, sólo me estoy preguntando algo. Me pregunto si, al fin y al cabo, las decisiones que tomé hace cinco años no fueron tan equivocadas.

Clarissa sonrió resignada.

–De acuerdo. Pero no esperes que vaya a mantener las manos apartadas de sus apetitosos muslos bajo la mesa sólo porque sea tu marido.

–Hazlo, y te pongo de redactora de los horóscopos para el resto de tu vida.

El teléfono de mi despacho sonó. Miré la hora en la pantalla digital del aparato: las 10:25. Es curioso cómo no se olvidan estos pequeños detalles. Contesté. Era la recepcionista, que parecía mortalmente aburrida. En *Nixie* utilizamos la recepción como cuarto de castigo. Si una empleada se porta mal en la planta de redacción, la bajamos una semana al mostrador más brillante de la revista.

–Han venido un par de policías.

–Vaya, ¿venían aquí? ¿Qué quieren?

–A ver si pensamos un poco… ¿Por qué habré marcado el número de tu despacho?

–¿Quieren hablar conmigo?

–Sarah, se lucieron al nombrarte jefa.

–¡Que te jodan! ¿Por qué quieren hablar conmigo?

Tras una pausa, la recepcionista contestó:

–Supongo que podría preguntárselo.

–Si no es mucha molestia.

Tras una pausa más larga, la muchacha añadió:

–Dicen que quieren rodar una película porno en la oficina. Que no son polis de verdad y que tienen unas porras enormes entre las piernas.

–¡Por el amor de Dios! ¡No digas tonterías! Ahora mismo bajo.

Colgué el aparato y miré a Clarissa. Otra vez tenía erizado el vello de los brazos.

–Es la policía –dije.

—Tranquila —comentó Clarissa—, no pueden acusarte de conspiración por publicar un artículo serio.

Tras ella, en la pantalla, salía Jon Stewart, riéndose con su invitado. Me sentí mejor. Ese verano había que buscar algo con lo que reírse entre tantas columnas de humo. O te reías, o te ponías un disfraz de superhéroe, o intentabas alcanzar un tipo de orgasmo que había pasado inadvertido a la ciencia hasta entonces.

Bajé las escaleras hasta la recepción lo más rápido que pude. Los dos agentes estaban bastante juntos, con las gorras en la mano y sus prácticos zapatones de cuero sobre mi mármol negro. El más joven parecía muy azorado.

—Disculpen a esta descarada, siento lo sucedido —les dije, fulminando con la mirada a la recepcionista, que me sonrió con su perfecto pelo rubio peinado a raya.

—¿Sarah O'Rourke?

—Summers.

—¿Perdón?

—Mi nombre profesional es Sarah Summers.

El policía de más edad me miró impasible.

—Señora O'Rourke, venimos por un asunto privado. ¿Hay algún lugar donde podamos hablar tranquilos?

Los conduje a la sala de juntas del primer piso: paredes de tonos rosas y violetas, una larga mesa de cristal y más tubos de neón.

—¿Puedo ofrecerles un café, o un té? No les aseguro que vaya a salir muy bueno, nuestra máquina…

—Señora O'Rourke, creo que es mejor que se siente.

El rostro de los agentes adquirió un brillo antinatural bajo la luz de los fluorescentes. Parecían personajes de esas películas en blanco y negro coloreadas por ordenador. El de más edad, el de la calva, tendría unos cuarenta y cinco. El joven del pelo rubio cortito estaría entre los veintidós y los veinticuatro. Tenía unos labios bonitos. Aunque estaba un poco rellenito, resultaba atractivo. No era especialmente guapo, pero me quedé embobada ante su porte y la forma en la que, al hablar, bajaba la vista al suelo por respeto. Además, el uniforme siempre tiene su punto. Supongo que será porque te preguntas si, quitándole la ropa, también desaparecerá el protocolo.

Los dos posaron sus gorras sobre el cristal tintado de la mesa y juguetearon con ellas entre sus pulcros dedos. Dejaron de hacerlo al mismo tiempo, como si acabaran de llegar a un punto crítico largamente ensayado en la academia.

Me miraron y, justo en ese momento, mi móvil lanzó un desagradable pitido sobre la mesa. Un mensaje. Sonreí. Sería de Andrew.

—Tenemos que darle una mala noticia, señora O'Rourke —dijo el policía de más edad.

—¿Qué dice? —Esta pregunta me salió más agresiva de lo que pensaba.

Los dos policías bajaron la vista hacia sus gorras sobre la mesa. Tenía que leer el mensaje que acababa de llegarme. Al estirar el brazo para coger el teléfono, vi que los agentes se quedaban mirando el muñón de mi dedo amputado.

—Ah, ¿esto?... Lo perdí en unas vacaciones. En una playa, para ser más exactos.

Los policías se miraron el uno al otro. Luego, dirigieron su vista hacia mí. El más mayor habló, con voz repentinamente ronca:

—Lo sentimos mucho, señora O'Rourke...

—Bah, no es para tanto. De verdad, ya estoy bien. No es más que un dedo.

—No me refería a eso, señora O'Rourke. Estoy en la obligación de comunicarle que...

—Verá, en serio, una se acostumbra a funcionar sin un dedo. Al principio te parece que es difícil, pero luego aprendes a usar la otra mano.

Levanté la mirada y me di cuenta de que los dos me estaban observando con rostro serio y gris. La lámpara fluorescente chisporroteó y el minutero del reloj de la pared avanzó un minuto.

—Lo más divertido es que todavía lo siento, ¿saben? Me refiero al dedo, al que me falta… A veces es como si me picara. Me pongo a rascármelo pero no hay nada. Y a veces sueño que me vuelve a crecer y me pongo muy contenta, aunque ya he aprendido a manejarme sin él. ¿Verdad que es raro? Lo echo de menos. ¡Me pica!

El agente más joven tomó aliento y miró su cuaderno:

—Señora O'Rourke, su esposo ha sido encontrado inconsciente en su domicilio poco después de las nueve de esta mañana. Un vecino escuchó gritos y llamó al 112 para denunciar que un varón se encontraba en apuros. A las nueve horas quince minutos una patrulla acudió a la dirección y forzó la puerta. En una habitación de la planta superior encontraron a Andrew O'Rourke inconsciente. Los agentes hicieron todo lo posible por reanimarlo. Una ambulancia acudió al lugar de los hechos para atender al herido, pero sentimos comunicarle, señora O'Rourke, que su esposo falleció en el lugar de los hechos a… sí, aquí está… a las nueve y treinta y tres minutos.

El policía cerró su cuaderno.

—Lo sentimos mucho, señora.

Tomé mi móvil. El mensaje que acababa de llegar era de Andrew y decía: «LO SIENTO».

Él también lo sentía.

Puse el teléfono, y a mí misma, en modo silencio. Un silencio que duró toda la semana; que zumbaba en el taxi de camino a casa; que bramaba cuando recogí a Charlie de la guardería; que atronaba durante la llamada que hice a mis padres; que retumbaba en mi cabeza mientras el de la funeraria me explicaba las ventajas de los ataúdes de roble sobre los de pino; que ronroneaba cuando el editor de esquelas del *The Times* me llamó para consultar unos últimos datos… Un silencio que me había seguido hasta la fría iglesia y cuyo eco resonaba en las naves del templo.

¿Cómo explicarle la muerte a un superhéroe de cuatro años? ¿Cómo anunciarle la repentina llegada del dolor? Yo ni tan siquiera había tenido tiempo para asimilarlo. Cuando el policía me comunicó que Andrew había fallecido, mi mente rechazó aceptar la información. Soy una mujer muy normal, creo, y estoy bien preparada para soportar las penas cotidianas: sexo interrumpido, complicadas decisiones editoriales y máquinas de café estropeadas. Mi mente sabía cómo afrontar esos problemas. Pero mi Andrew, ¿muerto? Me resultaba físicamente imposible. Él, que una vez había ocupado tres cuartas partes de la superficie terrestre.

Pero ahí estaba yo, contemplando el ataúd de roble de Andrew («Sabia elección, señora»). Parecía muy pequeño en la inmensidad de la nave de la iglesia. Tenía la sensación de estar viviendo un sueño silencioso y aterrador.

—Mami, ¿dónde está papá?

Sentada en el primer banco de la iglesia, rodeando a mi pequeño entre los brazos, empecé a temblar. El cura estaba soltando un panegírico sobre mi marido, hablando de él en pasado, marcando claramente el tiempo verbal que utilizaba. Pensé que ese hombre nunca había tenido que hablar de Andrew en presente, ni había corregido sus columnas, ni lo había sentido dentro de él moviéndose como el mecanismo de un reloj a punto de pararse.

Charlie se revolvió entre mis brazos y repitió la misma pregunta que me hacía diez veces al día desde que murió Andrew:

—Mami, ¿dónde está papá ahora mismo?

Me incliné y le susurré al oído:

—Esta mañana papá está en un sitio muy bonito del cielo, Charlie. Hay una habitación muy grande donde van todos después de desayunar, llena de libros interesantes y de cosas para hacer.

—¡Aaah! ¿Tienen pinturas y papel?

—Sí, tienen pinturas y papel.

—¿Papi está pintando?

—No, Charlie, papi está abriendo la ventana y contemplando el cielo.

Me estremecí, pensando en cuánto tiempo más tendría que contarle a mi hijo la vida ultraterrena de mi marido.

Más palabras del párroco, seguidas de salmos, y luego unas manos posadas en mi hombro me condujeron al exterior. Me encontré en un cementerio, ante un profundo hoyo abierto en el suelo. Seis trajeados enterradores bajaban un ataúd sujetándolo con gruesas cuerdas verdes decoradas con borlas en los extremos. Era el mismo féretro que sostenían unos caballetes frente al altar de la iglesia. Cuando la caja tocó el suelo, los enterradores recogieron las cuerdas con hábiles giros de muñeca. Recuerdo que pensé: «Seguro que lo hacen todos los días», como si fuera una brillante reflexión. Alguien me puso un puñado de tierra en la mano. Me invitaban —o, mejor dicho, me instaban— a echarlo al agujero. Me acerqué al borde. Alrededor de la tumba habían colocado unas planchas de césped artificial, limpio y raso. Miré hacia abajo y contemplé el ataúd, que brillaba pálidamente en el fondo del agujero. Agarrándose a mi pierna, Batman se asomó a la penumbra del hoyo conmigo.

—Mami, ¿por qué los Bruces Waynes han *ponido* esa caja en el *abujero*?

—No pienses en eso ahora, cariño.

Esa semana me había pasado tantas horas hablándole a Charlie del cielo —cada habitación, cada estantería y cada patio celestial— que no tuve tiempo para tratar el tema del cuerpo físico de Andrew. Pensé que sería demasiado para mi hijo de cuatro años explicarle la separación del cuerpo y el alma. Ahora, al mirar atrás, creo que subestimé la inteligencia de un niño que era capaz de vivir simultáneamente en

55

Kingston-upon-Thames y Gotham City. Creo que si me hubiera sentado a explicárselo con tacto, habría aceptado muy feliz este dualismo.

Me arrodillé y pasé un brazo por el hombro de mi hijo. Lo hice con la intención de ofrecerle cariño, pero me daba vueltas la cabeza, así que en realidad me estaba apoyando en Charlie para evitar caerme en el hoyo. Lo abracé más fuerte. Mi hijo se acercó a mi oreja y me susurró:

—¿Dónde está papi ahora?

—Papi está en las colinas del cielo, Charlie. En esta época del año va mucha gente a las colinas. Creo que está muy contento allí.

—Aaah. ¿Va a volver pronto?

—No, Charlie. La gente no vuelve del cielo. Ya hemos hablado de eso.

—Mami —dijo Charlie frunciendo el ceño—, ¿por qué han *ponido* esa caja ahí dentro?

—Supongo que para guardarla bien.

—¿Van a venir a sacarla después?

—No, Charlie, no creo.

Charlie parpadeó. Tras la bat-máscara, su rostro se contrajo por el esfuerzo que estaba haciendo por comprender.

—¿Dónde está el cielo, mami?

—Por favor, Charlie, ahora no.

—¿Qué hay en esa caja?

—Cariño, ya hablaremos de eso luego, ¿vale? Mamá está un poco mareada.

Charlie me miró y preguntó:

—¿Papá está en esa caja?

—Papá está en el cielo, Charlie.

—¡¿Esa caja es el cielo?! —dijo Charlie alzando la voz.

Todos los presentes nos miraban. Yo no podía hablar. Mi hijo miró primero el hoyo, y luego a mí, muy asustado.

—¡Mamá! ¡Sácalo de ahí! ¡Saca a papi del cielo!

Lo sujeté con fuerza de los hombros.

—Charlie, por favor, no lo entiendes.

—¡¡Sácalo!! ¡¡Sácalo!!

Mi hijo se revolvió y se soltó de mi abrazo. A partir de ahí, todo sucedió muy deprisa. Se plantó en el borde del hoyo, se giró para mirarme y luego dio un pasito hacia delante. La plancha de césped artificial sobresalía por el borde del agujero, así que cuando Charlie posó su pie sobre la hierba, ésta cedió. Mi hijo cayó, con su bat-capa al viento, dentro de la tumba y aterrizó con un golpe seco sobre el ataúd de Andrew. Se oyó un solitario chillido de pánico de uno de los asistentes. Creo que fue el primer sonido que rompió el silencio que había seguido a la muerte de mi esposo.

El grito retumbó una y otra vez en mi cabeza. Me entraron náuseas y sentí que el horizonte se balanceaba frenéticamente. Todavía de rodillas, me asomé al borde de la fosa. Allá abajo, en la oscuridad, mi hijo aporreaba el ataúd gritando: «¡Papi! ¡Papi! ¡Sal de ahí!». Se agarró a la tapa del féretro, plantó sus bat-zapatos contra la pared de la fosa y empujó los tornillos que cerraban la tapa. Extendí los brazos desde el borde del hoyo y le rogué a Charlie que me diera la mano para sacarlo de allí. Creo que no me oyó.

Al principio, mi hijo actuaba movido por una confianza ciega e inquebrantable. Y es que, aquella primavera, Batman todavía no había perdido ninguna batalla. Había ganado al Pingüino, al Pelícano y al Señor Frío. En la mente de mi hijo no cabía la posibilidad de no ser capaz de superar este nuevo desafío. Gritaba rabioso, con furia. No estaba dispuesto a abandonar. Pero, si soy estricta y me obligo a decidir en qué preciso momento de toda esta historia se me rompió para siempre el corazón, sería cuando vi el desánimo y la duda apoderándose de los pequeños músculos de mi hijo mientras sus dedos resbalaban, por enésima vez, sobre la tapa de roble blanco.

Los asistentes se arremolinaron alrededor de la fosa, paralizados de terror ante el espectáculo. Esta toma de conciencia de la muerte por parte del niño era peor que la propia muerte. Intenté introducirme en el hoyo, pero unas manos me sujetaban por los codos. Me giré, sentí todos los rostros horrorizados alrededor de la tumba y pensé: «¿Por qué nadie hace nada?»

Pero es difícil, muy difícil, ser el primero en dar el paso.

Finalmente, fue Little Bee la que bajó a la fosa y agarró a mi hijo para que otras manos lo sacaran del hoyo. Charlie pataleaba, mordía y se revolvía furioso con su capa y su máscara manchadas de barro. Quería volver abajo. Tuvo que ser Little Bee, una vez que consiguió salir, quien lo abrazó y se lo llevó mientras el pequeño gritaba: «¡No! ¡No! ¡No! ¡No!» y los principales asistentes al funeral pisaban con cautela la delgada plancha de césped artificial y lanzaban sus puñaditos de tierra. Los gritos de mi hijo persistieron durante un rato largo y doloroso. Recuerdo haber pensado que sus chillidos podrían hacer añicos mi cerebro, como cuando la voz de una soprano resquebraja el cristal de una copa de vino. Un antiguo colega de Andrew, un reportero de guerra que había estado en Iraq y en Darfur, me llamó unos días después para pasarme el nombre de un asesor al que acudía para superar los traumas. «Eres muy amable –le dije–, pero no he estado en la guerra».

Al lado de la tumba, cuando se apagaron los gritos, recogí a Charlie. Lo llevé en brazos, con su cabeza descansando sobre mi hombro. Estaba agotado. A través de las aberturas de su bat-máscara pude ver que se le cerraban los ojos. Contemplé a los asistentes al funeral dirigiéndose a paso lento hacia el aparcamiento. Paraguas de brillantes colores se abrieron para cubrir los lúgubres trajes. Estaba empezando a llover.

Little Bee se quedó conmigo. Permanecimos junto a la tumba, mirándonos la una a la otra.

–Gracias –le dije.

–De nada –contestó Little Bee–. Sólo hice lo que cualquiera hubiera hecho.

–Sí, pero nadie más se atrevió a hacerlo.

Little Bee se encogió de hombros y añadió:

—Resulta más fácil cuando eres de fuera.

Me entró un escalofrío. La lluvia caía ahora con fuerza.

—Esto nunca va a terminar —dije—, ¿verdad, Little Bee?

—En mi país decimos: «Aunque a veces desaparezca la Luna, siempre vuelve a salir algún día».

—Pues aquí decimos «Abril lluvioso hace a mayo florido y hermoso».

Intentamos sonreír.

Al final, no eché mi puñadito de tierra en la tumba. Tampoco fui capaz de devolverla al suelo. Dos horas más tarde, ya a solas en la mesa de la cocina de mi casa, me di cuenta de que todavía la llevaba en la mano. La dejé sobre el mantel, un pegote marrón sobre el limpio algodón azul. Cuando regresé, unos minutos más tarde, alguien lo había limpiado.

A los pocos días, el obituario de *The Times* señalaba que se habían producido escenas de dolor en el funeral del difunto columnista. El director del periódico de Andrew me envió el recorte en un sobre color crema, con una nota de pésame en una tarjeta de un blanco inmaculado.

3

Una de las cosas que tendría que explicarles a las chicas de mi aldea si les contara esta historia es una palabrita aparentemente tan sencilla como «terror». Allá, en mi tierra, tiene un significado completamente distinto.

En vuestro país, si no pasas demasiado miedo, siempre puedes ir a ver una película de terror. Luego, al salir del cine, ya de noche, durante un ratito todo te da miedo: piensas que se ha colado un asesino en tu casa porque al entrar descubres encendida una luz que estás convencida de haber apagado al irte; al quitarte el maquillaje frente al espejo antes de acostarte, te asustas pues tus propios ojos te parecen extraños; pasas unas horas de angustia, sin fiarte de nadie, pero luego ese sentimiento se va desvaneciendo poco a poco. El terror, en vuestro país, es algo que os tomáis voluntariamente en pequeñas dosis para recordar que no lo tenéis que sufrir a diario.

Pero para mí y para las chicas de mi aldea, el terror es una enfermedad que padecemos todos los días y de la que no te puedes curar levantándote de la butaca roja del cine y saliendo de la sala mientras el asiento se dobla automáticamente sobre el respaldo. ¡Qué buen truco! Si pudiera hacer eso, creedme, ya estaría en el vestíbulo del cine, sonriendo al chico de la cafetería, cambiando monedas de una libra esterlina por palomitas calientes y comentándole: «¡Buf! Menos mal que ya se acabó todo. Ha sido la película con la que más miedo he pasado en mi vida. Creo que la próxima vez veré una comedia, o una de amor, con muchos besos». Pero no es tan sencillo marcharse de la película de tus recuerdos. Allá donde vayas, siempre la están poniendo. Por eso, cuando digo que soy una refugiada, debéis comprender que no tengo dónde refugiarme.

Algunos días me pregunto cuánta gente habrá como yo. Miles, supongo, flotando ahora mismo en los océanos, entre mi mundo y el vuestro. Cuando no podemos pagar a un mafioso para que nos cruce, nos escondemos en la bodega de un barco de mercancías. Agazapados en la oscuridad, entre contenedores, respirando en silencio entre las sombras; hambrientos, escuchando los extraños crujidos metálicos de los barcos, con el olor a gasóleo y a pintura, entre el traqueteo de los motores. Por las noches, nos desvela el canto de las ballenas que llega de las profundidades del mar y retumba en el casco de la embarcación. Nos pasamos el viaje suspirando, rezando, pensando. ¿En qué pensamos? En la seguridad del cuerpo y en la tranquilidad del espíritu; en todos esos países imaginarios que se encuentran en la cafetería del cine.

Yo me colé en la bodega de un enorme barco de acero, pero el terror se coló en mi interior. Cuando dejé mi tierra, creí que había escapado, pero mientras surcaba el mar, empecé a tener pesadillas. ¡Qué ilusa fui al pensar que me marchaba de mi país con los bolsillos vacíos! Al contrario, llevaba una pesada carga encima.

Mi equipaje y yo fuimos descargados en un puerto en el estuario del Támesis. No bajé por la pasarela como en las películas. Vuestros agentes de inmigración me sacaron del barco y me metieron en el centro de internamiento. Allí dentro no se bromeaba. ¿Qué puedo decir? Vuestro sistema es cruel, pero muchos de vosotros fuisteis buenos conmigo. Me enviabais cajas de caridad. Vestisteis mi terror con unas botas y una camisa de colores. Mandasteis algo para que me pintara las uñas, y libros, y periódicos… Ahora el terror puede hablar inglés como la reina de Inglaterra. Por eso ahora sé utilizar palabras como «asilo» o «refugio», y puedo contaros –en un plis-plas, como decimos en mi país– de qué huía.

En esta vida hay algunas cosas horribles que te pueden hacer los hombres. Os juro que es mucho mejor suicidarse antes que dejarse atrapar por ellos. Cuando eres consciente de ello, tus ojos miran de un lado a otro sin parar, esperando el momento en el que aparecerán los hombres.

En el Centro de Internamiento para Extranjeros nos dijeron que teníamos que ser disciplinados para superar nuestros miedos. Ésta es la disciplina que yo aprendí: cada vez que llego a un sitio nuevo, tengo que descubrir cómo suicidarme en ese lugar. Debo estar preparada por si vienen los hombres. La primera vez que entré en el cuarto de baño de la casa de Sarah, me dije: «Perfecto, Little Bee, aquí puedes romper el espejo de ese botiquín y cortarte las venas con los cristales». La primera vez que Sarah me llevó en su coche, pensé: «Muy bien, Little Bee, puedes bajar la ventanilla, quitarte el cinturón y, sin armar mucho jaleo, saltar por la ventana justo cuando pase el próximo camión que venga en sentido contrario». Y cuando Sarah me llevó a Richmond Park, mientras ella disfrutaba del paisaje, yo andaba buscando un agujero en el suelo en el que poder esconderme y permanecer acurrucada hasta que lo único que quedase de mí fuera una pequeña calavera que los zorros y los conejos olisquearían con sus húmedos y suaves hocicos.

Si los hombres aparecen de repente, estaré lista para quitarme la vida. ¿Os da pena mi forma de pensar? Bueno, si un día vienen los hombres y no estáis preparados, entonces seré yo la que sentirá lástima por vosotros.

Durante los primeros seis meses en el centro de internamiento, me pasé todas las noches gritando y todos los días imaginando mil maneras de suicidarme. Discurría cómo quitarme la vida en cualquiera de las situaciones que una chica como yo podía vivir en el centro de internamiento: en el pabellón de enfermería, con morfina; en la sala de lavadoras, con lejía; en la cocina, con manteca. ¿Pensáis que soy una exagerada? Algunas de las chicas que estaban conmigo en el centro se suicidaron. Se llevaban sus cadáveres por la noche, porque no era bueno que la gente de los alrededores viera las ambulancias saliendo del lugar.

¿Y que pasaría si me liberaban? ¿Si iba al cine y me tenía que suicidar allí? Me tiraría desde la sala de proyección. ¿Y si estaba en un restaurante? Me escondería en un gran frigorífico hasta caer en un largo y gélido sueño. ¿Y si me encontraba en la playa? Secuestraría una furgoneta de helados, la conduciría hacia el mar y nunca volveríais a verme. El único recuerdo de que una vez existió esta chica africana serían miles de cucuruchos derritiéndose, mecidos por las frías olas azules.

Tras cien noches sin dormir, terminé por descubrir el modo de matarme en cualquier rincón del centro de internamiento o del mundo exterior, pero mi mente seguía imaginando suicidios. Enfermé debido al terror y me metieron en el pabellón de enfermería. Lejos de los otros internos, me pasaba el día tumbada, tapada con sábanas rasposas, sola en mi mundo. Sabía que tenían intención de deportarme, así que empecé a imaginar cómo suicidarme de vuelta en Nigeria. Era igual que hacerlo en el centro de internamiento, pero rodeada de un paisaje mucho más agradable. Esto me ofreció una pequeña e inesperada felicidad. Me quitaba la vida una y otra vez en selvas, en tranquilas aldeas, en las faldas de las montañas…

En los lugares más hermosos, me tomaba mi tiempo para suicidarme. Una vez, en medio de la profunda y calurosa jungla, que olía a musgo húmedo y a excrementos de mono, me pasé casi un día entero cortando árboles y construyendo una alta torre para ahorcarme en ella. Tenía un machete. Me imaginaba la pegajosa savia en las manos con su dulce olor a miel, el agradable cansancio en mis brazos de tanto cortar y los gruñidos de los monos, enfadados porque acababa con sus árboles. En mi imaginación, trabajé con ahínco atando los troncos con lianas y enredaderas, usando un nudo especial que me había enseñado a hacer mi hermana Nkiruka. Fue un duro día de trabajo para una jovencita como yo. Estaba orgullosa. Al final de aquella jornada, en mi cama del pabellón de enfermería, construyendo mi torre suicida, me di cuenta de que podría haber trepado a un árbol y haberme lanzado de cabeza contra una roca.

Por primera vez, sonreí.

A partir de ahí, empecé a comer los platos que me traían. «Tienes que recuperar fuerzas, Little Bee —pensaba—. De lo contrario, estarás demasiado débil para matarte cuando llegue el momento y lo lamentarás.» Comencé a salir del pabellón de enfermería al comedor, para las comidas. Así podía elegir yo los platos en lugar de que me los trajeran. Me hacía preguntas como: «¿Qué me dará más fuerzas para cometer el suicidio, las zanahorias o los guisantes?».

En el comedor había una televisión que estaba siempre encendida. Gracias a ella aprendí más cosas sobre la vida en vuestro país. Vi programas como *La isla de los famosos*, *Esta cocina es un infierno* o *¿Quién quiere ser millonario?*, imaginándome cómo podría suicidarme en todos esos programas: ahogándome, con un cuchillo jamonero o pidiendo el comodín del público.

Un día, los agentes del centro nos entregaron a todos un ejemplar de un libro llamado *Vivir en el Reino Unido*, que explica la historia de vuestro país y cómo adaptarse a él. Planeé cómo quitarme la vida en tiempos de Churchill (poniéndome bajo las bombas), de la reina Victoria (lanzándome delante de un caballo) y de Enrique VIII (casándome con Enrique VIII). Ideé cómo suicidarme con gobiernos laboristas y conservadores, y descubrí que no era necesario tener un plan para quitarme la vida con los demócratas liberales. Ya estaba empezando a comprender el funcionamiento de vuestro país.

Finalmente, me sacaron del pabellón de enfermería. Todavía gritaba por las noches, pero ya no todas. Fui consciente de que llevaba dos cargas a mis espaldas: una era el terror, pero la otra era la esperanza. Me había matado para volver a la vida.

Leí vuestras novelas y los periódicos que me enviabais. Subrayaba las frases grandilocuentes de los artículos de opinión y buscaba en mi diccionario de bolsillo todos los términos nuevos para mí. Practiqué durante horas ante el espejo hasta lograr que esas pomposas palabras sonaran naturales salidas de mi boca.

Leí un montón sobre vuestra familia real. La reina me cae mejor que su inglés. En caso de que os invitaran, ¿sabríais cómo suicidaros durante una recepción de Isabel II en los fastuosos jardines del palacio de Buckingham? Yo, sí. Me mataría con un vaso de champán roto, o con una afilada pinza de langosta, o puede que atragantándome con un trocito de pepino, si apareciesen los hombres por allí.

A menudo me pregunto qué haría la reina si vinieran los hombres. No me digáis que Su Majestad no piensa en ello. Cuando leí en *Vivir en el Reino Unido* algunas de las cosas que les habían sucedido a las mujeres que les tocó ser reinas, comprendí que le estarían dando vueltas al tema del suicidio todo el rato. Creo que si la reina y yo nos conociéramos, tendríamos muchas cosas en común.

La reina sonríe mucho, pero si la miras a los ojos en el retrato que aparece en los billetes de cinco libras, verás que también soporta una pesada carga. La reina y yo estamos listas para lo peor. En público, nos veréis sonreír e incluso, a veces, reír a carcajadas. Pero si fueras un hombre y nos miraras de cierta manera, las dos nos aseguraríamos de estar bien muertas antes de que pudieras posar un dedo sobre nosotras. La reina de Inglaterra y yo no te daríamos esa satisfacción.

Es bueno vivir así. Cuando estás preparada para morir, no sufres tanto ante el terror. Por eso, aquella mañana en la que nos dejaron salir del centro de internamiento, me encontraba nerviosa pero sonriente, porque estaba lista para morir.

Os voy a contar lo que sucedió cuando llegó el taxista. Nosotras cuatro estábamos esperándolo fuera del Centro de Internamiento para Extranjeros, dándole la espalda al edificio, algo normal cuando un enorme monstruo gris te escupe de repente después de haberte retenido en su estómago durante dos años. Le das la espalda y hablas bajito, no vaya a ser que se acuerde de ti y tenga la feliz ocurrencia de volver a tragarte.

Miré a Yevette, la guapa y alta jamaicana. Hasta ese momento, siempre la había visto alegre y soltando carcajadas. Sin embargo, ahora en su rostro se dibujaba una sonrisa tan nerviosa como la mía.

—¿Qué pasa? —pregunté.

Yevette se acercó a mí y me susurró al oído:

—No *'tamos* seguras aquí fuera.

—Pero si nos han soltado. Somos libres, podemos irnos. ¿Cuál es el problema?

Yevette meneó la cabeza y volvió a murmurar:

—Las cosas no son tan *fásiles*, bonita. Es *verdá*, somos libres, pero no es lo mismo que te digan: «Chicas, sois libres, podéis marcharos», que «Chicas, sois libres, podéis marcharos hasta que os cojamos». Y nosotras *'tamos* en ese segundo caso, Little Bee, créeme. Lo llaman «inmigrante ilegal».

—No lo entiendo, Yevette.

—Ya, pero no hay tiempo *pa* explicártelo ahora.

Yevette miró a las otras dos chicas y al centro de internamiento a sus espaldas. Luego, se giró hacia mí y volvió a acercarse a mi oreja:

—*Hise* un truco *pa* que nos dejaran salir de ahí dentro.

—¿Qué truco?

—Shhh. Cariño, hay *demasiás* orejas por aquí. Confía en mí, Little Bee. Ahora tenemos que buscar un sitio *pa* escondernos. Ya te explicaré la *situasión* luego, con más calma.

Las otras chicas nos estaban mirando. Les sonreí e intenté no pensar en lo que Yevette acababa de contarme. Allí estábamos, sentadas ante la puerta principal del centro de internamiento. Las vallas, tan altas como cuatro personas y con unos feos rollos negros de alambre de espino en lo alto, se extendían a ambos lados. Contemplé a las otras tres chicas y me entró la risa tonta. Yevette se levantó, se llevó las manos a las caderas y, mirándome con los ojos abiertos como platos, dijo:

—¿De qué leches te ríes, Little Wasp[3]?

—Me llamo Little Bee, Yevette, y me río de esta valla.

Yevette alzó la vista y observó la valla.

—¡Santo Dios! Bonita, en Nigeria estáis *peó* de lo que *parese*. Así que esta valla te da risa, ¿eh? Pues yo espero no volver a ver esta cosa que a ti te resulta tan *grasiosa*.

—Es por el alambre de espino, Yevette. A ver, míranos: yo, con mis mudas en esta bolsa de plástico; tú, con tus sandalias; esta chica, con su bonito sari amarillo y la otra, con sus documentos. ¿Tenemos pinta de poder escalar esta valla? Estoy segura de que si, en lugar de alambre de espino, pusieran monedas y mangos frescos ahí arriba, tampoco seríamos capaces de saltarla. ¡Te lo digo yo!

Yevette se echó a reír, «Wu–ja–ja–ja–ja», y me regañó apuntándome con el dedo:

—¡Serás boba! ¿Te piensas que ponen esta valla *pa* que no nos escapemos? ¡Tú estás tonta, bonita! Esa valla está ahí *pa* que no entren los tíos de fuera. Si los hombres supieran lo buenas que están las mujeres que tienen *enserrás* ahí dentro, tirarían la puerta abajo.

Me eché a reír con Yevette, y entonces la chica de los documentos habló. Estaba sentada con las piernas cruzadas y

---

[3] En castellano, Avispita. *(N. del T.)*

tenía la vista fija en sus zapatillas deportivas verdes Dunlop Flash.

—¿Adónde vamos a ir?

—*Pos* ande nos lleve el taxi, ¿no te *parese*? Y luego, ya se verá. Alegra esa cara, cariño. ¡Nos vamos a Inglaterra! —exclamó Yevette, señalando con el dedo hacia el paisaje que se extendía fuera del recinto. La chica de los documentos miró en dirección al campo, y lo mismo hicimos la chica del sari y yo.

Ya os he dicho que era una mañana soleada. Estábamos en mayo y los cálidos rayos del sol atravesaban las nubes. El cielo parecía un cuenco azul roto del que goteaban hilos de miel. Nos encontrábamos en lo alto de una colina. Una carretera bajaba serpenteando desde la puerta del centro y se perdía en el horizonte. No había tráfico, pues terminaba donde estábamos nosotras y no conducía a ningún otro sitio. A ambos lados de la carretera había campos muy hermosos, con pastos de un verde brillante tan fresco que te entraba hambre sólo de mirarlos. Mientras los contemplaba, pensé que podría ponerme a cuatro patas en el suelo, hundir la cabeza en esa hierba y comer, comer, comer. Eso es lo que hacían un buen número de vacas a la izquierda de la carretera, y un número incluso mayor de ovejas a la derecha.

En el campo más cercano, un hombre blanco montado en un pequeño tractor azul pasaba una herramienta por la tierra, no me preguntéis con qué función. Otro hombre blanco que llevaba unas ropas azules —creo que las llamáis «mono»— ataba una brillante cuerda marrón para cerrar la barrera de una valla. Las parcelas eran cuadradas y estaban muy cuidadas. Los setos que las separaban eran rectos y bajitos.

—¡Qué grande es todo! —dijo la chica de los documentos.

—¡Bah! Esto no es *na* —exclamó Yevette—. Espera a que lleguemos a Londres. Conozco a gente allá.

—Pues yo no —dijo la de los documentos—. Yo no conozco a nadie.

—*Pos* tendrás que ponerle un poco más de ganas, guapa.

—¿Por qué no ha venido nadie a ayudarnos? —preguntó la de los documentos, frunciendo el ceño—. ¿Por qué no ha venido mi asistente social a recogerme? ¿Por qué no nos han dado algún papel donde ponga que nos dejan en libertad?

Yevette meneó la cabeza y protestó:

—¿No te vale con ese montón de papeles que llevas en la bolsa, bonita? ¡Hay algunas que no se conforman con *na*! —Se echó a reír, pero sus ojos miraban apremiantes la carretera—. ¿*Ande* está ese maldito taxi?

—El hombre del teléfono me dijo que llegaría en diez minutos.

—*Pos parese* que hayan *pasao* diez años.

Yevette se quedó callada. Todas miramos al horizonte. Un paisaje vasto y profundo se extendía ante nosotras. Soplaba una ligera brisa. Nos quedamos sentadas contemplando las vacas, las ovejas y al hombre que ataba la barrera.

Pasado un rato, apareció nuestro taxi. Cuando lo vimos, todavía era un punto blanco a lo lejos, en la carretera. Yevette me sonrió y dijo:

—Cuando hablaste con el taxista por teléfono, ¿*paresía* guapo?

—No hablé con el conductor, sólo con el de la centralita.

—Little Wasp, llevo *diesiocho* meses sin un tío, así que espero que este taxista sea todo un Mr. Mention[4], ¿sabes a lo que me refiero? Me gustan los hombres altos y un poco rellenitos. No me van los flacuchos. Y que vistan bien. Los perdedores no molan, ¿*verdá*?

Me encogí de hombros mientras observaba el taxi acercándose. Yevette me miró y dijo:

—¿Cómo te gustan los hombres, Little Wasp?

Bajé la vista al suelo. La hierba se abría paso entre el asfalto. Jugueteé con ella. Cuando pensaba en hombres, sentía un

---

[4] Término coloquial jamaicano para referirse a un hombre atractivo y de fuerte carácter. (*N. del T.*)

pinchazo de terror en el estómago, como si me estuvieran clavando un cuchillo. No quería responder, pero Yevette me dio un codazo.

—Venga, Little Wasp . ¿Cómo le gustan los tíos a *mamasita*?

—Bueno, ya sabes... como a todas.

—¿Qué? ¿Qué quieres *desir* con eso? ¿Altos, bajos, *delgaos*, gordos?

—Pienso que mi hombre ideal tiene que hablar muchas lenguas —dije, mirándome las manos—. Tiene que conocer el ibo y el yoruba, el inglés y el francés, y otros idiomas. Así podrá hablar con todo el mundo, incluso con los soldados, para cambiar su corazón si hay violencia en él. Así no tendría que luchar, ¿sabes? No tiene por qué ser muy guapo, me basta con que sea hermoso al hablar. Y que sea muy bueno, que no se enfade si se te quema la comida por ponerte a cotorrear con tus amigas en vez de vigilar el fuego. Que sólo te diga: «No pasa nada».

—Ya me perdonarás, Little Wasp, pero tu hombre ideal no *parese mu* realista —comentó Yevette.

La chica de los documentos levantó la vista de sus deportivas verdes Dunlop Flash y dijo:

—Déjala en paz, ¿no te das cuenta de que es virgen?

Me quedé mirando al suelo. Yevette me contempló durante un buen rato y luego posó su mano en mi nuca. Jugué con la puntera de mi bota en el asfalto.

—Y tú, ¿cómo lo sabes? —preguntó Yevette a la chica de los documentos.

La muchacha se encogió de hombros y, señalando el contenido de su bolsa, comentó:

—He visto muchas cosas. Sé bastante bien cómo es la gente.

—*Entonses*, ¿por qué estás siempre tan callada, si has visto tantas malditas cosas?

La chica se encogió de hombros otra vez.

—¿Cómo te llamas, guapa? —le preguntó Yevette.

—No le digo mi nombre a nadie. Por seguridad.

—Apuesto a que tampoco le das tu número de teléfono a los tíos —se burló Yevette, entornando los ojos.

La chica de los documentos miró enfadada a Yevette y escupió en el suelo. Estaba temblando de ira.

—¡No tienes ni idea! —dijo—. Si supieras algo de la vida no te parecería todo tan divertido.

Yevette puso los brazos en jarras y empezó a menear la cabeza de un lado a otro, muy despacio.

—Mira, guapa —dijo—, lo que pasa es que, a ti y a mí, la vida nos lo ha *quitao to*, pero a mí me ha *dejao* el *sentío* del humor, y a ti sólo te quedan esos papelajos.

Dejaron de discutir, porque el taxi estaba llegando. Cuando el coche se detuvo delante de nosotras, el conductor bajó la ventanilla y del interior del vehículo salió una música sonando a todo volumen. Os puedo decir qué era: una canción que se titula *We Are The Champions*, de un grupo inglés llamado Queen. ¿Sabéis por qué conocía esta canción? A uno de los vigilantes del centro de internamiento le encantaba ese grupo, y siempre se traía la radio y nos ponía sus canciones mientras estábamos encerradas en las celdas. Si bailabas y te meneabas un poco, fingiendo que te gustaba la música, te daba algo de comida extra. Una vez me enseñó una foto del grupo, en la portada de un CD. Uno de los músicos tenía un montón de pelo negro y muy rizado, que le caía por la nuca hasta los hombros. Seguro que le pesaba muchísimo esa melena. Sé lo que significa en vuestro país la palabra «moda», pero el pelo de ese tipo no parecía muy a la moda, la verdad. Más bien parecía un castigo.

Cuando nos estaba enseñando la foto del CD, pasó otro vigilante y, apuntando al músico de la mata de pelo, dijo: «¡Vaya mariquita!». Recuerdo que me puse muy contenta, porque por aquel entonces todavía estaba aprendiendo vuestro idioma y empezaba a entender eso de que una palabra pueda tener dos significados. Comprendí al instante este nuevo término. «Mariquita» se refería al pelo del cantante.

Así que esta palabra se utiliza para describir a un insecto y también a un hombre peludo.

Os cuento esto porque el taxista que vino a recogernos tenía exactamente el mismo tipo de pelo.

Cuando el taxi se detuvo frente a la puerta principal del centro de internamiento, el conductor nos miró a través de la ventanilla sin bajarse de su asiento. Era un blanco delgaducho y llevaba unas gafas de sol con cristales de color verde oscuro y una reluciente montura dorada. La chica del sari amarillo estaba maravillada con el vehículo. Supongo que, igual que yo, nunca antes había visto un coche tan grande, nuevo, reluciente y blanco. Le dio la vuelta pasando la mano por el chasis, mientras decía: «Mmmh». Todavía llevaba la bolsa transparente vacía, pero ahora la sujetaba con una sola mano. Con la otra, palpaba las letras que aparecían en el maletero del vehículo. Las pronunció lentamente y con mucho cuidado, como había aprendido a hacer en el centro de internamiento: «Efe…O…Erre…De. ¡Mmmh! ¡*Forr*!». Cuando llegó a la parte delantera se quedó pasmada ante las luces del coche. Posó una mano sobre un faro y la retiró entre risitas. El taxista, que había estado siguiendo los movimientos de la muchacha, se giró hacia nosotras. En el rostro tenía la expresión de quien acaba de darse cuenta de que se ha metido en la boca una granada de mano confundiéndola con un aguacate.

—Vuestra amiga está un poco pirada, ¿no? —dijo.

Yevette me dio un codazo en el estómago y murmuró:

—Te toca hablar, Little Wasp.

Miré al conductor del taxi. En la radio del coche todavía sonaba *We Are The Champions* a todo volumen. Fui consciente de que lo mejor sería contarle algo al taxista para convencerlo de que no éramos inmigrantes. Tenía que demostrarle que éramos británicas, que hablábamos vuestro idioma y que comprendíamos todas las sutilezas de vuestra cultura. Además, quería alegrarle un poco. Por eso, sonreí, me acerqué a la ventanilla y le dije al conductor:

—¡Buenos días, caballero! Ya veo que está usted hecho todo un mariquita.

Creo que el hombre no me entendió. Su expresión avinagrada se volvió aún más agria. Meneó la cabeza de lado a lado muy despacito y exclamó:

—¡Pandilla de monos! ¿No os enseñan educación en la selva?

Y se marchó a toda pastilla. Las ruedas del taxi rechinaron sobre el asfalto, haciendo el mismo sonido que el llanto de un bebé cuando le quitas el biberón. Nosotras cuatro nos quedamos contemplando cómo el coche se alejaba colina abajo. Las ovejas a la derecha y las vacas a la izquierda de la carretera también lo miraban pasar. Luego los animales volvieron a pastar, y nosotras a sentarnos en el suelo. Cada vez soplaba más viento, y el alambre de espino repiqueteaba en lo alto de la valla. La sombra de unas nubecillas recorría los campos.

Pasó un buen rato antes de que alguna se decidiera a hablar.

—Igual la *prósima* vez sería *mejó* que hablara la del sari.

—Lo siento.

—¡Malditos africanos! Siempre estáis haciéndoos los listos, pero sois unos ignorantes.

Me levanté y me acerqué a la valla. A través del alambre, contemplé el paisaje. Colina abajo, los dos granjeros seguían haciendo sus labores, uno montado en el tractor y el otro arreglando la barrera.

—¿Qué vamos a *hasé* ahora, Little Wasp? —dijo Yevette, levantándose y acercándose a mí—. No *poemos* quedarnos aquí. Vamos a caminar, venga.

—¿Y esos hombres de ahí abajo? —protesté, meneando la cabeza.

—¿Crees que van a hacernos algo?

—No lo sé, Yevette —dije, agarrándome con fuerza a la valla—. Tengo miedo.

—¿De qué tienes miedo, Little Wasp? Seguro que nos dejan en paz. ¿O te vas a *poné* a llamarlos cosas raras, como has hecho con el tío del taxi?

Sonriendo, meneé la cabeza.

—*Pos* ya está, no tengas miedo. Estás conmigo. Pero controla esos modales de mono que tienes. —Yevette se giró hacia la chica de los documentos y le preguntó—: Y tú, señorita sin nombre, ¿te vienes?

La muchacha miró la puerta del centro de internamiento y dijo:

—¿Por qué no nos prestan más ayuda? ¿Por qué no han enviado a nuestros trabajadores sociales a recogernos?

—*Pos* porque han *desidío* que no les da la gana *haserlo*, guapa. Entonces, ¿qué? ¿Te vuelves ahí dentro y les pides que te den un coche, un novio y unas bonitas joyas?

La chica bajó la vista al suelo y Yevette sonrió.

—*Mu* bien, guapa. Ahora tú, la del sari. Te lo voy a poner *fásil:* Te vienes con nosotras, ¿vale? Si *'tás* de acuerdo, no abras la boca.

La chica del sari ladeó la cabeza, sin entender lo que le estaban diciendo.

—¡Perfecto! ¡En marcha, Little Wasp! Nos vamos de este sitio.

Yevette se giró hacia mí, pero yo seguía con la vista fija en la chica de amarillo. El viento levantó su sari y me fijé en que tenía una cicatriz del grosor de un dedo atravesándole la garganta. En contraste con su piel oscura, la marca era blanca como un hueso. Se enroscaba alrededor de su tráquea, formando un nudo, como si no quisiera marcharse; como si todavía tuviera una oportunidad de acabar con ella. La chica se fijó en que la estaba mirando y se tapó la cicatriz con una mano. Vi que también tenía heridas en la palma de la mano. Ya sé que hemos hecho un trato sobre las cicatrices, que son bonitas y todo eso, pero en esta ocasión aparté la vista porque a veces resulta duro asimilar tanta belleza.

Cruzamos la puerta del recinto y caminamos por la carretera colina abajo. Yevette iba la primera, yo, la segunda y las otras dos nos seguían detrás. Me pasé todo el camino con la vista fija en las pantorrillas de Yevette, sin atreverme a mirar ni a izquierda ni a derecha. El corazón me latía acelerado cuando llegamos a los pies de la colina. El traqueteo del tractor se oía cada vez más cerca y ahogaba el sonido que hacían las sandalias de Yevette al caminar. Cuando el ruido del motor se fue quedando atrás, respiré aliviada. Todo va bien, pensé. Ya los hemos dejado atrás y no ha pasado nada. ¡Qué tonta he sido por tener tanto miedo! Entonces, el traqueteo del tractor se detuvo. En el repentino silencio que se hizo, se oyó el canto de un pájaro en algún punto cercano.

—¡Eh, vosotras! —gritó una voz masculina.

—No te pares —le susurré a Yevette.

—¡¡Chicas!!

Yevette se detuvo. Yo intenté seguir avanzando, pero la jamaicana me retuvo por el brazo y murmuró:

—No hagas locuras, bonita. ¿*Ande* piensas ir?

Me detuve, muerta de miedo. Me costaba respirar. Las otras también parecían asustadas. La chica sin nombre me susurró al oído:

—Por favor, vamos a darnos la vuelta y volver arriba. A esta gente no le caemos bien, ¿es que no lo veis?

El hombre se bajó de la cabina del tractor. El otro, el que estaba atando la barrera, se le unió. Se plantaron en la carretera, entre nosotras y el centro de internamiento. El del tractor vestía una chaqueta verde, se cubría la cabeza con una gorra y llevaba las manos metidas en los bolsillos. El hombre del mono azul, el que estaba arreglando la valla, era muy grande. El otro sólo le llegaba al pecho. Era tan alto que las perneras del mono le quedaban por encima de los tobillos. Además, estaba muy gordo. Tenía una enorme papada de color rosado y le asomaban las grasas en el espacio que había entre la pernera del mono y los calcetines. Llevaba un gorro de lana bien calado. Sacó un paquete de tabaco del bolsillo y empezó a liarse un cigarrillo sin apartar la vista de nosotras. No se había afeitado y tenía la nariz hinchada y roja. Sus ojos también estaban rojos. Prendió su cigarrillo, exhaló el humo y escupió. Cuando habló, la grasa de su cuello tembló como un flan:

—Os habéis escapado, ¿verdad, hijas?

El conductor del tractor se echó a reír y dijo:

—No le hagáis caso a *Pequeño* Albert.

Las cuatro bajamos la vista al suelo. Yevette y yo estábamos delante, y la del sari amarillo y la chica sin nombre, detrás. Ésta última volvió a susurrarme al oído:

—Por favor, volvamos. Esta gente no nos va a ayudar, ¿no lo ves?

—No nos harán daño. Ahora estamos en Inglaterra. Aquí las cosas no son como en nuestros países.

—Por favor, ¡vámonos!

La observé dando saltitos sobre uno y otro pie con sus deportivas verdes Dunlop Flash. No sabía si echar a correr o seguir parada.

—Entonces, ¿qué? —dijo el hombre alto y gordo—. ¿Os habéis escapado?

—No, señor —contesté meneando la cabeza—. Nos han dejado libres. Somos refugiadas políticas.

—Y lo podéis demostrar, supongo.

—Nuestros papeles están en posesión de nuestros asistentes sociales —dijo la chica sin nombre.

El hombre alto y gordo miró a nuestro alrededor. Luego dirigió la vista hacia la carretera y estiró un poco el cuello para mirar detrás del seto del terreno colindante.

—Pues no veo a ningún asistente social por aquí.

—Llámelo si no nos cree —dijo la chica sin nombre—. Puede llamar al Departamento de Extranjería y Migración, y pídales que revisen nuestros expedientes. Le dirán que está todo en regla. —Rebuscó en su bolsa de plástico llena de documentos hasta que encontró el papel que quería—. Aquí está. Éste es el número. Llame y verá.

—No, por *favó*, no lo haga —dijo Yevette.

—¿Qué pasa? —preguntó la chica sin nombre, mirándola fijamente—. Nos han dejado salir, ¿no es así?

Yevette se frotó nerviosa las manos, y dijo en voz muy bajita:

—*Güeno*, las cosas no son tan *sensillas*…

—¿Qué has hecho? —preguntó la chica sin nombre, lanzando una mirada furiosa a Yevette.

—*Hise* lo que tenía que *haser*.

Al principio, la chica sin nombre parecía enfadada. Luego, confusa. Después, poco a poco, el terror asomó a sus ojos. Yevette la cogió del brazo:

—Lo siento, guapa. No quería que os enterarais así.

La chica apartó la mano de Yevette de un empujón mientras el hombre del tractor daba un paso hacia delante. Soltó un suspiró y le comentó a su amigo:

—Muy típico, *Pequeño* Albert, muy típico —Se giró y nos miró con tristeza. Sentí que se me revolvía el estómago—. Jovencitas, sin papeles estáis en una posición muy delicada, ¿me equivoco? Hay personas que podrían aprovecharse de vuestra situación.

El viento soplaba con fuerza a través de los campos. Tenía un nudo tan grande en la garganta que no era capaz de hablar. El hombre del tractor tosió.

—Muy típico de este maldito Gobierno —dijo—. Me importa un bledo que seáis legales o ilegales, pero, ¿cómo pueden soltaros sin papeles? Siempre lo dejan todo manga por hombro. ¿No tenéis nada más?

Le mostré mi bolsa transparente y, al verme, las otras chicas hicieron lo mismo. El hombre del tractor meneó la cabeza.

—¡Demonios! Muy típico, ¿verdad, *Pequeño* Albert?

—Pues no sé, señor Ayres.

—Este Gobierno no se preocupa por nadie. No sois las primeras personas que vemos deambulando perdidas por estos pastos como marcianos. No sabéis ni en qué planeta estáis, ¿verdad? ¡Maldito Gobierno! No le importan los refugiados, no le importa el campo, no le importan los agricultores… A este Gobierno de mierda lo único que le preocupa son los zorros y la gente de la ciudad. —El hombre dirigió la vista hacia la valla de alambre de espino del centro de internamiento y luego nos miró una a una—. De entrada, no deberíais estar en esta situación, no señor. Es una desgracia encerrar a unas chicas como vosotras en un sitio así. ¿Verdad, Albert?

Pequeño Albert se quitó el gorro de lana y se rascó la cabeza, mirando hacia el centro de internamiento. Expulsó humo por la nariz sin abrir la boca.

—Bueno, ¿qué queréis que hagamos con vosotras? —preguntó el señor Ayres—. ¿Queréis que os acompañe de vuelta ahí arriba y les diga que os dejen quedaros hasta que vengan vuestros asistentes sociales?

Yevette abrió los ojos como platos cuando escuchó estas palabras.

—No, *señó*, de ninguna manera. Yo no vuelvo a *entrá* en ese infierno otra vez ni un minuto. ¡Antes muerta!

El señor Ayres me miró.

—Supongo que os habrán dejado salir por error —dijo—. Sí, eso me parece. ¿Me equivoco?

Me encogí de hombros. La del sari y la chica sin nombre nos observaban esperando a ver qué sucedía.

—¿Tenéis algún sitio adonde ir? ¿Parientes? ¿Alguien que os esté esperando?

Miré a las otras chicas, luego al hombre y respondí que no, meneando la cabeza.

—¿Podéis demostrar de algún modo que tenéis los papeles en regla? Me metería en un buen lío si os dejo entrar en mi propiedad y luego resulta que estoy escondiendo inmigrantes ilegales. Tengo mujer y tres hijos. Esto es un asunto serio.

—Lo sentimos, señor Ayres. No entraremos en su propiedad. Ya nos vamos.

El señor Ayres hizo un gesto de conformidad con la cabeza. Luego, se quitó la gorra, bajó la vista hacia el forro del interior de la prenda y se puso a darla vueltas y vueltas entre las manos. Observé cómo estrujaba con sus dedos la tela verde. Tenía unas uñas gruesas y amarillentas, y los dedos sucios de tierra.

Un enorme pajarraco negro pasó por encima de nuestras cabezas y se alejó en la dirección por la que había desaparecido nuestro taxi. El señor Ayres respiró profundamente y me mostró el interior de su gorra para que lo viera. En el forro, había una etiqueta blanca cosida en la que se podía leer un nombre. La etiqueta tenía manchas amarillas del sudor acumulado.

—¿Sabes leer inglés, jovencita? ¿Puedes decirme qué pone en la etiqueta?

—Pone «AYRES», señor.

—¡Muy bien! Eso es lo que pone, sí señor. Yo soy Ayres, ésta es mi gorra y este suelo que pisáis ahora mismo, chicas, es la granja Ayres. Trabajo esta tierra, pero no dicto sus leyes. Sólo me dedico a pasar el arado entre sus lindes en primavera y en otoño. *Pequeño* Albert, ¿crees que eso me da derecho a decidir si estas mujeres se pueden quedar?

Durante un rato sólo se escuchó el viento. *Pequeño* Albert escupió en el suelo y dijo:

—Bueno, señor Ayres, yo no soy abogado. Al fin y al cabo, no soy más que el que se encarga de las vacas y los cerdos, ¿no?

—Chicas, os podéis quedar —dijo el señor Ayres, echándose a reír.

Entonces, oí sollozos a mis espaldas. Era la chica sin nombre, que seguía agarrando con fuerza su bolsa llena de documentos y se había puesto a llorar. La del sari amarillo la rodeó con sus brazos y le tarareó con su suave voz una de esas tonadas que se cantan a los niños cuando el sonido de los disparos

79

en la noche los despierta y hay que calmarlos sin asustarse demasiado. Creo que en vuestro idioma no tenéis una palabra para ese tipo de canciones.

Albert se quitó el cigarrillo de la boca y, pellizcándolo entre el pulgar y el índice, lo redujo a una bolita y se la metió en el bolsillo de su mono de trabajo. Volvió a escupir y se caló el gorro de lana.

—¿Por qué llora?

—Igual no está *acostumbrá* a que la gente sea amable con ella —contestó Yevette, encogiéndose de hombros.

Albert se quedó un rato pensando en esto. Después, meneó la cabeza y preguntó:

—¿Las llevo al barracón de los temporeros, señor Ayres?

—Gracias, Albert. Sí, llévalas allí y que se pongan cómodas. Luego les mandaré a mi mujer para que vea si necesitan algo. —Dirigiéndose a nosotras, añadió—: Tenemos un dormitorio donde alojamos a los temporeros. Ahora está vacío, sólo lo usamos durante la cosecha y la paridera. Os podéis quedar una semana, nada más. Pasado ese tiempo, lo que hagáis con vuestras vidas no es problema mío.

Sonreí al señor Ayres, que me despachó con un gesto de la mano parecido al que se hace cuando quieres espantar una abeja antes de que se te acerque. Así pues, las cuatro, en fila, seguimos a Albert por los campos. El hombre, con su gorro de lana y su mono azul, abría la marcha. Llevaba al hombro una enorme bobina de cuerda naranja brillante. Tras él iba Yevette, con su vestido morado y sus sandalias. Después, yo con mis vaqueros y mi camisa hawaiana. Detrás de mí iba la chica sin nombre, que seguía llorando, y, por último, la del sari amarillo, que no paraba de cantarle canciones. Las vacas y las ovejas se apartaban para vernos pasar por sus campos. Resultaba evidente que pensaban: «¡Mira qué extrañas criaturas lleva *Pequeño* Albert hoy!».

Nos condujo a un barracón alargado que se levantaba detrás de un arroyo. Era una construcción con paredes de ladrillo muy bajas —me llegarían por el hombro—, pero tenía un alto techo metálico que se alzaba formando un arco por encima de las paredes, lo que daba al edificio aspecto de túnel. El tejado no estaba pintado. No había ventanas en las paredes, pero tenía claraboyas en el techo. El barracón se alzaba sobre un terreno sucio en el que cerdos y gallinas picoteaban el suelo. Cuando aparecimos, los cerdos se quedaron mirándonos y las gallinas se apartaron nerviosas, contemplándonos de reojo para asegurarse de que no las perseguíamos.

Las gallinas estaban preparadas para echarse a correr en caso de necesidad. Se apartaban a saltitos. Me fijé en que, cuando posaban las patas, les temblaban las garras. Se movían en grupo, emitiendo un cacareo que subía de tono cada vez que una de nosotras se acercaba, y bajaba de intensidad cuando se separaban de nuestro lado. Me puse triste al contemplarlas. La forma en la que se movían y los sonidos que hacían me recordaron el día en que mi hermana Nkiruka y yo abandonamos nuestra aldea.

Aquella horrible mañana, nos unimos a un grupo de mujeres y niñas y escapamos a la selva. Estuvimos caminando hasta que anocheció y nos echamos a dormir al borde del camino. No nos atrevíamos a encender un fuego. En la oscuridad de la noche, escuchábamos el estruendo de los disparos y los gritos de los hombres, que chillaban como cerdos esperando en el matadero a que les rebanen el pescuezo. Era una noche de luna llena. Si el brillante astro hubiera abierto la boca y se hubiese puesto a hablar, no habría conseguido asustarme más de lo que ya estaba. Nkiruka me abrazaba con fuerza. En nuestro grupo había bebés. Algunos se despertaron y hubo que cantarles nanas para que se durmieran. Al día siguiente, vimos una alta y tétrica columna de humo levantándose en la zona donde quedaba nuestra aldea. Era un humo muy negro que formaba espirales a medida que ascendía hacia el cielo azul. Algunos de los niños pequeños del grupo preguntaron de dónde salía ese fuego. Las madres sonreían y les decían: «Sólo es el humo de un volcán, pequeño. No hay que preocuparse». Observé que, cuando sus hijos no las miraban, las sonrisas se borraban del rostro de las mujeres al contemplar el cielo manchado de negro.

—¿Estás bien?

Albert me estaba mirando. Parpadeé y contesté:

—Sí, gracias, señor.

—Soñando despierta, ¿eh?

—Sí, señor.

—¡Menuda juventud! Todo el día con la cabeza en las nubes —exclamó, soltando una carcajada.

Albert abrió la puerta del barracón y nos dejó pasar. En el interior había dos filas de camas pegadas a las largas paredes. Eran de metal y estaban pintadas de verde oscuro. Tenían unos colchones blancos y limpios, y almohadas sin fundas. El suelo era gris, de cemento, y se encontraba limpio y reluciente. Gruesas franjas de sol entraban por las claraboyas. Había cadenas colgando del techo, que, en el centro del edificio, tendría la altura de cinco personas. Albert nos enseñó a abrir las claraboyas tirando de un extremo de las cadenas, y a cerrarlas tirando del otro. También nos mostró los cubículos que había al fondo, donde podíamos ducharnos y usar el váter.

—Pues esto es todo, señoritas —dijo Albert, guiñándonos un ojo—. No es un cinco estrellas, es verdad, pero decidme en qué hotel puedes meter a veinte mozas de Polonia sin que te digan nada en recepción. Tendríais que ver lo que hacen los temporeros cuando se apagan las luces. En serio, debería dejar la ganadería y ponerme a grabar películas.

Albert se echó a reír, pero las cuatro nos quedamos mirándolo en silencio. No entendía por qué había dicho eso de las películas. En mi aldea, todos los años, al terminar la temporada de lluvias, los hombres iban a la ciudad y traían un proyector y un generador diésel. Ataban una cuerda entre dos árboles, colgaban de ella una sábana blanca y veíamos una película. No había sonido, sólo el traqueteo del generador y los chillidos de los animales en la selva. Así es como conocimos vuestro mundo. La única película que teníamos se llamaba *Top Gun*, y la vimos cinco veces. Recuerdo que, la primera vez que la pusieron, los chicos de la aldea estaban contentos porque pensaban que iba a ser una de tiros, pero no. Era una peli sobre un hombre que siempre tenía que viajar a toda prisa, a veces en moto, a veces en un avión que conducía él mismo, a veces boca abajo… En la aldea, los niños discutimos sobre la película y llegamos a la conclusión de que tendría que titularse: *El hombre que siempre tenía mucha prisa*, y que la moraleja era que si el protagonista se levantara más temprano no tendría que andar siempre corriendo para que le diera tiempo a hacer todo lo que tenía que hacer. Pero, en lugar de eso, se pasaba el día en la cama con una mujer de pelo rubio, a la que llamábamos la «señora-me-quedo-en-la-cama». Era la única película que había visto en mi vida, por eso no entendí por qué Albert dijo que quería grabar películas. No tenía pinta de saber pilotar un avión boca abajo. De hecho, me fijé en que el señor Ayres no le dejaba ni conducir su tractor azul. Albert vio que lo mirábamos sin comprender y meneó la cabeza.

—En fin, no importa —dijo—. Mirad, tenéis mantas y toallas en esos armarios. Supongo que la señora Ayres se pasará más tarde y os traerá comida. Nos vemos por la granja.

Las cuatro nos quedamos en el centro de la estancia observando a Albert marcharse entre las dos hileras de camas. Se iba riendo cuando salió a la luz del exterior. Yevette nos miró y, llevándose el dedo índice a la cabeza, dijo:

—No *l'hagais* caso. Los blancos están *piraos*.

Se sentó en el borde de una de las camas, sacó una rodaja de piña seca de su bolsa y empezó a morderla. Me senté a su lado, mientras la del sari se llevaba a la chica sin nombre, que seguía lloriqueando, a un rincón del barracón.

Albert había dejado la puerta abierta y unas cuantas gallinas se colaron dentro y se pusieron a buscar comida debajo de las camas. La chica sin nombre gritó al ver las aves. Se hizo un ovillo sobre la cama y se cubrió con una almohada a modo de escudo. Los ojos, abiertos como platos, asomaban por encima de la almohada, mientras que por debajo sobresalían sus deportivas verdes Dunlop Flash.

—Relájate, cariño, no van a *haserte na*. No son más que unos pollos, ¿no lo ves? —dijo Yevette. Luego, soltó un suspiro y, dirigiéndose a mí, añadió—: Ya estamos otra vez, ¿*verdá*, Little Wasp?

—Sí, ya estamos otra vez.

—Esa chica no es *na* positiva.

Miré a la chica sin nombre, que observaba con terror a Yevette y se santiguaba.

—Pues no.

—Supongo que es lo que tiene el estar libres. En el *sentro* de internamiento, siempre te *desían*: «Haz esto, haz lo otro», y así no tenías tiempo *pa* pensar. Pero ahora, de repente, nadie te da órdenes, ¿*verdá*? Y eso es peligroso, te lo digo yo. Hace que todos los malos recuerdos regresen a tu cabeza.

—¿Piensas que está llorando por eso?

—No lo pienso, bonita. Lo sé. Ahora que estamos fuera, tenemos que tener *cuidao* con la mollera.

Me encogí de hombros y me hice un ovillo sobre la cama.

—¿Qué hacemos ahora, Yevette?

—Ni idea, cariño. Ésa va a ser nuestra *prinsipal dificultá* en este país. En el mío no hay paz, pero tenemos miles de rumores. Siempre te enteras de *ande* puedes ir a por esto o lo otro. Pero aquí nos encontramos justo con el problema contrario: hay paz, pero nos falta *informasión*. ¿Me entiendes?

Mirando a Yevette a los ojos, le pregunté:

—¿Qué está pasando, Yevette? ¿Qué hiciste? ¿Cómo es que nos han dejado salir de ese sitio sin papeles?

Yevette soltó un largo suspiro y dijo:

—Le *hise* un *favorsito* a uno de los tíos de *inmigrasión*, ¿vale? Hizo unos cambios en el *ordenadó*, puso una cruz en la casilla adecuada y, ¡zas!, nos metió en la lista de personas que pueden salir: a ti, a mí, y a esas dos. Esta mañana, los de *inmigrasión* vieron los nombres en la pantalla del *ordenadó* y, sin *haser* preguntas, ¡hala!, te sacan de la *habitasión* y te ponen en la puerta. No les importa si no viene a recogerte tu asistente social. Están demasiado *ocupaos* mirando las tetas de las tías que salen en el periódico. Así que, aquí estamos. Libres como el viento.

—Pero sin papeles.

—Sí, pero eso no me da miedo.

—Pues a mí, sí.

—No te preocupes. —Yevette me apretó la mano y sonreí—. ¡Ésta es mi chica!

Miré a mi alrededor. La chica sin nombre y la del sari estaban seis camas más allá. Me acerqué a Yevette y le pregunté en voz baja:

—¿Conoces a algún inglés?

—*Pos* claro, guapa. A Shakespeare, a lady Di, al *Pasiente* inglés… Los *conosco* a todos. Me aprendí los nombres *pa'l* examen de *integrasión*…Pregunta, pregunta.

—No, me refiero a si conoces a alguien con quien podamos quedarnos si salimos de aquí.

—*Pos* claro, bonita. Tengo contactos en Londres. Media Jamaica vive en Cole Harbour Lane, seguramente echando pestes *to'l* santo día de los nigerianos del barrio *d'al lao*. ¿Y tú? ¿Tienes familia por aquí?

Le enseñé el permiso de conducir del Reino Unido que llevaba en mi bolsa de plástico. Era una pequeña tarjeta con la foto de Andrew O'Rourke. Yevette me la quitó de las manos y se puso a mirarla.

—¿Qué leches es esto?

—Un carné de conducir. Viene escrita la dirección del dueño. Voy a ir a visitarlo.

Yevette se acercó la foto a la cara y la contempló. Luego la alejó de sus ojos y torció la nariz. La acercó de nuevo y parpadeó.

—Little Wasp, este tío es blanco.

—Ya lo sé.

—Vale, vale. Sólo estaba comprobando si eras ciega o idiota. —Sonreí, pero Yevette estaba muy seria—. Deberíamos quedarnos juntas, bonita. ¿Por qué no te vienes conmigo a Londres? Seguro que allí encuentras gente de tu país.

—Pero será gente que no conozco, Yevette. No podré fiarme de ellos.

—¡Vaya! Y de este blanco, ¿te fías?

—A él lo conozco.

—Perdona que te lo diga, Little Wasp, pero este tío no *parese* tu tipo.

—Lo conocí en mi país.

—¿Qué leches *hasía* este blanco en Nigeria?

—Lo conocí en una playa.

Yevette echó la cabeza hacia atrás y se dio unas palmadas en los muslos.

—¡Wu-ja-ja-ja-ja! Ya lo entiendo. ¡Y la otra *disiendo* que eras virgen!

—No es eso —protesté, meneando la cabeza.

—No lo niegues, Little Wasp cachonda. Algo le tuviste que *hasé* a ese hombre *pa* que te diera este valioso documento.

—Su mujer también estaba, Yevette. Es una mujer muy guapa, se llama Sarah.

—Entonces, ¿*pa* qué te dio su carné de *condusir*? Claro, como su mujer es tan guapa, el hombre pensó: ¡Leches! Ya no *nesesito* el carné *pa na*. No voy a volver a *condusir*, me quedaré toda la *vía* en casa mirando a mi bonita esposa.

Aparté la vista.

—¿Qué pasó, si no? ¿Le robaste este documento?

—No.

—Entonces, ¿qué?

—No puedo hablar de eso. Sucedió en un momento de mi vida muy distinto.

—Little Wasp, creo que has *pasao demasiao* tiempo aprendiendo inglés, porque no dices más que tonterías. Sólo tenemos una vida, bonita. Y aunque algunos momentos no te gusten, no dejan de *formá* parte de ella.

Me encogí de hombros y me recosté en la cama, contemplando una de las cadenas que colgaban del techo. Cada eslabón se unía al anterior y al siguiente, y eran demasiado fuertes para que una chica como yo los rompiera. La cadena entera se mecía en el aire, reflejando los rayos del sol que entraban por la claraboya. Me imaginé que en un extremo de la cadena se encontraba la madurez y que, si tiraba de ella, como para sacar un cubo de un pozo, llegaría, más tarde o más temprano, a la infancia. Pero, a diferencia de lo que ocurre en la vida real, esta cadena nunca se rompería, dejándome con un cabo sin nada atado en las manos.

—Me resulta muy doloroso pensar en el día en que conocí a Andrew y Sarah, Yevette. No sé si debería ir a visitarlos o no.

—Cuéntamelo, Little Wasp, y yo te diré si te conviene o no.

—No me apetece contártelo, Yevette.

Yevette puso otra vez los brazos en jarras y me miró con los ojos bien abiertos:

—¡*Pos* muy bien, Miss África!

—Seguro que tú también tienes partes de tu vida de las que no te apetece hablar, Yevette —dije sonriendo.

—Sólo *pa* no darte envidia, Little Wasp. Si te contara algunas de las cosas que he hecho en mi vida de *plaseres* y de lujos, te pondrías tan *selosa* que seguro que revientas, y la del sari tendría que limpiar *tol estropisio*. Y la pobre ya *parese* bastante cansada.

—Hablo en serio, Yevette. ¿Hablas con normalidad de lo que te pasó y de por qué viniste al Reino Unido?

Yevette dejó de reír.

—*Pos* no. Si le cuento a la gente lo que me pasó, nunca se lo creerían. *Tol* mundo se piensa que en Jamaica no hay más que sol, playas, marihuana y *rastafaris*. Pero no es así. Si estás en el lado *equivocao* de la política, Little Wasp, te toca sufrir.

A ti, y a tu familia. Y cuando digo «sufrir», no me refiero a que te castiguen sin comer *helaos* una semana. Me refiero a sufrir de *verdá*: a despertarte empapada en la sangre de tus hijos y descubrir que tu casa está en *silensio, pa* siempre, por los siglos de los siglos, amén.

Yevette se había quedado inmóvil mirando sus sandalias. Le cogí la mano. Por encima de nuestras cabezas, las cadenas se mecían sin parar.

—Pero nadie se cree que eso pase en mi país —añadió Yevette tras un suspiro.

—Entonces, ¿qué le contaste al hombre del ministerio?

—¿En la entrevista *pa* lo del asilo? ¿De *verdá* quieres saber lo que le dije?

—Sí.

—Le dije que si me sacaba de ese sitio, le dejaría *haser* conmigo lo que quisiera.

—No lo entiendo.

—Menos mal que el del ministerio era un poco más listo que tú, Little Wasp —dijo Yevette, entornando los ojos—. ¿No *t'has fijao* en que las *habitasiones* de las entrevistas no tienen ventanas? Te aseguro que la *mujé* de ese hombre debía de llevar diez años sin abrirse de piernas, porque el tío se puso como loco cuando se lo propuse. Y no fue un día sólo. El hombre *nesesitó* cuatro entrevistas *pa* asegurarse de que tenía los papeles en regla, ya me entiendes.

—Ay, Yevette —la consolé, acariciándole la mano.

—No pasa *na*, Little Wasp. *Comparao* con lo que *m'harían* si me devuelven a Jamaica, eso no es *na*.

Yevette me sonrió. Las lágrimas se le escapaban por el rabillo del ojo y recorrían la curva de sus mejillas. Me puse a secárselas, pero empecé a llorar yo también y al final ella tuvo que secármelas a mí. Era gracioso, porque no podíamos parar de llorar. Yevette se echó a reír, yo también, y cuanto más reíamos más nos costaba controlar el llanto. Hacíamos tanto ruido que la del sari nos silbó para que nos calláramos porque molestábamos a la chica sin nombre, que estaba hablando sola en un lenguaje extraño.

—Mira qué pinta tenemos, Little Wasp. ¿Qué vamos a *haser*?

—No lo sé. ¿De veras crees que nos dejaron salir por lo que hiciste con el hombre del ministerio?

—*Pos* claro, Little Wasp. El tío incluso me dijo la fecha.

—Pero, ¿sin darte papeles?

—Ajá. Sin papeles. Dijo que sus poderes tenían un límite, ¿entiendes? Que podía marcar una casilla en el *ordenadó pa* que nos dejaran salir y luego *desir* que fue una *equivocasión*. Pero que aprobar mi *solisitud* de asilo, eso era otro cantar.

—Entonces, ¿ahora eres ilegal?

—Sí, y tú también, Little Wasp —dijo Yevette, asintiendo con la cabeza—. Y esas dos también. Las cuatro hemos *salío grasias* a lo que hice con el del ministerio.

—Pero ¿por qué nosotras?

—El tío dijo que resultaría sospechoso si sólo me soltaban a mí.

—¿Y cómo lo hizo para elegirnos a las demás?

—No lo sé —dijo Yevette, encogiéndose de hombros—. Igual cerró los ojos y marcó otras tres casillas al *asar*.

Meneé la cabeza y bajé la vista.

—¿Qué pasa? —protestó Yevette—. ¿No te gusta? Deberíais *apresiar* lo que he hecho por vosotras.

—Pero sin papeles no vamos a ningún sitio, Yevette. ¿Es que no lo ves? Si nos hubiéramos quedado y hubiéramos seguido los procedimientos legales, seguro que nos habrían dejado salir con los papeles en regla.

—Claro, Little Wasp, claro... Las cosas no son así, bonita. No *pa* los jamaicanos, y tampoco *pa* los de Nigeria. Métete esto en la *cabesa*, cariño: los *prosedimientos* legales sólo *condusen* a una cosa: la *de-por-ta-sión*. —Con cada sílaba que pronunciaba de esta última palabra, me daba una palmada en la frente—. Y si nos deportan, nos matarán en cuanto pongamos un pie en nuestro país. *¿Verdá?* Así, por lo menos, tenemos una *oportunidá* de salvarnos, bonita. Confía en mí.

—Pero no podemos trabajar sin papeles, Yevette. No podemos ganar dinero, ¿cómo vamos a vivir?

—Tampoco puedes vivir si estás muerta —repuso Yevette encogiéndose de hombros—. Seguro que eso lo entiendes.

Suspiré y meneé la cabeza, mientras Yevette se echaba a reír.

—Así me gusta, que seas realista, pequeña —dijo—. Ahora, vamos a ver, esos ingleses que *conoses*, ¿piensas que podrían ayudarnos?

—No lo sé —contesté, mirando el permiso de conducir.

—Y no *conoses* a nadie más, ¿*verdá*?

—No.

—¿Y qué pasará cuando lleguemos allí, si te acompaño?

—No lo sé. Podríamos buscar trabajo en algún sitio donde no nos pidan papeles.

—*Pa* ti es *fásil*. Eres lista y hablas bien. Habrá mucho trabajo *pa* una como tú.

—Tú también hablas bien.

—Hablo como una tía que se ha *tragao* a otra que hablaba bien. Soy una palurda, ¿no lo ves?

—No eres una palurda, Yevette. Todas las que conseguimos llegar hasta aquí, las que sobrevivimos, ¿cómo vamos a ser palurdas? Un palurdo no llegaría tan lejos, te lo aseguro.

—¿Estás de broma? —dijo Yevette, acercándose a mí—. ¿No has visto con qué cara de boba miraba esa del sari el taxi?

—Vale, igual la del sari no es muy lista, pero es más guapa que nosotras.

Yevette puso de nuevo los ojos como platos y apretó su bolsa de plástico contra su cuerpo.

—Eso me ha *dolío*, Little Wasp. ¿Cómo *t'atreves* a *desir* que es más guapa? Te iba a dar un trozo de mi rodaja de piña, pero *t'has quedao* sin ella, bonita.

Sonreí y Yevette se echó a reír y me frotó la cabeza con los nudillos.

De repente, nos giramos porque la chica sin nombre se había puesto a chillar como una loca. De pie, sobre la cama, apretaba su bolsa de documentos contra el pecho con ambas manos mientras gritaba:

—¡No dejéis que se acerquen! ¡Nos matarán a todas! ¿Es que no lo veis?

Yevette se levantó y se acercó a la chica sin nombre. La miró mientras las gallinas cloqueaban y picoteaban alrededor de sus sandalias.

—Mira, cariño, esto no son hombres que vienen a matarte. Ya te he dicho antes que son gallinas. Tienen más miedo de ti que tú de ellas. ¡Mira!

Yevette se puso a correr detrás de un grupo de gallinos. Hubo un estallido de aleteos y plumas volando. Algunas aves saltaron encima de los colchones mientras la chica sin nombre gritaba sin parar y les daba puntapiés con sus deportivas verdes Dunlop Flash. De pronto, dejó de chillar y señaló con el dedo hacia un lugar del barracón. No pude ver dónde apuntaba, porque había plumas de gallina flotando por todas partes entre las franjas de luz que entraban por las claraboyas.

—¡Mirad! ¡Mirad! ¡Es mi hija! —exclamaba con el dedo tembloroso.

Todas nos quedamos mirando, pero cuando las plumas cayeron al suelo, no vimos nada. La chica sin nombre sonreía a una franja de luz que iluminaba el suelo pintado de gris. Le caían lágrimas de los ojos.

—¡Hija mía! —dijo, extendiendo sus brazos hacia la luz, con los dedos temblorosos.

Miré a Yevette y a la del sari, que bajó la vista al suelo. Yevette se encogió de hombros. Me giré hacia la chica sin nombre y le pregunté:

—¿Cómo se llama tu hija?

—Ésta es Aabirah —respondió con una sonrisa. Su rostro brillaba—. Es la pequeña. ¿A que es bonita?

Miré hacia el lugar que ella señalaba y dije:

—Sí, es muy guapa. —Le hice un gesto con las cejas a Yevette—. ¿Verdad que es guapa, Yevette?

—Oh, sí, *pos* claro. Encantadora. ¿Cómo *dises* que se llama?

—Aabirah.

—¡Qué bonito! A ver, Aabirah, *¿m'ayudas* a sacar a estos bichos de aquí?

Y así, Yevette, la del sari y la hija pequeña de la chica sin nombre se pusieron a espantar a las gallinas para sacarlas del barracón. Yo me senté junto a la chica sin nombre y le cogí la mano.

—Tu pequeña es muy buena. ¡Mira cómo persigue a las gallinas!

La chica sin nombre sonrió, y yo también. Supongo que, para las dos, era bonito que hubiera recuperado a su hija.

Si les estuviera contando esta historia a las chicas de mi aldea, tendría que explicarles una nueva palabra: «eficiencia». Los refugiados somos muy eficientes. Nos faltan las cosas que queremos —nuestros hijos, por ejemplo—, así que nos las ingeniamos para estirar un poco lo que hay. Mirad si no lo que pudo hacer la chica sin nombre con una franja de luz. O cómo la del sari era capaz de meter todo el color amarillo en una bolsa de plástico vacía.

Me tumbé en la cama y estuve un rato mirando las cadenas. Pensaba en la luz del sol, en el amarillo y en que quizá a partir de entonces no vería muchas cosas así. Puede que el nuevo color de mi vida fuera el gris. Tras pasar dos años en un centro de internamiento gris, ahora me había convertido en una inmigrante ilegal. Eso significa que eres libre hasta que te cojan, que vives en una zona gris. Pensé en cómo me las iba a arreglar. Procuraría pasar lo más inadvertida posible, escondiendo mis colores y viviendo entre penumbras y sombras. Suspiré e intenté respirar hondo. Me entraron ganas de llorar al ver esas cadenas y pensar en el color gris.

Me imaginé que si alguna vez me llamaba el jefe de las Naciones Unidas y me decía: «Enhorabuena, Little Bee, te concedemos el gran honor de diseñar una bandera que represente a todos los refugiados del mundo», haría un trapo gris. No necesitarías una tela especial, la bandera podría tener cualquier forma y podrías confeccionarla con cualquier material que tengas a mano: un sujetador viejo que se ha vuelto gris de tanto lavarlo, por ejemplo. Podrías colgarlo del palo de una escoba, si no tienes otra cosa. Aunque, si tuvieras un asta, creo que el sujetador gris quedaría genial plantado en la línea de banderas multicolores que hay frente al edificio de las Naciones Unidas en Nueva York. Ondearía entre las barras y estrellas y la bandera roja de China. Sería todo un espectáculo. Sólo de pensarlo, me eché a reír.

—¿De qué leches te ríes, Little Wasp?

—Estaba pensando en el color gris.

—No te vuelvas loca tú también, Little Wasp —dijo Yevette frunciendo el ceño.

Me recosté en la cama y miré el techo, pero no había más que esas cadenas colgando. Pensé que podría ahorcarme con una sin problemas.

Por la tarde, vino la mujer del granjero y nos trajo comida: una bandeja con pan y queso y un afilado cuchillo para cortar el pan. Imaginé que podría abrirme las venas con ese cuchillo si venían los hombres. La mujer del granjero era muy amable. Le pregunté por qué se portaba tan bien con nosotras y me contestó que porque todos somos seres humanos.

—Disculpe, señora, pero creo que Yevette no es un ser humano. Creo que pertenece a una especie distinta con la lengua más larga.

Yevette y la mujer se echaron a reír y nos pasamos un rato charlando sobre de dónde veníamos y adónde íbamos. Me explicó cómo llegar a Kingston-upon-Thames, pero me aconsejó que no fuera.

—Mejor que no vayas a los suburbios, cariño —me dijo—. No son ni chicha ni limonada. Sitios artificiales, llenos de gente artificial.

Me reí y le contesté:

—A lo mejor es lo que me conviene.

La mujer se extrañó cuando le pedimos cinco platos en lugar de cuatro, pero los trajo de todos modos. Dividimos la comida en cinco porciones y le dimos la más grande a la hija de la chica sin nombre porque todavía estaba en edad de crecer.

Esa noche soñé con mi aldea, antes de que vinieran los hombres. Teníamos un columpio que habían construido los niños con un neumático viejo. Le habían atado una cuerda y lo habían colgado de la rama más alta de un viejo árbol de limba que crecía apartado de las casas, cerca de la escuela. Cuando todavía era pequeña para montarme en el columpio, mi madre me sentaba sobre la tierra roja oscura, junto al tronco del árbol, para mirar a los mayores columpiarse. Me encantaba escuchar sus risas y sus cánticos. Dos, tres, cuatro niños a la vez, unos encima de otros en una maraña de piernas, brazos y cabezas, levantando un polvo rojo al arrastrarse por la arena que había debajo del columpio. «¡Ay! ¡Huy! ¡Quita de encima, por Dios! ¡No empujéis!». Siempre había muchas voces y bromas junto al columpio. Arriba, por encima de mi cabeza, en las ramas del árbol, se posaban unos cálaos gruñones que respondían a los gritos. A veces, Nkiruka se bajaba del columpio, me cogía en brazos y me daba trocitos de masa sin cocinar para que jugara con mis dedos regordetes.

De niña, todo era felicidad y canciones. Disponía de todo el tiempo del mundo, no teníamos prisa. No había electricidad, ni agua potable, ni tristeza. Ninguna de esas cosas había llegado todavía a nuestra aldea. Me sentaba junto a las raíces del árbol de limba y me reía viendo a Nkiruka columpiarse arriba y abajo, arriba y abajo... La soga de la que colgaba el neumático era muy larga, por eso el columpio tardaba bastante en llegar de un extremo al otro. No parecía tener ninguna prisa. Me pasaba todo el día mirándolo y nunca me di cuenta de que era un péndulo que contaba las últimas épocas de paz de mi aldea.

En mi sueño, vi el neumático balanceándose constantemente en esa aldea que todavía no sabíamos que se levantaba sobre un yacimiento de petróleo y por la que pronto se pelearían los hombres con locura y prisas por ser los primeros en perforar el suelo para llegar al oro negro. Éste es el problema de la felicidad, que está construida encima de algo que anhelan los hombres.

Soñé con Nkiruka columpiándose sin parar, y al despertarme tenía lágrimas en los ojos. A la luz de la luna, sentí que había algo balanceándose a mi lado. No sabía muy bien qué era. Me sequé las lágrimas y abrí los ojos. Entonces descubrí lo que se columpiaba en el aire a los pies de mi cama: una zapatilla deportiva verde Dunlop Flash. La otra se había caído del pie de la mujer sin nombre, que se había ahorcado con una de las cadenas que colgaban del techo. Estaba desnuda, sólo llevaba puesta esa zapatilla. Era muy delgada, se le marcaban las costillas y los huesos de la cadera. Sus ojos se habían quedado abiertos y brillaban mirando hacia la luz azulada. La cadena le había retorcido el cuello, reduciéndolo al grosor de sus muñecas. Contemplé la zapatilla deportiva verde Dunlop Flash y el oscuro pie descalzo columpiándose solitarios sin cesar delante de mi cama. La zapatilla verde Dunlop Flash brillaba a la luz de la luna, como un lento y fulgurante pez plateado, y el pie descalzo la perseguía como un oscuro tiburón. Nadaban en círculos uno detrás del otro mientras la cadena chirriaba en el silencio del barracón.

Me incorporé y toqué la pierna de la chica sin nombre. Estaba fría. Miré a Yevette y a la del sari, que seguían dormidas. Yevette hablaba en sueños. Me levanté y me acerqué a su cama. Casi me resbalo al pisar algo húmedo en el suelo. Me arrodillé para tocarlo. Era orina, fría como el suelo de cemento. Se había formado un charco debajo de la chica sin nombre. Alcé la vista y vi una gotita de pis colgando de su dedo gordo del pie, que brilló al caer al suelo. Me levanté. La orina me hizo sentir muy mal. No quería despertar a las otras chicas porque también la verían, y si todas la veíamos no habría forma de negarlo. No sé por qué, un pequeño charco de pis hizo que me echara a llorar. A veces, la mente elige estas pequeñas cosas para romperse.

Me acerqué a la cama de la chica sin nombre y cogí su camisa. Iba a usarla para recoger el pis, pero entonces vi su bolsa llena de documentos al lado de la cama. La abrí y empecé a leer la historia de la chica sin nombre.

«*Los-hombres-llegaron-y…*». Aún tenía lágrimas en los ojos y me costaba leer a la pálida luz de la luna. Devolví los papeles a la bolsa, la cerré y la apreté entre mis manos. Se me ocurrió que podría hacer pasar la historia de esta chica por mía. Podría coger esos documentos y llevarme ese relato con el sello oficial al final que asegura que todo era «CIERTO». Quizá pudiera obtener el asilo con esos papeles. Lo estuve pensando un rato, pero mientras tenía la historia de esta chica entre mis manos, oí el tintineo de las cadenas con más claridad. Reflexioné sobre el final que había tenido la chica sin nombre y tiré sus papeles sobre la cama. En mi país, la historia que una lleva consigo es algo muy importante y personal. ¡Dios pille confesada a la que vaya por ahí con una historia que no sea suya! Así que la dejé en la cama, con todas sus palabras, incluidos los clips, las fotos de las cicatrices, los nombres de las hijas desaparecidas y los sellos de tinta roja que decían que todo estaba «CONFIRMADO».

Le di un besito en la mejilla a Yevette, que seguía dormida, y salí con sigilo al campo.

Dejar a Yevette fue lo más difícil que he tenido que hacer desde que salí de mi aldea. Pero cuando eres un refugiado y se presenta la muerte, no te quedas ni un minuto en ese lugar. Y es que la muerte viene acompañada de una serie de situaciones —tristeza, preguntas, policía— a las que no te puedes enfrentar cuando no tienes los papeles en regla.

La verdad es que no hay bandera para la gente como nosotros. Somos millones, pero no formamos una nación porque no podemos permanecer juntos. A veces pasamos un día, un mes o incluso un año en parejas o pequeños grupos, pero luego el viento cambia, dispersando nuestras esperanzas. La muerte se presentó donde estábamos y me marché asustada. Ahora, sólo me queda la vergüenza, el recuerdo de los colores chillones de Yevette y el eco de sus carcajadas. A veces, me siento tan sola como la reina de Inglaterra.

No fue difícil saber qué dirección tomar. Londres iluminaba el firmamento. Las nubes tenían un reflejo anaranjado, como si la ciudad que me aguardaba estuviese ardiendo. Caminé colina arriba, atravesando campos de no sé qué cereal y un gran bosque de no sé qué árboles. Cuando me giré para mirar por última vez la granja, vi un foco encendido en el exterior del barracón en el que nos habían metido. Supuse que se trataba de una luz automática. En medio del aro de luz se veía el brillante puntito amarillo limón de la chica del sari. Estaba demasiado lejos para distinguir su rostro, pero me imaginé su cara de sorpresa al ver la luz. Como la de una actriz que ha subido al escenario por error, una chica sin ningún papel en la obra que de repente piensa: «¿Por qué me estarán enfocando a mí?».

Tenía mucho miedo, pero no me sentía sola. Durante toda la noche me pareció que mi hermana mayor Nkiruka andaba a mi lado. Casi podía ver sus facciones reflejando la tenue luz anaranjada. Caminamos toda la noche, atravesando campos y bosques, evitando las luces de los pueblos. Cuando veíamos una granja, también dábamos un rodeo. Los perros de una casa nos oyeron y se pusieron a ladrar, pero no pasó nada. Seguimos andando. Tenía las piernas muy cansadas. Después de dos años en el centro de internamiento, sin salir a ningún sitio, estaba débil. Pero aunque me dolían los tobillos y las pantorrillas, me sentó bien moverme en libertad, sintiendo el frescor de la noche en el rostro y con la hierba, húmeda por el rocío, rozando mis piernas. Sé que mi hermana también estaba contenta, porque silbaba al andar. Una vez que nos paramos a descansar, escarbó con los pies en la tierra al borde de una plantación y sonrió. Al ver su sonrisa, recuperé fuerzas para seguir caminando.

El resplandor anaranjado de la noche se fue apagando y comencé a vislumbrar los campos y los setos a nuestro alrededor. Al principio, todo era gris, pero luego la tierra empezó a adquirir colores: azul y verde, muy claritos, como si no tuvieran nada de alegría. Luego salió el sol y el paisaje adquirió una tonalidad dorada. Todo a mi alrededor era oro. Me pareció estar caminando sobre nubes de oro. El sol resplandecía sobre la bruma blanquecina que cubría los campos y rodeaba mis piernas. Busqué a mi hermana, pero había desaparecido con la noche. A pesar de ello, sonreí, porque me había dado fuerzas. Contemplé el hermoso amanecer que me envolvía y me dije: «Sí, sí, todo va a ser igual de maravilloso que ahora. Nunca volveré a tener miedo, no volveré a pasar otro día atrapada en el color gris».

Ante mí, comencé a escuchar un sonido sordo y atronador que se oía y se apagaba entre la niebla. Me imaginé que sería una cascada y pensé que debería andar con cuidado para no caerme en el río con esa niebla.

Seguí caminando, ahora con más precaución, mientras el rugido iba en aumento. Ahora ya no sonaba como un río, podía identificar ruidos individuales en medio del estruendo. Cada sonido se oía por encima de los otros, retumbaba con fuerza y luego se iba apagando. Había un olor sucio y penetrante en el aire. Pude distinguir el sonido de coches y camiones. Me acerqué más, subí una cuesta tapizada de hierba verde y me encontré frente al origen de tanto ruido: una carretera increíble. Frente a mí tenía tres carriles que iban de derecha a izquierda, luego había una barrera de metal y, tras ella, otros tres carriles que iban de izquierda a derecha. Los coches y los camiones circulaban a gran velocidad. Me acerqué al borde de la carretera y alcé la mano para detener el tráfico y que me dejaran cruzar, pero los autos no se pararon. Un camión me pitó y tuve que apartarme.

Esperé a que hubiera un hueco entre el tráfico, crucé corriendo al centro de la carretera y salté la barrera de metal. Muchos coches me pitaron. Atravesé los otros tres carriles y trepé el montículo del otro lado. Una vez allí, me senté a recuperar el aliento. Contemplé el tráfico que seguía pasando a toda velocidad ahí abajo, tres carriles en un sentido y tres en el otro. Si les contara esta historia a las chicas de mi aldea, me dirían: «Claro, era temprano y la gente se dirigía a trabajar en el campo. Pero, ¿por qué la gente que iba de izquierda a derecha no cambiaba sus terrenos con los que iban de derecha a izquierda? Así todos podrían trabajar cerca de su casa».Yo me tendría que encoger de hombros, porque cualquier respuesta que les ofreciera conduciría inevitablemente a más preguntas tontas, del tipo: «¿Qué es una oficina?», o «¿Qué se cultiva en una oficina?».

Me apunté en la memoria la carretera como un lugar al que podría volver para suicidarme si aparecieran los hombres, y luego seguí adelante. Caminé durante una hora atravesando campos y llegué a unas pequeñas carreteras en las que había casas. Me sorprendí mucho al verlas. Eran de dos plantas y estaban construidas con ladrillos rojos. Tenían tejados inclinados con ordenadas filas de tejas y ventanas blancas, todas con cristales y, cosa sorprendente, ninguno roto. Eran casas muy elegantes, y todas iguales. Frente a cada edificio había un coche. Caminé por la calle y contemplé la fila de vehículos aparcados. Eran muy bonitos, limpios y relucientes, no como los que te puedes encontrar en mi país. En mi aldea había dos coches: un Peugeot y un Mercedes. El Peugeot llegó antes de que yo naciera. Lo sé porque el conductor era mi padre. Mi aldea es el lugar donde el coche tosió un par de veces antes de morir sobre la tierra rojiza. Mi padre se acercó a la primera casa del pueblo para ver si tenían un mecánico. No lo encontró, pero conoció a mi madre y se dio cuenta de que la necesitaba a ella más que a un mecánico, así que se quedó. El Mercedes llegó cuando yo tenía cinco años. El conductor iba borracho y chocó contra el Peugeot de mi padre, que seguía en el mismo sitió en el que lo dejó, intacto, aunque le faltaba una rueda que habían cogido los chicos de la aldea para hacer el columpio en el árbol de limba. El conductor del Mercedes se bajó del vehículo y caminó hasta la primera casa. Cuando salió mi padre, le dijo:

—Lo siento.

Mi padre le sonrió y le dijo:

—La verdad es que deberíamos darle las gracias. Ha puesto a nuestra aldea en el mapa. ¡Acabamos de tener nuestro primer accidente de tráfico!

El conductor del Mercedes se echó a reír y también se quedó en el pueblo. Se convirtió en un buen amigo de mi padre, tanto que hasta llegué a llamarlo tío. Mi padre y mi tío vivieron muy felices en la aldea hasta aquella tarde en que llegaron los hombres y los mataron.

A lo que íbamos, que me resultó fascinante ver todos esos coches nuevos y relucientes aparcados frente a esas casas grandes y perfectas. Recorrí un montón de calles iguales y me pasé toda la mañana caminando. Los edificios cada vez eran más altos y macizos, las calles más anchas y ajetreadas. Lo miraba todo, sin prestar atención a los pinchazos de mi estómago ni a los calambres de mis piernas, porque me sorprendía ante cada nueva maravilla. Cada paso que daba veía algo por primera vez —una chica medio desnuda en un anuncio, un autobús rojo de dos pisos, un reluciente edificio tan alto que te mareabas al mirarlo— y me daban punzadas en el estómago de emoción. Cada vez había más barullo, entre el rugido del tráfico y las voces de la gente. De repente, se juntó tal multitud en la calle que me sentí muy pequeña. La masa me empujaba y me sacudía por las aceras, y nadie se fijaba en mí. Intenté caminar lo más recto que podía, siguiendo una calle tras otra. Los edificios eran tan altos que parecía imposible que se mantuvieran en pie, y el ruido era tan fuerte que pensé que me iba a partir el cuerpo en trocitos. Doblé una esquina jadeando y crucé una calle muy transitada entre los pitidos y los gritos de los conductores. Me apoyé contra una pared de piedra blanca y me quedé mirando, ante mí, el Támesis. Los barcos que surcaban las aguas marrones hacían sonar sus sirenas al pasar bajo los puentes. A la orilla del río, a izquierda y derecha, se levantaban enormes torres que llegaban hasta el cielo. Algunas estaban todavía en construcción, con gigantescas grúas amarillas moviéndose a su alrededor. «¿Qué son las grúas?, ¿algún tipo de pájaro?»

Me quedé en la ribera del río contemplando esas maravillas. El sol brillaba en el despejado cielo azul. Hacía calor y, en la orilla del río, corría una suave brisa. Le dije a mi hermana Nkiruka, porque me pareció que estaba allí, en la corriente de las aguas y en el soplido del viento:

—Mira qué lugar más bonito, hermana. Aquí vamos a estar bien. En un país tan grande como éste seguro que hay sitio para dos chicas como nosotras. Ya no sufriremos más.

Sonreí, bajé el terraplén del río y me puse a caminar hacia el oeste. Sabía que si seguía por la orilla llegaría a Kingston —por algo la llamaban Kingston-upon-Thames—. Quería llegar cuanto antes, porque la muchedumbre de Londres estaba empezando a asustarme. En mi aldea nunca se ve a más de cincuenta personas juntas en el mismo sitio. Si alguna vez ves más gente, significa que te has muerto y has ido a la ciudad de las almas. Allí es adonde van los muertos, a una ciudad en la que viven todos juntos, porque no necesitan espacio para sus plantaciones de yuca. Cuando estás muerto no necesitas comer yuca, sólo tener compañía.

Habría un millón de personas a mi alrededor. Sus caras desfilaban a toda prisa ante mí. Busqué y busqué, pero no vi los rostros de mi familia en ellas. Cuando has perdido a todos tus seres queridos, nunca te abandona la costumbre de mirar a los demás. Mi hermana, mi madre, mi padre y mi tío:

siempre los busco en cada nueva cara que me cruzo. Si algún día me conocéis, lo primero que notaréis es que mis ojos escrutan vuestro rostro, intentando ver a alguien diferente en vosotros, desesperados por convertiros en un fantasma. Espero que no os lo toméis como algo personal.

Me apresuré por la ribera del río, avanzando entre la multitud, esquivando mis recuerdos en esta ciudad de muertos. Hubo un momento en el que, al llegar junto a una altísima aguja de piedra con extraños símbolos grabados, me ardían tanto las piernas que tuve que detenerme a descansar. Permanecí un rato parada mientras los muertos pasaban a mi lado, igual que las turbias aguas del Támesis fluían rodeando los pilares de un puente.

Si alguna vez les cuento esta historia a las chicas de mi aldea, tendré que explicarles cómo es posible encontrarse en medio de una marea humana y sentirse muy, muy sola. La verdad, no creo que encuentre las palabras para hacerlo.

4

Recuerdo que la mañana del funeral de Andrew, un poco antes de que llegara Little Bee, estuve un buen rato mirando por la ventana del dormitorio de nuestra casa en Kingston-upon-Thames. Abajo, junto al estanque que tenemos en el jardín, un Batman flacucho y desamparado se dedicaba a zurrar a los malos con un palo de golf de juguete. Pensé que quizá debería calentarle un poco de leche y prepararle un tazón de algo. Recuerdo que me pregunté qué se podría echar en un tazón que realmente sirviera de ayuda en momentos como aquellos. Tenía la mente en ese estado vidrioso y paranoico que produce la falta de sueño.

Detrás de nuestro jardín se veían los patios de las otras casas de la calle, que formaban una curva, como una enorme espina dorsal de color verde, con barbacoas y descoloridos columpios de plástico en lugar de vértebras. A través de la doble ventana me llegaron los pitidos de la alarma de un coche y el estruendo de los aviones que despegaban de Heathrow. Apoyé la nariz contra el cristal de la ventana y me dije: «Estos malditos suburbios son un purgatorio. ¿Cómo hemos acabado todos aquí? ¿Cómo es posible que tanta gente nos hayamos dejado arrastrar tan lejos por el viento?».

En el jardín de la casa de al lado, la mañana del funeral, mi vecino tendía sus calzoncillos azules mientras su gato se le restregaba contra la pierna. En la radio de mi dormitorio, se oía el programa *Today*. El locutor John Humphrys nos advertía de que el índice de la Bolsa de Londres estaba cayendo en picado.

«Vale, pero yo acabo de perder a mi marido», dije en voz alta mientras una mosca revoloteaba intentando atravesar el cristal de la ventana. «Mi esposo ha muerto. Andrew O'Rourke, el prestigioso columnista, se ha quitado la vida. Me siento…».

La verdad es que no tenía muy claro cómo me sentía. Los adultos no disponemos de un lenguaje adecuado para expresar el dolor, aunque en los programas de televisión parezca lo contrario. Sabía que tenía que encontrarme «desolada», por supuesto; que «mi vida se había venido abajo». ¿No es esa la frase que suelen usar? Pero ya hacía casi una semana que Andrew había muerto y ahí estaba yo, con los ojos secos y la casa apestando a ginebra y azucenas, intentando sentir una tristeza acorde a las circunstancias; hurgando entre los recuerdos de mi corta vida junto al pobre Andrew en busca de un punto de inflexión, de algún recuerdo que, al ser evocado, despertara algún síntoma de angustia como, por ejemplo, lágrimas derramadas bajo una increíble presión. «Mi vida ha entrado en un círculo vicioso, Trisha[5]. Me resulta tan doloroso cada día que paso sin él…».

Buscar con tanto ahínco el sufrimiento, cuando ni tan siquiera estaba segura de que anduviera por ahí, me resultaba agotador. Quizá era todavía demasiado pronto. De momento, me inspiraba más lástima la mosca que no paraba de chocarse contra el cristal. Abrí un poco la ventana y salió volando, débil y vulnerable, de regreso al juego de la vida.

Al otro lado de la ventana, el día olía a verano. Mi vecino había avanzado tres pasos a su izquierda en el tendedero. Tras terminar con los calzoncillos, se encontraba ocupado con los

---

[5] Se refiere a Trisha Goddard, presentadora de un famoso *Talk Show* de la televisión británica. *(N. del T.)*

calcetines. Su colada ondeaba al viento como las banderas de oración del Tíbet, implorando consejo a los dioses: «Pues verán ustedes, resulta que vivo en los suburbios, ¿pueden hacer algo por mí?».

La idea de escapar se despertó en mi mente, la muy traicionera, sin avisar. Podría marcharme en ese mismo instante, ¿verdad? Podría coger a Charlie, la tarjeta de crédito y mis zapatos favoritos, esos de color rosa, y tomar un avión. Desde la ventanilla, vería cómo se quedaban atrás la casa, el trabajo y el dolor, reduciéndose todo a diminutos puntos sobre la tierra. Recuerdo que me di cuenta, sintiendo un escalofrío de culpabilidad, de que ya no me quedaba ni una razón para permanecer allí: lejos del centro de mi corazón, desterrada en sus suburbios.

Pero la vida no es propensa a dejarnos escapar. Justo en ese momento, escuché que llamaban a la puerta. Abrí y me encontré con Little Bee. Permanecí mirándola, inmóvil, durante un buen rato. Ninguna de las dos pronunció ni una palabra. Después, la dejé pasar y la invité a sentarse en el sofá. ¡Menudo cuadro! Una chica negra con una camisa hawaiana roja y blanca manchada con barro de Surrey en un sofá de Habitat… Regresaron los recuerdos del infierno.

—No sé qué decir —rompí el silencio—. Creía que habías muerto.

—No estoy muerta, Sarah. Aunque quizá sería mejor que lo estuviera.

—No digas eso. Pareces agotada. Necesitas descansar, y yo tengo que pensar un poco.

—Sí, tienes razón —dijo Little Bee tras un silencio que se prolongó demasiado—. Necesito descansar un poco.

—¿Cómo demonios…? A ver, ¿cómo sobreviviste? ¿Y cómo has llegado hasta aquí?

—Andando.

—¿Desde Nigeria?

—Por favor, estoy muy cansada.

—Oh, claro… Es verdad… Lo entiendo. ¿Te apetece una taza de…? Ya sabes…

No esperé la respuesta y me escabullí. Dejé a Little Bee sentada en el sofá, recostada sobre mis cojines John Lewis, y corrí escaleras arriba. Cerré los ojos y posé la frente contra el frío cristal de la ventana de mi dormitorio. Tenía que llamar a alguien, así que marqué el número de un amigo. Bueno, en realidad Lawrence era algo más que un amigo.

—¿Qué pasa? —respondió Lawrence al aparato.

—Vaya, parece que molesto.

—¡Ah! Eres tú, Sarah. Dios, lo siento. Pensaba que eras la canguro. Es que llega tarde y el bebé me está sacando de quicio. ¡Mierda!

—Ha pasado algo, Lawrence.

—¿Qué?

—Ha venido una persona que no esperaba.

—Siempre pasa en los entierros. Todas las viejas momias salen muy dramáticas de sus tumbas. No puedes evitar que se te presenten algunos cabrones en el funeral.

—Sí, ya lo sé, pero esto es peor. Es, es… —tartamudeé y me quedé en silencio.

—Lo siento, Sarah. Sé que sueno desagradable, pero tengo un lío tremendo en casa. ¿Puedo ayudarte en algo?

Restregué mi rostro ardiente contra el frío cristal.

—Lo siento. Sólo estoy un poco confundida.

—Es por el entierro, es normal. Te sentirás un poco perdida, ¿no? Lo siento, pero no hay nada que se pueda hacer. Tendrías que haberme dejado asistir. ¿Qué sientes?

—¿Sobre el funeral?

—Sobre la situación en general.

—No siento nada —suspiré—. Estoy como aletargada.

—Oh, Sarah, por favor…

—Ahora mismo estoy esperando a que llegue el de la funeraria. Me siento un poco nerviosa, pero nada más. Como cuando estás en la sala de espera del dentista.

Reinó el silencio. De fondo, se oía a los hijos de Lawrence peleando en la mesa. Me di cuenta de que no podía contarle que se había presentado Little Bee. No de momento. No me parecía justo añadirlo a su lista de preocupaciones. Llegaba tarde al trabajo, tenía a un bebé sacándolo de quicio, la canguro no se había presentado todavía… Ah, y además una chica nigeriana, que supuestamente estaba muerta, resucita y se planta en el sofá de su amante. No podía hacerle eso. Porque ahí está el quid de ser amantes, las cosas no son como cuando estás casada. Para poder seguir adelante, hay que ser considerada y reconocer un cierto derecho a la vida privada del otro. Así que me callé. Escuché cómo Lawrence tomaba aire, al borde de la exasperación.

—Vale. ¿Por qué dices que estás confundida? ¿Porque no lo sientes tanto como crees que deberías?

—Es el entierro de mi marido. Debería estar triste, por lo menos.

—Eso es porque sabes controlarte, no eres una llorona sensiblera. Deberías alegrarte.

—Pero es que no consigo llorar por Andrew. No dejo de pensar en lo que pasó aquel día en África, en la playa.

—¡Sarah!

—¿Sí?

—Creo que habíamos decidido que lo mejor era olvidarse de todo eso. Lo que pasó, pasó, y ya está. Quedamos en que no mirarías atrás, ¿no es así?

Posé la mano izquierda sobre el cristal y contemplé el muñón de mi dedo amputado.

—No creo que evitar mirar al pasado siga funcionando, Lawrence. No creo que pueda seguir negando lo que sucedió. No soy capaz. Estoy… —Mi voz se fue apagando.

—¿Sarah? Respira hondo, por favor.

Abrí los ojos. Allá afuera, Batman seguía zurrándose de lo lindo junto al estanque. En la radio, los tertulianos de *Today* continuaban discutiendo. El vecino de al lado había terminado de tender la colada y estaba ahí plantado, con los ojos medio cerrados. Ahora pasaría a una nueva tarea: filtrar el café, quizá, o cambiar la cuerda del motor de una cortacésped. Problemas pequeños y sencillos.

—Lawrence, ahora que Andrew ya…, bueno, que ya no está, ¿crees que tú y yo podríamos…?

Hubo un silencio al otro lado de la línea. Luego un Lawrence muy cauteloso soltó una respuesta evasiva:

—Mientras estaba con vida, Andrew no nos impedía nada. ¿Ves algún motivo para cambiar ahora las cosas?

Suspiré de nuevo.

—¿Sarah?

—¿Sí?

—Mira, concéntrate en el día de hoy, ¿vale? Concéntrate en el entierro. Mantente fuerte, deja que pase el día de hoy y… ¡Deja de echar migas encima del puto ordenador!

—¿Lawrence?

—Perdón, es el crío. Está comiéndose una tostada encima del teclado… Lo siento, tengo que dejarte.

Lawrence colgó. Me aparté de la ventana y me senté en la cama. Esperé, intentando posponer el momento en el que tendría que bajar y afrontar que Little Bee se encontraba en mi sofá. En lugar de moverme, permanecí mirando mi imagen de viuda en el espejo, haciendo un esfuerzo por encontrar alguna marca de la muerte de Andrew, alguna evidencia física en mi rostro. ¿Una arruga de más en la frente? ¿Un tono más oscuro en los párpados? Nada.

Desde aquel día en la playa en África, mi mirada se mantiene imperturbable. Después de una pérdida tan grande, supongo que perder algo más —un dedo, o un marido— no tiene la más mínima consecuencia. En el espejo, mis ojos verdes resultaban apacibles, tan en calma como una extensión de agua poco profunda.

¿Por qué no me salían las lágrimas? Pronto tendría que acudir a una iglesia llena de afligidos asistentes. Me froté los ojos con más fuerza de lo que aconsejan los expertos en belleza de mi revista. Por lo menos, tendría que presentarme con los ojos enrojecidos. Necesitaba demostrar a la gente que Andrew me había importado, que lo quería. Aunque, desde lo de África, no me tomaba el concepto de amor como algo permanente, que se puede medir mediante test y que aparece si contestas B a la mayoría de las preguntas. Me pellizqué con fuerza el párpado inferior. Si no podía mostrar dolor, por lo menos enseñaría al mundo sus efectos en mis ojos.

Finalmente, bajé las escaleras y contemplé a Little Bee, que seguía sentada en el sofá, con los ojos cerrados y la cabeza hundida en los cojines. Tosí, y se despertó sobresaltada. Ojos marrones, cojines de seda naranja estampada. Nos miramos. Todavía tenía barro pegado en las botas. No sentí nada.

—¿Por qué has venido? —pregunté.

—No tengo otro sitio. Las únicas personas a las que conozco en este país sois Andrew y tú.

—Casi no nos conoces. Nos vimos solamente una vez.

—Andrew y tú sois los únicos ingleses a los que he visto en mi vida, aunque fuera solamente una vez —dijo Little Bee, encogiéndose de hombros.

—Andrew ha muerto. Vamos a enterrarlo esta mañana.

Little Bee me miró con ojos vidriosos.

—¿Entiendes lo que te digo? Mi marido ha muerto. Vamos a celebrar el funeral. Es como una ceremonia, en una iglesia. Es lo que se hace en este país.

—Ya sé lo que se hace en vuestro país —asintió Little Bee.

Había algo en su voz, un deje maduro y fatigado, que me asustó. Justo en ese momento, volvieron a llamar a la puerta. Charlie abrió al de la funeraria y me gritó desde la entrada:

—¡Mamá! ¡Es Bruce Wayne!

—Sal a jugar al jardín, cariño —le ordené.

—Pero mami, quiero ver a Bruce Wayne.

—Por favor, cariño, sal.

Cuando me acerqué a la puerta, el hombre observó el muñón de mi dedo. La gente normalmente se fija en él, pero no con una mirada tan profesional. Parecía estar pensando: «Mano izquierda, segundo dedo; amputación de las falanges primera y segunda. Perfecto, podríamos solucionarlo con una prótesis de cera, delgada y con tono de piel caucásico claro. La juntura se cubriría con una base de maquillaje. En el ataúd, colocaríamos la maño derecha sobre la izquierda y asunto resuelto, señora». Un enterrador eficiente, sí señor. Si estuviera muerta, podría hacer de mí una mujer entera.

—Mis más sinceras condolencias, señora. Cuando se encuentre preparada, nosotros estamos listos.

—Gracias. Voy a buscar a mi hijo y a… bueno, a mi amiga.

Noté que el de la funeraria hacía caso omiso de mi aliento a ginebra. Me miró. Había una pequeña cicatriz en su frente. Tenía la nariz chata y un poco torcida. Su rostro no expresaba nada, estaba tan blanco como mi cerebro.

—Tómese todo el tiempo que necesite, señora.

Salí al patio trasero. Batman estaba escarbando debajo de los rosales. Había cogido un rastrillo e intentaba arrancar un diente de león tirando con fuerza del tallo. Un petirrojo hambriento lo observaba a cinco metros de distancia. Batman arrancó la planta del suelo y se la acercó a la cara para estudiar sus raíces. De rodillas, levantó la vista y me miró.

—¿Esto es un hierbajo, mami?

—Sí, cariño. La próxima vez, si no estás seguro, pregúntame antes de arrancar algo, ¿vale?

Batman se encogió de hombros y dijo:

—¿Puedo ponerlo en la «selva»?

Le respondí que sí con un gesto de la cabeza y Batman llevó el diente de león a una pequeña zona del jardín en la que Andrew dejaba crecer las hierbas silvestres con la esperanza de que atrajeran mariposas y abejas.

«He reservado un espacio en nuestro pequeño jardín para que crezcan libremente los hierbajos. Lo llamo la «selva», y me

sirve para recordar el caos —escribió una vez Andrew en su columna—. Nuestras vidas modernas se han vuelto demasiado
ordenadas, demasiado antisépticas.»

Eso fue antes de África.

Batman dejó el diente de león entre las ortigas.

—Mama, ¿estas hierbas son malas?

Le contesté que dependía de si eras un niño o una mariposa. Batman entornó los ojos, como un presentador entre-
vistando a un político evasivo. No pude evitar sonreír.

—¿Quién es esa mujer del sofá, mami?

—Se llama Little Bee.

—¡Vaya nombre más tonto!

—Bueno, no si eres una abeja.

—Pero esa mujer no es una abeja.

—No, es una persona. Es de un país que se llama Nigeria.

—Aaaah. ¿Es de los buenos?

Me incorporé de golpe.

—Tenemos que irnos, cariño. El de la funeraria ha pasado a
recogernos.

—¿Bruce Wayne?

—Sí.

—¿Va a *cogernos* a la bat-cueva?

—Se dice va a «llevarnos», Charlie.

—¿Va a llevarnos a la bat-cueva?

—Bueno, algo por el estilo.

—Vale, ahora voy.

Noté que me estaba empezando a sudar la espalda. Llevaba
puesto un traje de lana gris y un sombrero que no era negro,
sino de un tono más cercano al color del anochecer. No iba
contra la tradición, pero tampoco se sometía por completo a
la oscuridad. Un velo negro, dispuesto para ser utilizado
cuando llegara el momento apropiado, envolvía la copa del
sombrero. Esperaba que alguien me avisara cuando ese instante se produjese.

Me puse unos guantes azul marino, rozando el límite de la negrura requerida por un funeral. Había cortado y cosido el dedo corazón del guante izquierdo. Lo hice un par de noches antes, cuando estaba lo suficientemente borracha para soportarlo, en una compasiva hora entre la embriaguez y la incapacidad. El dedo amputado del guante seguía en mi mesa de coser. Me resultaba difícil tirarlo.

En el bolsillo de la chaqueta llevaba mi teléfono, ya silenciado por si se me olvidaba hacerlo más adelante. También había un billete de diez libras para la colecta, en el caso de que hubiera. No me parecía muy apropiado en un funeral, pero no estaba segura. Y si finalmente pasaban el cepillo, ¿diez libras estaría bien? Cinco me parecía mucha tacañería, y veinte una obscena ostentación.

No tenía a nadie a quien consultar estas cuestiones ordinarias. Little Bee no me servía, no podía preguntarle: «¿Voy bien con estos guantes azules?». Seguro que los miraría como si fueran el primer par de guantes que veía en su vida, lo cual probablemente fuese cierto. «Quiero decir si son lo bastante oscuros, Little Bee. Entre tú y yo, de refugiada que huye del horror a editora de una rompedora revista mensual para mujeres, ¿cómo definirías este tono de azul? ¿Atrevido o irreverente?».

Fui consciente de que las cosas ordinarias se iban a convertir en las más difíciles. Era algo innegable ahora que Andrew nos había dejado. Ya no tenía a nadie con una opinión formada sobre la vida en un país civilizado.

Un petirrojo saltó desde las dedaleras. Llevaba en el pico un gusano de piel morada, del color de los cardenales que salen en la piel.

—Venga, Batman, tenemos que irnos.

—Ahora mismo, mamá.

En la quietud del jardín, el petirrojo sacudió al gusano y lo engulló, poniendo fin a la existencia del bicho y sumiéndolo en la oscuridad con la rapidez y la indiferencia de un dios. Yo seguía impasible, incapaz de sentir nada. Miré a mi hijo, pálido y perplejo en el ordenado patio. Contemplé a Little Bee, cansada y llena de barro, esperando a que entráramos en casa.

Ahí fue cuando me di cuenta de que mi vida había sido invadida. Ahora, resultaba inútil el esmerado conjunto de defensas que había levantado para protegerme de la naturaleza: mi desenfadada revista, mi atractivo esposo, mi línea Maginot de maternidad e infidelidades conyugales... La vida, el mundo real, había encontrado una forma de atravesar las murallas y se encontraba sentada en mi sofá. Ya no podía seguir negando su existencia.

Atravesé la casa y me dirigí a la puerta principal para decirle al de la funeraria que estaríamos con él en un minuto. Asintió mientras yo observaba, detrás de él, a sus hombres, pálidos y resacosos con los faldones de sus fracs colgando. Yo también he bebido mucha ginebra en mi vida, y reconocí al instante esa expresión grave que se dibujaba en sus rostros: un cuarto de lástima, tres cuartos de «no-vuelvo-a-beber». Los hombres me saludaron con un gesto de sus cabezas. Era una sensación peculiar, en mi condición de mujer con un excelente trabajo, recibir la conmiseración de unos proletarios tatuados y con dolor de cabeza. Supongo que es así cómo me verá a partir de ahora la gente, como a una extranjera en este país de mi corazón, al que nunca debería haber venido.

En la calle, justo enfrente de casa, esperaban el coche fúnebre y la limusina. Salí a la acera y me asomé al cristal verdoso de las ventanillas del coche fúnebre. Allí estaba el ataúd de Andrew, reposando sobre unos brillantes rodillos metálicos. Andrew, mi esposo durante ocho años. Pensé que debería sentir algo de pena, pero en mi cabeza sólo flotaba esta idea: «Rodillos, ¡qué práctico!».

En nuestra calle, las casas adosadas se extendían hasta el infinito en ambas direcciones. Las nubes avanzaban por el cielo, agobiantes, todas iguales a las precedentes, amenazando lluvia. Volví a mirar el ataúd de Andrew y pensé en su rostro, en su cara sin vida. ¡Qué muerte más lenta había tenido durante los últimos dos años! La transición en su expresión facial había resultado imperceptible: de una seriedad mortal, a estar muerto en serio. De hecho, esas dos caras empezaban a fundirse en mi memoria. Mi esposo con vida y sin ella parecían un par de adosados, como si bajo la tapa del ataúd pudiera encontrarme las dos partes unidas, como hermanos siameses, con los ojos bien abiertos, mirando al infinito en ambas direcciones.

Entonces me asaltó con una aterradora claridad este pensamiento: «Hubo un tiempo en el que Andrew fue un hombre apasionado, tierno y brillante». Mientras observaba el ataúd de mi esposo, me aferré a esta idea y la ondeé ante mis recuerdos como una bandera blanca solicitando una tregua. Recordé a Andrew en el periódico en el que trabajábamos cuando nos conocimos, discutiendo a gritos con su editor por un noble principio que terminó siendo la causa de su sonado y fulminante despido. Recordé cómo salió al pasillo con paso firme y cautivador. Fue la primera vez que pensé: «De este hombre una puede estar orgullosa». Luego, Andrew casi se chocó conmigo, que, boquiabierta, escuchaba a hurtadillas la bronca desde el pasillo. Fingí que pasaba ante la sala de redacción. Andrew me sonrió y, sin vacilar, me dijo:

—¿Te apetece invitar a un ex compañero a una cenita?

Fue de esas cosas que suceden una entre un millón, como encontrar una aguja en un pajar.

El matrimonio se enfrió cuando nació Charlie. Como si ese relámpago que nos unió fuera lo único que teníamos y casi todo su calor se lo hubiera llevado nuestro hijo. Nigeria había acelerado el declive y ahora la muerte le ponía fin, pero mi desafecto y mi aventura con Lawrence ya habían aparecido antes. Me di cuenta de que mi mente se encontraba atrapada en eso. No podía sentir dolor por Andrew así, de repente, porque llevaba dos años perdiendo lentamente a mi marido. Primero salió de mi corazón, luego de mi mente y, sólo al final, de mi vida.

Entonces fue cuando llegó la verdadera pena. Éste fue el golpe que me hizo temblar, como si se produjera un seísmo en lo más profundo de mi ser y avanzara lentamente hacia la superficie. Me estremecí, pero no solté ni una lágrima.

Regresé al interior de la casa y recogí a mi hijo y a Little Bee. Formábamos un extraño trío que, conmocionado, se dirigía al funeral de mi esposo. Todavía temblando, en el banco de la iglesia, comprendí que cuando lloramos no lo hacemos por los muertos, sino por nosotros mismos, y yo no me merecía tanta lástima.

Cuando todo se acabó, alguien nos llevó a casa. Yo iba abrazada a Charlie en el asiento trasero de un coche que olía a tabaco. Acariciaba la cabeza de mi hijo mientras señalaba las cosas cotidianas que desfilaban ante nosotros, invocando el consuelo de casas, tiendas y coches mediante la esperanzadora magia de susurrar sus nombres. Pensé que eso era lo que necesitábamos: nombres comunes. Las cosas cotidianas nos permitirían salir adelante. No importaba que el traje de Batman de Charlie estuviera manchado con tierra de la tumba. Cuando llegamos a casa, lo metí en la lavadora y le puse el de repuesto. Me costó abrir el paquete de detergente, y tuve que utilizar las dos manos.

Recuerdo que me senté con Charlie a contemplar cómo la máquina se cargaba de agua, que iba subiendo de nivel tras la portezuela redonda de cristal. La lavadora se sacudió con sus habituales giros preliminares mientras mi hijo y yo manteníamos una conversación de lo más común. Fue el peor momento para mí. Hablamos sobre qué quería para comer: él dijo que patatas fritas, yo protesté; insistió y acepté. En ese momento yo era un pelele y mi hijo lo sabía. También claudiqué con el *ketchup* y el helado. Vi el triunfo en el rostro de

Charlie, pero también el terror en sus ojos. Me di cuenta de que para mi hijo, y también para mí, los nombres cotidianos encerraban un dolor extraordinario.

Comimos, y luego Little Bee sacó a Charlie al patio a jugar un rato. Estaba tan centrada en mi hijo que me había olvidado por completo de la muchacha y me sorprendí al descubrir que seguía ahí.

Me quedé sentada en la mesa de la cocina, inmóvil. Mi madre y mi hermana, que nos habían acompañado desde la iglesia, orbitaban a mi alrededor recogiendo platos y dándome mimos. Si nos hubieran sacado una foto de larga exposición, sólo se me vería a mí bien enfocada, rodeada por un halo fantasmal que tendría toques azulados por la chaqueta de mi hermana y cuya excentricidad estaría provocada por la tendencia de mi madre a acercarse a mí al terminar una de sus órbitas para preguntarme si estaba bien. Creo que casi no la oía. Siguieron dando vueltas a mi alrededor durante una hora, respetando mi silencio, lavando las tazas de té sin hacer más ruido del necesario, ordenando alfabéticamente las cartas de pésame y reduciendo al mínimo sus susurros hasta que les rogué que, si me querían, se marcharan.

Cuando se fueron, tras unos tiernos y prolongados abrazos que me hicieron lamentar haberlas echado, me volví a sentar a la mesa de la cocina y observé a Little Bee, que jugaba en el jardín con Batman. Supongo que había sido una imprudencia por nuestra parte haber salido de casa y pasado toda la mañana en un entierro. Seguro que, aprovechando nuestra ausencia, algunos malos de la peor calaña se habrían apoderado de los laureles del patio, y ahora tocaba sacarlos con pistolas de agua y varas de bambú. Parecía una tarea peligrosa y concienzuda. Primero, Little Bee se arrastraba a gatas hasta los setos, barriendo el suelo con el bajo de su holgada camisa hawaiana. Cuando pillaba a un rufián oculto entre las plantas, soltaba un grito, obligando al malo a salir a campo abierto. Allí mi hijo lo esperaba para rematarlo con su pistola de agua. Me maravilló la rapidez con la que se habían convertido en un equipo. No estaba segura de querer que lo fueran, pero, ¿qué podía hacer yo? ¿Salir al jardín y gritarle: «Little Bee, ¿puedes dejar de hacerte amiga de mi hijo?». Charlie no tardaría en pedirme una explicación y no serviría de nada decirle que Little Bee no era de los buenos, sobre todo después de haberlo ayudado a matar a tantos malhechores.

No, ya no servía de nada negar su existencia ni lo que sucedió en África. Se puede desterrar un recuerdo, incluso para siempre. Deportarlo de la conciencia por medio de la implacable cotidianeidad de dirigir una exitosa revista, criar un hijo y enterrar a un marido. Sin embargo, con un ser humano las cosas son completamente distintas. La presencia de una chica de Nigeria, viva, en medio de tu propio jardín, es algo difícil de negar. Los gobiernos pueden hacerlo y eliminar gente de un plumazo como un error estadístico, pero los seres humanos no.

Sentada en la mesa de la cocina, contemplé el muñón en cuyo lugar estuvo antes mi dedo, con los ojos repentinamente llenos de lágrimas. Fui consciente de que había llegado la hora de afrontar lo que ocurrió en aquella playa. Por supuesto, si los acontecimientos hubieran seguido su curso normal, todo aquello nunca debería haber sucedido. Hay países en el mundo, igual que regiones en nuestra mente, a los que es poco aconsejable viajar. Al menos, eso es lo que pienso, y siempre me he considerado una mujer inteligente, quizá un poco independiente en mi forma de pensar, pero no muy imprudente. Sin embargo, a veces me encantaría saber guardar las distancias con lugares extraños, como hacen otras mujeres.

Fui tan lista que una vez decidí irme de vacaciones a un sitio diferente. En aquel momento, en Nigeria, se libraba una guerra por el petróleo. Ni Andrew ni yo lo sabíamos. Fue una contienda breve, confusa y poco difundida por la prensa.

A día de hoy, los gobiernos británico y nigeriano siguen negando que tuviera lugar. Dios sabe que no son los únicos que han intentando borrar de su conciencia lo que pasó.

Todavía me pregunto por qué acepté ir de vacaciones a Nigeria. Ojalá pudiera decir que era la única oferta que llegó a la redacción esa primavera, pero no. Teníamos cajas llenas de ofertas, montones de sobres sin abrir manchados de crema solar que se había escapado de los paquetitos de muestra que había en su interior. Podía haber escogido la Toscana, Belize o las repúblicas ex soviéticas, que estaban de moda esa temporada. Pero no. Mi vena testaruda, ésa que me animó a abrir *Nixie* en lugar de meterme en una publicación convencional, la que me impulsó a empezar un romance con Lawrence en lugar de arreglar las cosas con Andrew, esa constante tendencia a ir a contracorriente, me hizo sentir un entusiasmo adolescente cuando en mi mesa aterrizó un paquete adornado con la pregunta: «PARA ESTE AÑO, ¿POR QUÉ NO PRUEBAS NIGERIA?». Alguna de las frívolas chicas de mi equipo editorial había garabateado, con rotulador negro, la respuesta evidente. Pero la propuesta me intrigó, y abrí el paquete. De su interior salieron dos billetes de avión con la fecha abierta y una reserva de hotel. Todo tan sencillo como presentarse en el aeropuerto con el biquini puesto.

Andrew me acompañó, a sabiendas de que no era una idea muy acertada. El Ministerio de Asuntos Exteriores aconsejaba no viajar a determinadas partes de Nigeria, pero no pensamos que la zona adonde íbamos estuviera incluida en esa recomendación. Mi marido protestó un poco, pero le recordé que habíamos hecho nuestro viaje de novios a Cuba y que también había partes del país caribeño que daban miedo. Al final, Andrew cedió. Al reflexionar sobre ello ahora, supongo que pensó que no le quedaba otra opción si no quería perderme para siempre.

La oficina de turismo que nos envió la oferta aseguraba que Ibeno Beach era un «destino para aventureros». En realidad, en la época en la que estuvimos nosotros, aquello era una zona catastrófica rodeada, al norte, por una jungla llena de malaria; al oeste, por el delta de un enorme río de aguas marrones con brillos irisados del petróleo —ahora sé que bajaba lleno de cadáveres de los trabajadores de las empresas petroleras—; y, al sur, por el océano Atlántico. Fue en aquel extremo meridional donde conocí a una chica que no respondía al perfil de lectora de mi revista. Little Bee había huido descalza hacia el sudeste de lo que antes fue su aldea y que pronto se iba a convertir en una explotación petrolífera. Escapó de los hombres que iban a matarla porque les pagaban por ello, y de los niños que también querían matarla sólo porque les dijeron que lo hicieran. Sentada en la mesa de mi cocina, la imaginaba huyendo por los campos y la selva, lo más rápido que podía, hasta llegar a la playa donde Andrew y yo hacíamos turismo alternativo. Aquella playa fue el punto más lejano que pudo alcanzar.

Sólo de pensar en ello, me empezó a picar el dedo amputado.

Cuando volvieron del jardín, mandé a Batman a jugar en su bat-cueva y le enseñé a Little Bee dónde estaba la ducha. También le busqué algo de ropa. Más tarde, cuando Batman ya estaba en la cama, preparé un par de *gin-tonics*. Little Bee se sentó con el suyo en la mano, removiendo los hielos. Yo me tragué el mío como si fuera un jarabe.

—Muy bien —dije—. Estoy lista. Cuéntame lo que pasó.

—¿Quieres saber cómo sobreviví?

—Cuéntamelo todo desde el principio, ¿vale? Lo que ocurrió desde que alcanzaste la costa.

Little Bee me contó que, el día que llegó a la playa, se escondió. Llevaba seis días corriendo, cruzando campos por la noche y ocultándose en junglas y ciénagas cuando amanecía. Apagué la radio de la cocina y me senté en silencio a escuchar cómo se refugió en un saliente de selva que llegaba hasta la arena. Allí, agazapada, pasó las horas más calurosas del día, contemplando las olas. Me dijo que era la primera vez que veía el mar y que casi no se lo podía creer.

Al caer la tarde, la hermana de Little Bee, Nkiruka, apareció por la selva y encontró su escondite. Se sentó a su lado y se abrazaron durante un buen rato. Little Bee estaba contenta porque su hermana mayor hubiera sido capaz de dar con ella, pero también asustada porque eso significaba que más gente podría haber seguido su pista. Nkiruka miró a su hermana a los ojos y le dijo que tendrían que ponerse unos nombres nuevos. No era seguro seguir utilizando los verdaderos, porque delataban a qué tribu pertenecían y la región de donde procedían. Nkiruka dijo que a partir de entonces se llamaría «Kindness[6]». Su hermana pequeña quería buscar un nombre, pero no encontró ninguno.

Las dos hermanas esperaron mientras caían las sombras. Un par de cálaos se acercaron a picotear los frutos de los árboles que había encima de sus cabezas. Entonces apareció una abeja llevada por la brisa marina y revoloteó entre ambas. Sentada en la mesa de mi cocina, Little Bee dijo que podía recordarla con tanta claridad que sentía que si estiraba el brazo sería capaz de tocar el oscuro lomo del insecto. El bicho era muy chiquitín y se posó en una flor blanquecina —un frangipán, aunque dijo que no estaba segura de si tenía el mismo nombre en Europa—. Luego, echó a volar de nuevo sin hacer ningún ruido. Little Bee no se había fijado en la flor antes de que apareciera el insecto, pero entonces se dio cuenta de que era muy hermosa. Alzó la vista, miró a Dulzura y dijo:

—Me voy a llamar Little Bee.

Al escuchar este nombre, Dulzura sonrió. Little Bee me contó que su hermana era muy guapa, una de esas chicas de las que habla todo el mundo: los hombres dicen que jovencitas así son capaces de hacerles olvidar sus problemas, mientras que las mujeres sostienen que ese tipo de muchachas sólo traen problemas. Little Bee se preguntaba quién tendría razón.

---

[6] En castellano, Dulzura. *(N. del T.)*

Las dos hermanas permanecieron quietas y en silencio hasta que se puso el sol. Después se arrastraron por la arena para lavarse los pies en el mar. Al contacto con el agua salada, les escocieron las heridas, pero no gritaron. Había que ser prudentes y no hacer ningún ruido. Los hombres que las perseguían podían haberse olvidado de ellas, o no. El problema era que las dos habían visto lo que hicieron en su aldea. Se suponía que no tenían que quedar testigos para contar la historia. Los hombres perseguían a las mujeres y a los niños huidos, los mataban y enterraban sus cuerpos bajo ramas y piedras.

De nuevo a resguardo, las dos muchachas vendaron sus pies con hojas frescas y esperaron al amanecer. No hacía frío, pero llevaban dos días sin comer. Tenían escalofríos. Los monos aullaban bajo la luna.

Puedo imaginarme a las dos hermanitas, temblando en la oscuridad de la noche. Las rememoro una y otra vez y veo cangrejitos rosados siguiendo el rastro de sangre hasta el lugar en el que sus pies se acababan de posar sobre la arena, pero sin encontrar nada muerto. Oigo el ruidito que hacen las pinzas de los cangrejos bajo las brillantes estrellas mientras, uno a uno, se van enterrando en la arena a esperar.

Me gustaría que mi cerebro no se fijase en detalles espantosos como éste. Ojalá fuera una mujer profundamente preocupada por los zapatos y correctores, en lugar de ser una de ésas que terminan sentadas en la mesa de la cocina escuchando a una refugiada hablar de su miedo a la oscuridad.

Tal y como lo contó Little Bee, al amanecer había una espesa bruma en la selva que llegaba hasta la arena. Las hermanas vieron a una pareja de blancos caminando por la playa. Hablaban un idioma que era lengua oficial en el país de Little Bee, quien veía a un blanco por primera vez en su vida. Dulzura y ella los observaban a escondidas, ocultas tras un grupo de palmeras. Cuando la pareja llegó a su altura, se agacharon. Los blancos se detuvieron para contemplar el mar.

—Escucha las olas, Andrew —dijo la mujer—. ¡Qué paz se respira en este lugar! Es increíble.

—Pues yo todavía tengo un poco de miedo. Deberíamos volver al hotel.

—Los hoteles están para dormir —protestó la mujer, sonriendo—. ¿Sabes? Tú también me dabas miedo cuando te conocí.

—¡Pues claro! ¿Cómo no ibas a tener miedo, saliendo con un machote irlandés como yo? Ya sabes que en mi isla somos unos salvajes.

—Unos bárbaros.

—Unos desharrapados.

—Unos cabrones.

—¡Eh! Eso es pasarse, cariño. Eso es lo que diría tu madre.

La mujer blanca se echó a reír. Se acercó al hombre y lo besó en la mejilla.

—Te quiero, Andrew. Estoy contenta de que hayamos venido. Siento haberte engañado, no volverá a pasar.

—¿En serio?

—De verdad. No quiero a Lawrence. ¿Cómo iba a quererlo? Volvamos a empezar, como al principio, ¿vale?

En la playa, el hombre blanco sonrió. Oculta entre la bruma, Little Bee le preguntó a su hermana al oído:

—¿Qué es un «cabrón»?

Dulzura se volvió a mirarla con cara socarrona y dijo:

—Un hombre al que su mujer le pone los cuernos.

Little Bee se mordió la mano para no echarse a reír.

Entonces escucharon a los perros. Se podía oír todo, pues había una brisa matutina que soplaba desde el interior y traía todos los sonidos de la selva. Los animales estaban todavía lejos, pero se escuchaban sus ladridos. Dulzura agarró el brazo de Little Bee. En la playa, la mujer blanca se giró para mirar hacia la jungla.

—Escucha, Andrew —dijo—. ¡Perros!

—Los chicos de por aquí estarán de caza. Tiene que haber un montón de animales en esta selva.

—Vaya, nunca me imaginé que cazaran con perros.

—¿Cómo quieres que lo hagan, si no?

—No lo sé —la mujer blanca se encogió de hombros—. ¿Con elefantes?

—¡Malditos ingleses! —exclamó el hombre, echándose a reír—. Todavía os pensáis que vivís en los días del Imperio británico, ¿verdad?

Entonces, un soldado apareció en la playa. Venía corriendo desde el lugar por el que había aparecido la pareja de blancos. Jadeaba. Vestía unos pantalones verdes y una guerrera gris manchada de sudor. Llevaba botas militares, llenas de arena mojada, y un rifle a la espalda. El cañón del arma se bamboleaba con cada zancada que daba.

—¡Mierda! —exclamó el hombre blanco—. Ya está aquí otra vez ese imbécil de guarda.

—Cariño, sólo hace su trabajo.

—Ya lo sé, pero, ¿no podrían dejarnos en paz un minuto?

—Tranquilízate. Las vacaciones nos han salido gratis, no lo olvides. Es normal que no podamos hacer lo que nos dé la gana.

El soldado llegó hasta la pareja de blancos y se detuvo. Tosía por el esfuerzo, con las manos apoyadas en las rodillas.

—*Señó*, señora, por *favó* —dijo—. Vuelvan al hotel, por *favó*.

—¿Por qué? —protestó la mujer blanca—. ¡Sólo estamos dando un paseo por la playa!

—Aquí no seguro, señora —insistió el soldado—. No seguro *pa usté* y *pal señó*. Lo siento.

—Pero, ¿por qué? —preguntó el hombre blanco—. ¿Qué problema hay?

—No problema —repuso el guarda—. Es lugar muy bonito, muy bonito. Pero, por *favó*, todos los turistas tienen que quedarse dentro del hotel.

En la selva, los ladridos se oían cada vez más cerca. Las hermanas escucharon los gritos de los hombres que acompañaban a los perros. Dulzura empezó a temblar y se abrazó a su hermana. Uno de los animales aulló y los demás lo imitaron. En su escondite, entre las palmeras, se oyó un chorro de líquido que rebotó en las hojas secas del suelo y empezó a oler a orina: el resultado del miedo de Dulzura. Little Bee la miró a los ojos, pero parecía que su hermana no la veía.

A escasos pasos, en la playa, el hombre blanco preguntaba:

—Tú lo que quieres es dinero, ¿verdad?

—No, *señó* —respondió el soldado, que se puso a mirar hacia la jungla, de donde venían los ladridos.

El soldado desenfundó el rifle. Little Bee observó cómo lo manejaba: quitó el seguro y se agachó para comprobar el cargador. Dos cargadores —yo también lo recuerdo bien—, pegados con cinta aislante azul.

—¡Oh, venga! —se burló el hombre blanco—, no nos hagas un numerito. Dinos cuánto quieres y ya está. Mi mujer está que se sube por las paredes, encerrada en ese puto hotel todo el día. ¿Cuánto nos costaría salir a dar un paseo solitos? ¿Un dólar?

El soldado meneó la cabeza. No miraba al hombre blanco, tenía la vista fija en una bandada de pájaros rojos que había salido volando de la selva, a unos doscientos metros de distancia.

—No dólar —contestó el soldado.

—Bueno, pues diez dólares —dijo la mujer.

—¡Por el amor de Dios, Sarah! —protestó el hombre blanco—. ¡Es muchísimo! Eso es el salario de una semana aquí.

—No seas tan agarrado, joder —le recriminó la mujer blanca—. ¿Qué son para nosotros diez dólares? No está mal portarse bien con esta gente, Dios sabe que lo necesitan.

—Bueno, mira, cinco dólares —propuso el hombre blanco.

El soldado miraba las copas de los árboles. A ciento cincuenta metros, en una pequeña depresión del terreno, las puntas de las hojas de las palmeras se movieron.

—Vengan ahora conmigo —dijo el soldado—. El hotel ser *mejó pa* ustedes.

—Mira —insistió el hombre blanco—, lo siento si te hemos ofendido al ofrecerte dinero, y respeto tu decisión de no aceptarlo. Pero ya tengo un jefe de edición que me dice lo que tengo que hacer durante cincuenta y una semanas al año. No he venido aquí para que alguien me dirija las vacaciones.

El soldado apuntó con su rifle al cielo y disparó tres tiros al aire, por encima de sus cabezas. Durante un segundo, se acallaron los ladridos de los perros y los gritos de los hombres. Luego volvieron a oírse, esta vez más altos. Los dos blancos estaban helados y boquiabiertos. Seguramente, los disparos los habían sorprendido.

—Por *favó, señó* —dijo el soldado—. Es muy peligroso, no saben cómo ser este país.

Las hermanas oyeron los golpes de los machetes que despejaban el camino hacia ellas. Dulzura agarró a Little Bee y la puso en pie. Las dos salieron de su escondite en la jungla y corrieron por la playa. Cogidas de la mano, se quedaron mirando al hombre y a la mujer blancos —Andrew y yo—, expectantes y esperanzadas. Supongo que, tal y como estaban las cosas en aquel lugar del tercer mundo, no les quedaba otra opción.

Permanecieron allí, en la arena, apoyadas la una en la otra para evitar que les fallaran sus temblorosas piernas. Dulzura giraba la cabeza para ver si se acercaban los perros mientras Little Bee me miraba fijamente, ignorando a Andrew y al soldado.

—Por favor, señora —imploró la joven—, llévenos al hotel con *usté*.

El soldado la miró y luego se giró nervioso hacia la jungla.

—El hotel es sólo *pa* turistas —protestó, meneando la cabeza—. No *pa* vosotras.

—Por favor —suplicó Little Bee, mirándome a los ojos—, los hombres nos persiguen. Quieren matarnos.

Se dirigía a mí dada mi condición de mujer, confiando en que la comprendería mejor. Pero no supe entenderla. Tres días atrás, justo antes de salir para el aeropuerto, estaba yo en el jardín de mi casa, ante una horrible franja de cemento que desentonaba con el verdor del resto del patio, preguntándole a Andrew cuándo demonios iba a empezar a construir su maldito invernadero. Aquella era la mayor preocupación de mi existencia: un invernadero. O, mejor dicho, el retraso en su construcción. Un proyecto de invernadero, que se unía a las restantes estructuras pasadas y futuras que debería edificar en el gran vacío emocional existente entre mi marido y yo. Era una mujer moderna y comprendía el desengaño mucho mejor que el miedo. ¿Los hombres iban a matar a esta muchacha africana? Se me revolvió el estómago al pensar en ello, pero en mi mente no dejaba de ser una figura retórica, una forma de hablar.

—Oh, por Dios —dije—. Si no eres más que una niña. ¿Por qué van a querer matarte?

Little Bee, sin apartar la vista de mí, contestó:

—Porque vimos cómo mataban a los demás.

Abrí la boca para decir algo, pero Andrew se me adelantó. Supongo que estaba sufriendo el mismo desfase cultural. Como si nuestros corazones hubieran llegado ya a esa playa pero nuestra mente estuviera todavía a varias horas de distancia. Se podía ver el pánico en los ojos de mi marido, pero repuso:

—Esto es un puto timo. La típica estafa nigeriana. Venga, volvamos al hotel.

Andrew me cogió del brazo y empezó a andar por la playa. Lo seguí, girando la cabeza para mirar a la pareja de chicas. El soldado nos seguía, caminando de espaldas y apuntando con su arma a la selva. Little Bee, seguida de Dulzura, iba diez metros por detrás.

—¡Vosotras! Dejad de seguirnos —gritó el soldado.

Apuntó con su fusil a las chicas, que lo miraron fijamente. Sería un poco mayor que las muchachas, tendría dieciséis o diecisiete años, y tenía un suave bigote. Supongo que estaría orgulloso de poder dejárselo. Llevaba una boina verde de la que le caían gotas de sudor. Se le marcaban las venas en las sienes y el blanco de sus ojos estaba amarillo.

—¿Cómo te llamas, soldado? —preguntó Little Bee.

—Me llamo «voy-a-matarte-si-no-dejas-de-seguirnos».

Little Bee se encogió de hombros y se golpeó el pecho.

—Yo me llamo Little Bee. Aquí tienes mi corazón, mátame si quieres.

—Las balas son buenas. Las balas matan rápido —dijo Dulzura.

Nos seguían por la playa. El soldado, con los ojos muy abiertos, preguntó:

—¡Vosotras! ¿Quién os persigue?

—Los que quemaron nuestra aldea. Los hombres de la petrolera.

—¡Santo Dios! —El rifle empezó a temblar en las manos del guarda.

Los gritos y los ladridos estaban ya muy cerca. No se podía oír el ruido de las olas.

Cinco perros marrones salieron corriendo de la selva. Aullaban como locos. Les sangraban el lomo y las patas a causa de las espinas de la jungla. Las hermanas gritaron y echaron a correr. El soldado se detuvo, alzó su arma y disparó a los animales. El perro que iba primero cayó sobre la arena. La bala le había arrancado la oreja, y creo que también un trozo del cráneo. Los otros animales se detuvieron derrapando y se lanzaron sobre el cuerpo de su compañero. Le arrancaban trozos de carne del cuello mientras las patas traseras del pobre chucho todavía se revolvían y meneaban. Grité. El guarda estaba temblando.

De la jungla salieron seis hombres. Llevaban pantalones de chándal hechos jirones, chalecos, zapatillas deportivas y cadenas de oro. Avanzaron corriendo hacia nosotros, ignorando a los perros. Uno llevaba un arco, listo para disparar. Los otros blandían sus machetes, retando al soldado para que los disparase. Llegaron hasta donde nos encontrábamos.

El que parecía el jefe tenía una herida en el cuello que se le estaba gangrenando —me llegó el olor a podrido—. Estaba claro que no tardaría en morir. Otro hombre llevaba un collar hecho con alambre en el que había ensartadas unas cosas marrones que parecían champiñones. Cuando vio a Dulzura, la señaló y luego, sonriendo malicioso, se pasó el dedo en círculo por los pezones. Estoy intentando explicarlo lo más natural que puedo.

—Señores, sigan andando —dijo el soldado.

El hombre de la herida, el jefe, ordenó:

—¡No! ¡Quietos ahí!

—Dispararé —dijo el guarda.

—A lo mejor acabas con uno, o con dos —replicó el hombre.

El que llevaba un arco apuntó al cuello del soldado y dijo:

—A lo mejor no acabas con ninguno. Igual tenías que habernos *disparao* cuando estábamos lejos.

El guarda dejó de recular, y nosotros también nos detuvimos. Little Bee y Dulzura se escondieron detrás de nosotros, usándonos a Andrew y a mí como escudo frente a los bandidos.

Los hombres se pasaban una botella de algo que supuse que sería vino. Se turnaban para beber. El del arco y las flechas tenía una erección, se le notaba debajo de sus pantalones de deporte. Pero su expresión no cambió y sus ojos no se apartaban del cuello del guarda. Llevaba un pañuelo atado en la cabeza en el que ponía: EMPORIO ARMANI. Miré a Andrew e intenté hablar tranquila, pero se me atragantaban las palabras en la garganta.

—Andrew, por favor, dales lo que te pidan.

Andrew miró al hombre de la herida en el cuello y le preguntó:

—¿Qué queréis?

Los hombres se miraron los unos a los otros. El de la herida se acercó a mí. Parpadeó, puso los ojos en blanco y luego me escrutó con cara de loco. Tenía las pupilas muy pequeñas y el iris duro como una bala y brillante como el cobre. Su boca pasó de sonrisa a mueca hasta que sus labios terminaron formando una línea fina y cruel en un gesto de divertido y amargo desdén. La expresión de su rostro variaba igual que una televisión cambiando intermitentemente de canal. Pude oler su sudor y la peste que salía de su herida gangrenada. Emitió un extraño sonido, una especie de gemido involuntario que pareció sorprenderlo —sus ojos se dilataron—, y me arrancó el pareo que llevaba puesto. Estudió con curiosidad la tela de color lila que tenía entre las manos. Parecía preguntarse cómo demonios habría llegado hasta allí. Grité y crucé los brazos para taparme el pecho. Me aparté de un salto del hombre y de sus miradas, ahora pacientes, como las de un profesor ayudando a una alumna retrasada, ahora furiosas, ahora mostrando una elocuente y repentina calma.

Lo único que llevaba puesto bajo el pareo era un bikini verde. Lo repetiré de nuevo, a ver si de una maldita vez consigo entenderlo yo misma: resulta que, en mitad de una disputada región de un país africano sumido en una guerra a tres bandas por sus recursos petroleros, había una playa; resulta que la agencia de turismo estatal había enviado unos billetes promocionales para esa playa, que quedaba al lado de la guerra, a todas las revistas que se encontraban en el *Anuario de escritores y artistas*; resulta que yo, como editora, tenía preferencia cuando los distribuidores enviaban paquetes promocionales a la revista; y resulta que, ese año, se llevaban los bañadores pequeños. Gracias a ese cúmulo de circunstancias, aquel día llevaba puesto un minúsculo bikini verde de Hermès. Mientras intentaba taparme las tetas con los brazos, me di cuenta que acababa de ofrecerme voluntaria para ser aniquilada.

El hombre de la herida se acercó tanto a mí que noté cómo la arena se hundía bajo su peso. Pasó un dedo por mi hombro, acariciando mi piel desnuda, y dijo:

—¿Qué qué queremos? Queremos… practicar… nuestro inglés.

Sus compañeros se echaron a reír mientras seguían pasándose la botella. En un momento dado, cuando uno de ellos la alzó para beber, vi algo redondo y blanco con una pupila asomando por el cuello de la botella. Estaba metido a presión dentro del cristal. Luego, cuando bajó la botella, la cosa desapareció entre el líquido. Digo líquido porque ya sabía que no se trataba de vino.

—Tenemos dinero. Luego podemos traeros más —dijo Andrew.

El de la herida se rio y se le escapó un gruñido parecido al de los cerdos, lo que le hizo reír aún más. Luego, su rostro adoptó de repente una expresión de total seriedad.

—Dame lo que tienes ahora. No hay «luegos» que valgan.

Andrew sacó la cartera del bolsillo y se la entregó al hombre, que la miró y, con mano temblorosa, cogió los billetes y la tiró a la arena. Pasó el dinero a sus compañeros sin tan siquiera mirarlo o contarlo. Respiraba con dificultad y el sudor le caía a chorros por el rostro. La herida que tenía en el cuello estaba abierta y era de un color verde y azulado. Resultaba asquerosa.

—Necesitas que te vea un médico —dije—. Podemos conseguirte uno en el hotel.

—La *medisina* no cura lo que han visto estas chicas —contestó—. Tienen que pagar por lo que han presenciado. Pasadme a las chicas.

—No —contesté.

El hombre me miró, sorprendido.

—¿Qué dices?

—Digo que no. Estas chicas se vienen con nosotros al hotel. Si intentas llevártelas, el guarda te pegará un tiro.

El hombre de la herida abrió mucho los ojos, en un indulgente simulacro de miedo. Se llevó ambas manos a la cabeza y dio un par de vueltas sobre la arena. Otra vez frente a mí, sonrió y me preguntó:

—¿De dónde sois, mujer?

—Vivimos en Kingston —contesté.

El hombre ladeó la cabeza y me miró interesado.

—Kingston-upon-Thames —añadí—. Cerca de Londres.

—Ya sé donde está Kingston —repuso, haciendo un gesto con la cabeza—. Estudié ingeniería mecánica allí.

Bajó la vista a la arena y permaneció unos instantes en silencio. Luego, de repente, se movió con gran rapidez: vi cómo alzaba el machete; vi el filo, en el que se reflejaba el sol de la mañana; vi al guarda estremecerse. Fue lo único que le dio tiempo a hacer. La hoja del cuchillo penetró en su garganta e hizo un chasquido al chocar contra los huesos del cuello. El metal todavía temblaba cuando el hombre lo retiró y el soldado cayó a la arena. El machete sonaba como si fuera una campana y la vida del guarda, un badajo.

—¿Habéis oído este sonido alguna vez en Kingston-upon-Thames? —dijo el asesino.

Parecía que había más sangre de la que podía contener el cuerpo de un flacucho chaval africano. No paraba de brotar de la herida. El guarda estaba ahí tirado, con los ojos cubiertos de arena y el cuello partido, como separado por una bisagra, abierto por la mitad. Parecía una boca. Una vocecita muy tranquila, de clase media, sonó en mi cabeza y me dijo: «¡El comecocos! ¡Madre de Dios! Se parece al muñequito del comecocos». Permanecimos en silencio, contemplando cómo el soldado moría desangrado. Tardó una eternidad. Recuerdo que pensé: «Gracias a Dios que hemos dejado a Charlie con mis padres».

Cuando levanté la cabeza, el asesino me estaba observando, pero su semblante no mostraba maldad. He visto a las cajeras del supermercado mirarme así cuando me olvido la tarjeta de descuento. Lawrence también me pone esa cara cuando le digo que estoy con la regla. El asesino sólo me miraba con una expresión de ligera molestia.

—Este guarda ha muerto por tu culpa —dijo.

Algo debí de sentir en aquel momento, porque las lágrimas me corrían por el rostro.

—¡Estás loco! —balbucí.

El hombre meneó la cabeza, tomó el machete por la empuñadura con ambas manos y lo alzó, poniendo la punta a la altura de mi garganta. Me miró con conmiseración a través del tembloroso eje del filo.

—Yo vivo aquí —repuso—. La loca eres tú por haber venido.

Me eché a llorar de miedo. Andrew estaba temblando y Dulzura se puso a rezar en el idioma de su tribu.

—*Ekenem-i Maria. Gratia ju-i Dinweni nonyel-i, I nwe ngozi kali ikporo nine na ngozi Dili nwa afo-i bu Jesu.*

El asesino se giró hacia la muchacha y le dijo:

—Tú vas a ser la siguiente.

—*Nso Maria Nne Ciuku* —continuó rezando Dulzura, mirando al hombre a los ojos—. *Yo Nyel'anyi bu ndi njo, kita, n'ubosi nke onwu anyi.* Amén.

El asesino meneó la cabeza y respiró profundamente. Escuché el incesante movimiento del frío oleaje. Los perros abandonaron la carcasa de su compañero muerto y se acercaron. Se plantaron con las piernas temblorosas, el pelo del lomo erizado y la sangre resbalándoles por la piel. El hombre avanzó un paso hacia Dulzura y me di cuenta de que no podría sobrevivir si presenciaba cómo la atravesaba el machete.

—No, por favor —imploré—. Por favor, déjala en paz.

El hombre se detuvo, se volvió de nuevo hacia mí y exclamó:

—¿Otra vez?

Sonreía.

—Sarah, por favor. Creo que lo mejor que podemos hacer es... —comentó Andrew.

–¿Qué, Andrew? ¿Quedarnos calladitos y rezar para que no nos maten a nosotros también?

–Sólo digo que esto no va con nosotros y que…

–¡Eso mismo! –exclamó el asesino–. Esto no va con vosotros.

Se volvió hacia sus compañeros y, extendiendo los brazos, añadió:

–No va con ellos, *dise*. Esto es cosa de negros, *dise*. ¡Ja, ja, ja!

Los hombres rieron y se dieron palmadas en la espalda mientras los perros empezaban a dar vueltas a nuestro alrededor. Cuando el asesino se giró, estaba muy serio.

–¡La primera vez que oigo a un blanco *desir* que esto no va con ellos! Os lleváis nuestro oro, os lleváis nuestro petróleo… Pero no quieres llevarte a nuestras mujeres. ¿Qué hay de malo en ellas?

–Nada –dijo el pobre Andrew–. No quería decir eso.

–¿No serás un *rasista*?

–No, claro que no.

Andrew carraspeó. Lo miré. Mi marido movía nervioso las manos, esas manos fuertes y delgadas que tantas veces había visto sujetando tazas de café y tecleando en el ordenador para llegar a la fecha de entrega. Mi esposo, que el día anterior había terminado su columna de los domingos en la sala de embarque del aeropuerto, otra vez con el agua al cuello. Mientras esperábamos a que anunciaran nuestro vuelo, estuve revisando el texto en busca de errores. El último párrafo decía: «Somos una sociedad egoísta. ¿Cómo van a aprender nuestros hijos a tener en cuenta a los demás, si nosotros no lo hacemos?».

–Y bien –dijo el asesino–. ¿Queréis salvarlas?

Andrew bajó la vista y se miró las manos durante un buen rato. Sobre nuestras cabezas, las gaviotas volaban en círculo llamándose con sus característicos graznidos, tan agónicos. Intenté controlar el temblor de mis piernas.

133

—Por favor —intervine—. Si nos dejáis llevarnos a las chicas, haremos lo que nos pidáis. Vamos todos al hotel, por favor, y os daremos lo que sea. Dinero, medicamentos, lo que sea.

El asesino soltó un estridente aullido y su cuerpo entero se estremeció. Se rio y un hilillo de sangre resbaló por entre sus blanquísimos dientes y terminó en el sucio nailon verde de su chaqueta de chándal.

—¿Crees que me importa eso que dices? ¿No ves el agujero que tengo en el cuello? Dentro de dos días estaré muerto. ¿*Pa* qué me sirven el dinero y las medicinas?

—Entonces, ¿qué quieres? —preguntó Andrew.

El asesino se cambió el machete de mano y alzó la derecha, ahora libre, con el dedo corazón levantado. Lo plantó a un par de centímetros del rostro de Andrew y dijo:

—Los blancos me han *estao* enseñando este dedo *toa* la vida. Pues hoy pienso llevarme ese dedo, sí señor. Córtatelo y dámelo.

Andrew se estremeció, meneó la cabeza y cerró los puños, nervioso, con los pulgares recogidos bajo los demás dedos. El asesino cogió su machete por la hoja, ofreciéndole la empuñadura a mi marido.

—Venga —dijo—. Córtatelo. Dame tu dedo y yo te entregaré a las chicas.

Hubo una larga pausa.

—¿Y si no lo hago?

—Entonces os dejaré marchar, pero antes oirás los lamentos de estas niñas al morir. ¿Has oído alguna vez a una chica muriendo lentamente?

—No.

El asesino cerró los ojos y meneó la cabeza, tranquilo y sin prisas.

—Es una música bastante desagradable. No se olvida nunca. Tal vez, algún día te despertarás en Kingston-upon-Thames y te darás cuenta de que has perdido algo más que un dedo.

Little Bee se echó a llorar.

—No tengas miedo —le dijo Dulzura, cogiéndola de la mano—. Si nos matan, esta noche cenaremos junto a Jesús.

El asesino abrió los ojos como platos y miró fijamente a Andrew.

—Por favor, señor. No soy un salvaje. No quiero matar a estas niñitas.

Andrew alargó el brazo y tomó el machete. La empuñadura estaba manchada con la sangre del guarda. Mi marido me miró. Me acerqué a él y posé mi mano en su pecho con cariño, sin parar de llorar.

—Andrew, creo que es mejor que lo hagas.

—No puedo.

—No es más que un dedo.

—No hemos hecho nada malo. Sólo estábamos dando un paseo por la playa.

—Es sólo un dedo, Andrew, y luego continuaremos nuestro paseo.

Andrew se arrodilló en la arena.

—No me puedo creer que esto esté pasando —dijo.

Miró la hoja del machete y la restregó en el suelo para limpiarla. Posó la mano izquierda sobre la arena, y dobló todos los dedos excepto el corazón. Cogió el machete con la mano derecha, pero permaneció inmóvil.

—Sarah, ¿cómo sabemos que no va a matar a las niñas de todos modos?

—Por lo menos sabrás que hiciste todo lo que estuvo en tu mano.

—Puedo pillar el sida con este machete. Podría morir.

—Estaré a tu lado. Estoy muy orgullosa de ti.

La playa estaba muy tranquila. Las gaviotas planeaban en el cielo, sin mover las alas, llevadas por la brisa del mar. El ritmo del oleaje no había cambiado, aunque el intervalo entre una ola y otra se me hacía infinito. Las chicas, los hombres, los perros ensangrentados y yo, esperábamos a ver qué hacía mi marido. En ese momento, parecía que éramos todos

135

iguales, simples criaturas de la naturaleza flotando a merced del vasto y cálido viento de unos eventos que nos superaban en tamaño.

Andrew profirió un grito y lanzó un golpe con el machete. La hoja hizo un sonido al hendir el aire y aterrizó en la arena, a bastante distancia de su mano.

—¡No pienso hacerlo! —gritó Andrew—. Esto es una puta mierda. Este tío no piensa dejarlas marchar. Míralo, las va a matar de todas formas.

Andrew se incorporó y dejó el machete tirado en la arena. Contemplé a mi marido y entonces fue cuando dejé de sentir. Ya no tenía miedo. Tampoco estaba enfadada con Andrew. Al mirarlo, ya no veía a un hombre. Pensé que iban a matarnos a todos, pero no me preocupaba tanto como antes. Sólo me molestaba que no hubiéramos sido capaces de construir el invernadero en el jardín. Tuve un pensamiento sensato: «¡Qué suerte tengo de tener unos padres con salud que sabrán cuidar de Charlie!».

El asesino suspiró, se encogió de hombros y dijo:

—Muy bien, el señor ha *tomao* su decisión. Ahora, señor, puede volver a Inglaterra y cuénteles a todos que en África vio a un salvaje de verdad.

Cuando el asesino se dio la vuelta, me puse de rodillas. Miré a Little Bee, que presenció lo que el hombre no pudo ver: cómo la mujer blanca posaba la mano izquierda en la arena, levantaba el machete y se cortaba el dedo corazón de un tajo, como quien parte una zanahoria de un corte limpio, en una plácida tarde de sábado en Surrey, después de asistir a las carreras de caballos y justo antes de almorzar. Vio cómo la mujer soltaba el machete y se balanceaba sobre los tacones de sus sandalias, agarrándose la mano. Supongo que la mujer blanca tendría cara de asombro.

—¡Ay! —creo que dije—. ¡Ay, ay, ay!

El asesino se giró y vio la sangre que brotaba de mi puño cerrado. Sobre la arena, ante mí, estaba mi dedo, tan inútil y desnudo que me dio vergüenza. El asesino abrió mucho los ojos.

—¡Joder! ¡Joder! —dijo Andrew—. ¿Qué cojones has hecho, Sarah? ¿Qué cojones has hecho?

Se arrodilló e intentó abrazarme, pero lo aparté de un empujón con la mano sana. Me caían mocos de la boca y la nariz.

—Me duele, Andrew. Me duele. ¡Eres un mierda!

El asesino meneó la cabeza, se agachó y recogió mi dedo. Apuntando con él hacia Little Bee, dijo:

—Tú vivirás, la señora ha *pagao* por tu vida.

Luego, apuntó con mi dedo hacia Dulzura.

—Pero tú vas a morir, pequeña —añadió—. El señor no ha querido pagar. Además, mis chicos necesitan su ración de sangre.

Dulzura agarró la mano de Little Bee, alzó la cabeza y dijo:

—No tengo miedo. El Señor es mi pastor.

—Pues es un pastor un poco *descuidao* —bromeó el asesino, soltando un suspiro.

Entonces, más audibles que el oleaje, oí los gemidos que hacía mi marido al llorar.

Dos años más tarde, sentada en la mesa de mi casa en Kingston-upon-Thames, descubrí que todavía podía oír sus sollozos. Me miré la mano mutilada, abriendo la palma sobre el mantel azul.

Little Bee se había quedado dormida en el sofá sin probar su *gin-tonic*. Me di cuenta de que no podía determinar en qué punto la muchacha dejó de contar la historia y yo había seguido recordándola. Me levanté de la mesa para servirme otra copa. No quedaban limones, así que tendría que arreglármelas con un chorrito del zumo embotellado que tenía en el frigorífico. Cuando cogí el vaso, los hielos temblaron descontrolados. El combinado tenía un gusto infame, pero me levantó el ánimo. Cogí el teléfono y marqué el número del hombre a quien suponía que debía llamar mi «amante», aunque esa palabra me revolvía las tripas.

Fui consciente de que era la segunda vez que llamaba a Lawrence ese día. Había estado intentando evitarlo y había conseguido aguantar casi una semana desde la muerte de Andrew. No le había sido tan fiel a mi marido en años.

—¿Sarah? ¿Eres tú? —Lawrence respondió con un susurro. Sentí un nudo en la garganta y no fui capaz de responder—. ¿Sarah? Llevo todo el día pensando en ti. ¿Cómo lo has pasado? Tendrías que haberme dejado asistir al entierro.

—No habría estado bien —respondí, tras tragar saliva.

—Venga, Sarah. ¿Quién se habría dado cuenta?

—Yo me habría dado cuenta, Lawrence. Mi conciencia es de lo poco que me queda.

Hubo un silencio, en el que pude escuchar su respiración al aparato.

—No pasa nada si todavía lo quieres. Lo entiendo.

—¿Crees que todavía quiero a Andrew?

—Sólo lo sugería, por si te ayudaba.

Me reí con una exhalación casi inaudible.

—Hoy todo el mundo intenta ayudarme. Hasta Charlie se ha ido a dormir casi sin armar jaleo.

—Es normal que la gente intente ayudarte. Debes de estar pasándolo mal.

—Pues lo cierto es que no mucho. Me sorprende que personas como tú os preocupéis por mí.

—Estás siendo muy dura contigo misma.

—¿Sí? Mira, hoy he visto a mi marido en un ataúd montado sobre unos rodillos. ¿No tengo derecho a reflexionar un poco en un día así?

—Mmmm —murmuró Lawrence.

—No hay muchos hombres que acepten cortarse un dedo, ¿verdad, Lawrence?

—¿Qué? No, no creo. Yo no lo haría.

—Le pedí demasiado a Andrew, ¿verdad? —Me ardía la garganta—. No sólo aquel día en la playa. Esperaba demasiado de la vida.

De nuevo hubo una larga pausa antes de que Lawrence volviera a hablar.

—¿Y qué esperabas de mí?

La pregunta me pilló desprevenida. Su voz sonaba molesta. Me tembló el auricular en la mano.

—Has utilizado el pasado. No me gusta.

—¿No?

—No, por favor.

—Vaya, pensaba que me llamabas para eso. Creía que por eso no me dejaste asistir al entierro, porque era el modo que habías elegido para romper conmigo. Pensaba que, primero, me recordarías que eres una persona muy difícil, y luego me lo demostrarías.

—Por favor, Lawrence, eso es horrible.

—Dios, ya lo sé. Lo siento.

—Por favor, no te enfades conmigo. Sólo te llamo para pedirte consejo.

Otra pausa, y luego una risa al otro lado de la línea, más lóbrega que amarga.

—Tú nunca pides consejo, Sarah.

—¿No?

—No, nunca. O, por lo menos, no para las cosas importantes. A veces preguntas si las medias que llevas puestas van a juego con los zapatos, o qué pulsera te queda mejor, pero no lo haces buscando una respuesta, sino para comprobar que tus admiradores te prestan la debida atención.

—¿De verdad soy tan horrible?

—Pues lo cierto es que eres peor. Porque si alguna vez te digo que el oro queda bien con tu piel, entonces procuras ponerte plata.

—¿En serio? Nunca me había dado cuenta. Lo siento.

—No hace falta que lo sientas. Me gusta que ni te des cuenta. Hay demasiadas mujeres que se preocupan por lo que uno piensa de sus adornos.

Removí el *gin-tonic* y di un traguito.

—¿Estás intentando que me sienta mejor?

—Sólo digo que no eres una mujer del montón.

—Y eso es un halago, ¿no?

—Bueno, digamos que podría serlo. Ahora, basta de marear la perdiz.

Por primera vez en una semana, me reí.

—Nunca habíamos tenido una conversación así, ¿verdad? —pregunté—. Tan sincera.

—¿Quieres una respuesta sincera?

—Creo que no.

—Yo he sido sincero muchas veces contigo, pero tú no me escuchabas.

La casa, a mi alrededor, estaba a oscuras y en silencio. El único sonido que se escuchaba era el tintineo de los hielos en mi copa. Cuando hablé, la voz me salió rota:

—Te escucho, Lawrence. Por Dios, ahora te estoy escuchando.

Hubo una breve pausa. De repente, a través de la línea, pude oír otra voz. Era Linda, la mujer de Lawrence, gritando por detrás. «¿Con quién hablas?». «Sólo es un compañero de trabajo», fue la respuesta de Lawrence.

¡Ay, Lawrence! Si de verdad fuera un compañero de trabajo no utilizarías ese «sólo». Contestarías: «Un compañero de trabajo», sin más. Pensé en Linda, en lo que debía de sentir al tener que compartir a su marido conmigo. Su fría rabia, no por verse obligada a compartirlo, sino por la ingenuidad de Lawrence al imaginar que ella no sabía nada. Pensé que la mentira debía de haber adquirido una cierta simetría dispar en su relación. Me imaginé que, a modo de venganza, Linda se habría echado, con prisas y a despecho, un amante soso y corriente. Era horroroso. Por deferencia a Linda, colgué.

Intentando controlar los temblores de la mano que sujetaba el *gin-tonic*, contemplé a Little Bee, que seguía dormida. Los recuerdos de la playa se arremolinaron en mi mente, incipientes, sin sentido, horribles. Volví a llamar a Lawrence.

—¿Puedes pasarte por mi casa?

—Me encantaría, pero esta noche es imposible. Linda va a salir con una amiga y me toca quedarme con los críos.

—¿No puedes llamar a una canguro?

Era consciente de que sonaba lastimera, y me maldije por ello. Lawrence también se había percatado del tono de mi voz.

—Cariño —dijo—, sabes que iría si pudiera, ¿verdad?

—Sí, lo sé.

—¿Te las arreglarás sin mí?

—Por supuesto.

—¿Cómo?

—Bueno, supongo que me las arreglaré a la antigua usanza, como hacían las mujeres británicas antes de que se inventara la debilidad.

—Muy bien —respondió Lawrence entre risas—. A ver, me dijiste antes que querías consejo. ¿Podemos hablar de ello por teléfono?

—Sí, claro. Mira, tengo que contarte algo un poco complicado de explicar. Little Bee se presentó aquí esta mañana.

—¿Quién?

—Una de las niñas nigerianas de aquel día en la playa.

—¡Jesús! Pero si dijiste que esos tíos las mataron.

—Eso pensaba yo. Vi cómo se las llevaban a rastras a las dos. Las vi patalear y gritar mientras tiraban de ellas por la playa. Me quedé mirando hasta que no fueron más que puntitos en la lejanía. Entonces, algo murió en mi interior.

—Y ahora, ¿qué? ¿Se te presenta en casa así, de repente?

—Esta mañana, un par de horas antes del entierro.

—¿Y la has dejado entrar?

—¿Qué iba a hacer si no?

—Sarah, mucha gente no la habría dejado entrar.

—Lawrence, ha sido como si volviera de entre los muertos. No podía cerrarle la puerta en las narices.

—Pero ¿de dónde ha salido, si no estaba muerta?

—De un barco, por lo visto. Escapó de su país y se ha venido aquí. Luego se ha pasado dos años en un centro de internamiento para extranjeros en Essex.

—¿Un centro de internamiento? ¡Joder! ¿Qué hizo?

—Nada. Por lo visto, encierran en esos sitios a los demandantes de asilo cuando llegan al país.

—¿Durante dos años?

—¿No me crees?

—No la creo a ella. ¿Dos años en un centro de internamiento? Seguro que hay algún motivo. Algo habrá hecho.

—Ser africana y no tener ni un duro. Supongo que le caería un año por cada uno de esos delitos.

—No te hagas la graciosa. ¿Cómo te ha encontrado?

—Tenía el permiso de conducir de Andrew. Se le cayó la cartera en la playa.

—¡Joder! ¿Y sigue ahí, contigo?

—Está dormida en el sofá.

—Debes de estar acojonada.

—Esta mañana pensaba que me iba a volver loca. Me parecía tan irreal…

—¿Por qué no me llamaste?

—Lo hice, ¿no te acuerdas? Pero tu canguro llegaba tarde y tenías prisa.

—¿Te ha amenazado? Dime que has llamado a la policía.

—No, qué va. Se ha portado muy bien con Charlie, han estado jugando toda la tarde. Él hacía de Batman, y ella de Robin. Se llevan bien.

—¿Y eso no te asusta?

—Si empiezo a asustarme, creo que no podré parar.

—Pero, ¿qué está haciendo aquí? ¿Qué quiere?

—Supongo que quedarse una temporada. Dice que no conoce a nadie más.

—¿Lo dices en serio? ¿Puede quedarse? Legalmente, quiero decir.

—No lo sé, no se lo he preguntado. Está agotada. Creo que ha llegado andando desde el centro de internamiento.

—¡Pero qué dices! Esa tía está loca.

—No tenía dinero, no podía coger un autobús.

—Mira, esto no me gusta nada. Me preocupa que estés sola con esa tía en tu casa.

—Entonces, ¿qué crees que debería hacer?

—Creo que deberías despertarla y pedirle que se marche. Lo digo en serio.

—Que se marche, ¿adónde? ¿Y si se niega?

—Entonces tendrás que llamar a la policía y que se la lleven.

Permanecí callada hasta que Lawrence añadió:

—¿Me oyes, Sarah? Quiero que llames a la policía.

—Te he oído, pero no me gusta lo que dices.

—Lo hago por ti. ¿Y si te lía alguna?

—¿Little Bee? Esa pobre no tiene pinta de liar nada.

—¿Cómo lo sabes? No la conoces de nada. ¿Y si entra en tu dormitorio por la noche con un cuchillo? ¿Y si está loca?

—Mi hijo se enteraría, Lawrence —contesté, meneando la cabeza—. Sus bat-sentidos lo avisarían.

—Mierda, Sarah. Esto no es una broma. ¡Llama a la policía!

Permanecí en silencio, mirando a Little Bee, que dormía en el sofá con la boca medio abierta y las rodillas recogidas contra el pecho.

—¿Sarah?

—No pienso llamar a la policía. Voy a dejar que se quede.

—Pero, ¿por qué? ¿Qué vas a sacar en limpio de esto?

—La última vez que la vi no pude ayudarla. A lo mejor ahora lo consigo.

—¿Y qué quieres demostrar con eso?

—Supongo que, por lo menos, confirmar tu teoría —repuse tras soltar un suspiro— de que no me gusta aceptar consejos.

—Sabes que no quería decir eso.

—Sí, lo que nos devuelve a mi argumento original.

—Que era...

—Que a veces soy muy difícil.

Lawrence se echó a reír, pero me pareció que de manera forzada.

Colgué el teléfono y me quedé un buen rato contemplando las alargadas baldosas blancas del suelo de la cocina. Subí las escaleras para tumbarme en el suelo del cuarto de mi hijo. Quería estar allí, con él. Debía admitir que Lawrence tenía razón: no sabía qué podría hacer Little Bee por la noche.

Apoyando la espalda en el frío radiador del cuarto de Charlie, con las rodillas tapadas por un edredón nórdico, intenté recordar lo que veía en Lawrence. Me terminé el *gin-tonic*, estremeciéndome con el sabor del sucedáneo de limón. He aquí un pequeño problema: no tenía limones de verdad. Resultaba casi reconfortante. Vengo de una familia cuyos problemas siempre fueron de poca monta y fácilmente superables.

En mi familia nunca hubo casos de infidelidad conyugal. Mami y papi se querían mucho, a no ser que hubieran contratado a actores fracasados para hacer el papel de una pareja de encantadores tortolitos en nuestra casa durante veinticinco años, pagándoles por adelantado para poder disponer de ellos cuando alguno de sus vástagos amenazase con visitar el hogar familiar el fin de semana para una comida dominical con los padres y el novio. En mi familia, teníamos la costumbre de veranear en Devon y de que nuestras parejas lo fueran para siempre. Me preguntaba por qué había tenido yo que romper el molde.

Miré a mi hijo, dormido bajo su edredón, inmóvil y pálido con su traje de Batman. Escuché el sonido de su respiración, regular e ininterrumpido. Estaba sumido en un sueño profundo. No recuerdo haber dormido así, por lo menos desde que me casé con Andrew. Durante el primer mes de matrimonio, ya me di cuenta de que me había equivocado de hombre. Después de un descubrimiento de tal envergadura, un creciente sentimiento de insatisfacción no te permite dormir por las noches. El cerebro se niega a dejar de pensar en todas esas vidas alternativas que podrías haber vivido. La gente que duerme bien no va por ahí echándose amantes.

Por lo menos, me queda el consuelo de haber tenido una infancia feliz. De niña, me llamaba Sarah Summers. Todavía utilizo este apellido en el trabajo, pero en lo personal lo he perdido. De pequeña, me gustaban las mismas cosas que a todas las niñas: las pulseras de plástico rosa y, más adelante, las de plata; algunos novios con los que practicar y luego, sin ninguna prisa en especial, los hombres. Inglaterra se componía de brumas matutinas que se levantaban a lomos de caballo, de pasteles puestos a refrescar en la repisa listos para comer, de dulces despertares. Mi primera decisión de verdad fue qué carrera estudiar. Todos mis profesores coincidían en que debía entrar en Derecho, así que elegí Periodismo. Conocí a Andrew O'Rourke cuando los dos trabajábamos en un periódico vespertino de Londres. Nuestra publicación parecía reflejar a la perfección el espíritu de la ciudad: treinta y una páginas de cotilleos sobre los famosos locales y una página con noticias del mundo que existía más allá del anillo periférico de Londres (el periódico lo ofrecía como una especie de *memento mori*).

En Londres me lo pasé muy bien. Los hombres iban y venían por mi vida como grandes barcos, algunos ya hundidos. Andrew me gustaba porque era distinto. Puede que fuera debido a su sangre irlandesa, pero no se dejaba arrastrar por la masa. Era el editor de la sección internacional del periódico, algo así como si fuera las ruedas en un barco. Lo despidieron por su terca obstinación y yo me lo llevé a casa para que conociera a mis padres. Después, tomé su apellido antes de que otra me lo robara.

O'Rourke suena bastante serio, y me imaginaba que mi alegría lo suavizaría un poco. Pero al convertirme en Sarah O'Rourke, perdí la costumbre de ser feliz. En su lugar, se instaló un sentimiento de extraño distanciamiento. Nos casamos demasiado rápido. Supongo que si hubiera dispuesto de más tiempo para pensármelo, habría descubierto que Andrew y yo nos parecíamos demasiado —los dos éramos igual de testarudos—, y nuestra mutua admiración se habría convertido en desgaste. El único motivo por el que nos casamos con tanta prisa fue porque mi madre me suplicó que no me casara con Andrew. «En una pareja tiene que haber uno que sea blando, que sepa decir: "Como quieras"—me dijo—. Tú nunca vas a ser así, cariño, así que tienes que buscar a un hombre que lo sea.»

Así que la segunda decisión que tomé en mi vida fue adoptar el apellido de Andrew O'Rourke, y resultó no ser la acertada. Seguro que Little Bee me entiende. Desde que las dos nos desprendimos de nuestros verdaderos nombres, andamos perdidas.

«Dile que se marche», me había aconsejado Lawrence. Pero no, no podía. Lo que sucedió en la playa nos había unido. Echarla sería como deshacerme de una parte de mí, y ya había perdido un dedo y un apellido. No podía permitir que volviera a suceder. Sentada en el suelo, contemplaba a mi hijo, que dormía plácidamente. Lo envidiaba por poder dormir así.

Después de lo que sucedió en África, no había conseguido dormir bien una semana entera. Cuando los asesinos se alejaron por la playa, Andrew y yo regresamos al hotel en silencio. Hicimos las maletas después de una agónica media hora con el médico del hotel, que vendó la herida de mi dedo con gasas. Yo estaba en las nubes. Durante el vuelo de regreso a Londres, recuerdo que, igual que me había pasado al final de mi niñez, me sorprendía un poco que una historia tan grande pudiera continuar sin mí. Pero supongo que así son las cosas con los criminales. Lo que para ti supone el final de la inocencia, para ellos no es más que otra mañana de martes, y regresan a su planeta de muerte sin darle más vueltas al mundo de los vivos de las que nosotros daríamos a un destino turístico: un lugar que visitamos por un corto período de tiempo y del que volvemos cargados de recuerdos y con la inquietante certeza de que podríamos haberlos conseguido más baratos.

Durante el vuelo de regreso, llevaba el brazo en el que tenía la herida en alto, pues así el dolor era más soportable. Entre la niebla de los calmantes, por sorpresa, sin verla acercarse, me asaltó la idea de que lo más inteligente sería no dejar que Andrew volviera a tocar la herida nunca. Todavía podía ver a los asesinos llevándose a Little Bee y a Dulzura a rastras por la playa, alejándose. Los veía dejar atrás el horizonte de mi mundo, entrando en ese peligroso territorio de mi mente en el que, despierta por las noches, pensaría en las cosas que esos hombres les habrían hecho a las chicas.

Este pensamiento nunca me abandonó, pero regresé a la revista. Abrir *Nixie* fue la tercera decisión de mi vida, y me negaba a lamentarlo. Tampoco iba a renunciar a mi cuarta decisión, Charlie, ni a la quinta, Lawrence, a la que deseaba poner punto final hasta que el horror vivido en Nigeria me hizo comprender que no era necesario hacerlo. Me obstiné en hacer del trabajo mi vida, obligándome a relegar la playa a un lugar distante e impersonal. Había problemas en África, por supuesto que sí. Pero no tenía sentido preocuparse por un incidente concreto y perder de vista la perspectiva global. Lawrence no paraba de repetírmelo, y por una vez hice caso de sus consejos. Me apunté como donante a un par de organizaciones de ayuda a África. A los que me preguntaban qué me había pasado en el dedo, les respondía que Andrew y yo habíamos alquilado unas motocicletas y que había tenido un pequeño accidente. Mi espíritu entró en una especie de animación suspendida. En casa estaba tranquila, en el trabajo era la jefa. Por la noche no podía dormir, pero pensaba que podría alargar el día hasta el infinito.

Entonces me levanté del suelo del cuarto de Charlie y fui a mirarme de nuevo en el espejo. Tenía bolsas debajo de los ojos y nuevas y profundas líneas surcaban mi frente. El maquillaje se estaba resquebrajando. Ya no se trataba de las decisiones que tenía que tomar. La cosa más importante de mi vida, lo que había acabado con Andrew y que no me dejaba dormir, era algo que sucedió sin estar yo presente.

Fui consciente de que, más que nada en el mundo, ahora necesitaba saber. Tenía que descubrir lo que ocurrió después de que aquella banda de asesinos se llevara a las chicas por la playa. Necesitaba enterarme de lo que sucedió.

5

Me desperté en el sofá de Sarah. Al principio no sabía dónde estaba. Abrí bien los ojos y miré a mi alrededor. En el sofá había cojines de seda naranja, con pájaros y flores bordados. El sol entraba por unas ventanas con cortinas de terciopelo anaranjado que llegaban hasta el suelo. Había una mesita de café hecha de un cristal tan grueso que parecía verde por los lados. Bajo la mesita, vi un par de revistas: una de moda y otra sobre cómo hacer que tu casa resulte más bonita. Me senté y posé los pies en el suelo, que estaba cubierto de madera.

Si les estuviera contando esta historia a las chicas de mi aldea, me preguntarían: «¿Cómo se puede hacer una mesa con café? ¿Qué es eso del terciopelo? Esa mujer con la que te quedabas, ¿por qué no guardaba su leña en una pila fuera de casa, como hacemos todos? ¿Cómo es posible que dejara la madera tirada por el suelo? Era muy vaga, ¿verdad?». Tendría que explicarles que una mesita de café no quiere decir que esté hecha de café, que el terciopelo es un tipo de tela tan suave como el algodón de las nubes, y que la madera del suelo de casa de Sarah no era leña, sino «madera artificial de fabricación sueca con barnizado antiguo y un laminado mínimo de tres milímetros de madera auténtica, con sello del Consejo de Administración Forestal que certifica que ha sido elaborada mediante prácticas respetuosas con los bosques y el medio ambiente». Esto lo sé porque vi un anuncio de un suelo idéntico en la revista que estaba bajo la mesita de café, esa que trataba sobre casas bonitas. Entonces, a las chicas de mi aldea se les saldrían los ojos de las órbitas y dirían: *«¡Ué!»,* porque comprenderían que por fin había llegado a un lugar más allá de los confines del mundo conocido, un sitio donde existían máquinas que hacían madera, y se preguntarían qué tipo de brujería me acecharía al siguiente paso.

Imaginaos lo agotador que resultaría contar mi historia a las chicas de mi aldea. Por eso, a los africanos nunca nos cuentan nada. No lo hacen porque deseen que seamos ignorantes, sino porque nadie tiene tiempo suficiente para sentarse a enseñarnos cómo funciona el Primer Mundo desde el principio. O igual queréis hacerlo, pero no sois capaces. Vuestra cultura se ha vuelto muy sofisticada, como un ordenador o una medicina que te tomas para el dolor de cabeza. Sabes usarla, pero no serías capaz de explicar cómo funciona. Por lo menos, no sabrías explicárselo a unas chicas que apilan su leña junto a sus chozas.

Si, por ejemplo, os dijera que la casa de Sarah quedaba cerca de un enorme parque lleno de ciervos, vosotros no pegaríais un respingo y gritaríais: «¡Santo Dios! Pasadme la escopeta, voy a cazar uno de esos bichos». No, al contrario, os quedaríais sentados, frotándoos el mentón en actitud pensativa, y diríais: «Supongo que se referirá a Richmond Park, en las afueras de Londres».

La historia que os relato es para gente sofisticada, como vosotros. Por eso no tengo que describiros el sabor del té que me preparó Sarah cuando bajó al salón de su casa aquella mañana. En mi aldea nunca hemos probado el té, aunque se cultiva mucho en el este de mi país, donde el terreno se eleva hasta las nubes y los árboles se dejan largas barbas de musgo debido a los vientos húmedos. Allá, en el este, las plantaciones se extienden por las faldas de las montañas y se pierden de vista entre la niebla. El té que producen también desaparece de nuestra vista. Supongo que lo exportan todo. No había probado el té hasta que me exportaron con él. El barco en el que llegué a vuestro país iba cargado de té, amontonado en la bodega en gruesos sacos de cartón marrón. Me hice un hueco entre los sacos para ocultarme. Pasados dos días, me encontraba demasiado débil para seguir escondida, así que salí de la bodega. El capitán del barco me encerró en una cabina. Decía que no era seguro dejarme junto a la tripulación. Así que, durante tres semanas y ocho mil kilómetros, contemplé el océano desde una ventanilla redonda y leí un libro que me dejó el capitán. Se titulaba *Grandes esperanzas* y hablaba de un niño que se llamaba Pip, pero no sé cómo acaba porque el barco llegó al Reino Unido y el capitán me entregó a las autoridades de inmigración.

¡Tres semanas y ocho mil kilómetros en un barco cargado de té! A lo mejor, si rascas un poco mi piel, todavía huelo a la planta. Cuando me llevaron al centro de internamiento para extranjeros, me entregaron una manta marrón y un té caliente en un vaso de plástico. Cuando lo probé, me entraron ganas de volver al barco y regresar a casa, a mi país. Mi tierra sabe a té: es amarga y cálida, y sus recuerdos, fuertes y crudos. Sabe a nostalgia, a la distancia entre donde estás y de donde vienes. Además, desaparece. Su sabor se esfuma de tu lengua cuando tus labios todavía sienten el calor del vaso. Desaparece, como las plantaciones entre la niebla. Dicen que vuestro país es el que más té bebe del mundo. ¡Qué tristes os tenéis que poner! Como niños que añoran a una madre ausente. Lo siento mucho por vosotros.

Bueno, a lo que íbamos. Mientras nos tomábamos el té en la cocina de Sarah, Charlie seguía dormido en su cuarto del piso de arriba.

—Tenemos que hablar de lo que pasó —me dijo Sarah, posando una mano sobre las mías—. ¿Te sientes preparada para contarme lo que sucedió después de que los hombres se os llevaran por la playa?

No le contesté inmediatamente. Permanecí sentada en la mesa, observando con atención la cocina, asimilando todos los nuevos y prodigiosos objetos que se me ofrecían a la vista. Había, por ejemplo, un frigorífico: una enorme caja plateada con una máquina de hacer hielo incorporada con una puerta de cristal que dejaba ver lo que ocurría en su interior. En ese mismo instante, preparaba un brillante cubito, que ya casi estaba listo. Os reiréis de mí, pobre pueblerina, por contemplar de ese modo una máquina de hacer hielo. Os parecerá gracioso, pero era la primera vez que veía agua transformándose en sólido. Era algo maravilloso, porque si esto era posible, quizá también fuera posible solidificar todo lo que siempre escapa y desaparece, convirtiéndose en arena o niebla. Todo podría volver a hacerse sólido, sí, hasta el tiempo que pasé jugando con Nkiruka sobre la tierra rojiza junto al columpio. En aquel entonces, todavía creía que esas cosas eran posibles en vuestro país. Sabía que había milagros esperando a que los descubriera. Sólo tenía que encontrar el centro, la fuente de todas esas pequeñas maravillas.

Tras el frío cristal, el cubito de hielo tembló en su cubierta de metal. Brillaba, como un alma humana. Sarah me miró con sus luminosos ojos y dijo:

—¿Little Bee? Necesito saberlo. ¿Te sientes preparada para contármelo?

El cubito ya estaba terminado. ¡Plop! Cayó a la bandeja. Sarah parpadeó mientras la máquina empezaba a preparar un nuevo cubito.

—Sarah —dije—, no es necesario que sepas lo que pasó. No fue culpa tuya.

—Por favor, Little Bee —me rogó, apretándome con fuerza las manos—. Tengo que enterarme de lo que ocurrió.

152

Suspiré, molesta. No me apetecía hablar de ello, pero si esta mujer iba a obligarme a hacerlo, mejor acabar cuanto antes para no hacerle perder el tiempo.

—Muy bien, Sarah. Cuando os marchasteis, los hombres nos llevaron por la playa. Estuvimos un rato caminando, como una hora, más o menos. Llegamos hasta un lugar en el que había una barca, con varios tablones rajados, boca abajo sobre la arena. Parecía que se hubiera roto durante una tempestad y la hubieran dejado tirada en la playa. Su superficie se había vuelto blanca por el sol y toda la pintura se había resquebrajado y desconchado. Incluso los percebes que tenía pegados empezaban a soltarse. Los hombres me metieron a empujones debajo de la barca y me dijeron que me dejarían marchar cuando terminaran. Bajo los tablones de la embarcación estaba todo muy oscuro y había cangrejos moviéndose a mi alrededor. Violaron a mi hermana, apoyándola contra la barca. La oí gemir. A través de los tablones de la barca, el sonido llegaba apagado. Escuché a mi hermana asfixiarse, como si la estuvieran estrangulando. Oí los golpes de su cuerpo chocando contra la madera de la embarcación durante largo rato. Era la hora más calurosa del día, pero bajo la barca se estaba a oscuras y hacía fresco. Al principio, mi hermana recitaba versículos de la Biblia, pero luego empezó a perder la cabeza y se puso a cantar canciones de nuestra infancia. Al final sólo soltaba gritos. Primero gritos de dolor que luego se convirtieron en los chillidos que hace un bebé al nacer. Ya no había sufrimiento en ellos, eran automáticos, uno detrás de otro. Cada grito era idéntico al anterior, como si salieran de una máquina.

Levanté la vista y vi que Sarah me estaba mirando fijamente. Tenía la cara muy pálida, los ojos enrojecidos y se tapaba la boca con la mano. Temblaba, igual que yo, porque nunca le había contado esto a nadie.

—No vi lo que le hicieron a mi hermana porque la tenían contra el costado de la barca en el que los tablones no estaban rotos. Por el otro lado, pude ver al asesino, el de la herida en el cuello. Permaneció alejado de sus compañeros, paseando por la playa y fumando cigarrillos de un paquete que le había quitado del bolsillo al guarda que acababa de asesinar. Miraba a lo lejos, al océano, como esperando que algo fuera a venir desde las aguas. A veces se llevaba la mano al cuello y se tocaba la herida. Tenía los hombros caídos, como si cargara con un gran peso.

Sarah estaba temblando tan fuerte que la mesa de la cocina se estremecía también. Se echó a llorar.

—Tu hermana —dijo entre sollozos—. Tu hermana… era tan bonita… Dios mío…

No quería seguir haciendo daño a Sarah. No quería contarle lo que sucedió, pero ahora ya era imposible dar marcha atrás. No podía dejar de hablar porque, una vez que había empezado a contar la historia, tenía que seguir hasta el final. No podía elegir cuándo empezar y cuándo terminar. Ya no era yo quien relataba la historia, sino que era la propia historia la que me estaba contando a mí.

—Cerca del final, escuché a Nkiruka rogando que la mataran. Los hombres se rieron y luego oí cómo rompían los huesos de mi hermana uno a uno. Así fue como murió. Tienes razón, era una chica muy bonita. En la aldea decían que era de ese tipo de chicas que hacen que un hombre se olvide de sus problemas. Pero a veces las cosas no son como cuenta la gente. Cuando los hombres y los perros terminaron con mi hermana, lo único que quedó de ella para tirar al mar eran las partes que no se podían comer.

Sarah dejó de temblar y de llorar. Permaneció en tensión, agarrando con fuerza su taza de té, como si fuera a llevársela el viento si no la sujetaba.

—Y, a ti —susurró—, ¿qué te pasó?

—Por la tarde empezó a hacer mucho calor, incluso debajo de la barca. Soplaba una brisa desde el mar que lanzaba la arena contra el costado de la embarcación y silbaba entre los tablones. Miré a través de los agujeros para ver qué estaba sucediendo. Sobre las olas, había gaviotas planeando en el viento, muy tranquilas. A veces, se lanzaban en picado al agua y salían con algún pez plateado en el pico. Las estuve observando atentamente, porque pensaba que me iban a hacer lo mismo que a mi hermana y quería concentrar mi mente en algo hermoso. Pero los hombres no vinieron a por mí. Cuando terminaron con mi hermana, se retiraron con sus perros a dormir a la selva. Pero el que parecía el jefe no se unió a sus compinches. Se quedó en la playa, con las olas rompiendo a la altura de sus rodillas, de cara al viento. Pasado un rato, hacía tanto calor que hasta las gaviotas dejaron de pescar y se posaron sobre las olas, ocultando la cabeza en el pecho. Entonces, el jefe de la banda avanzó mar adentro. Cuando el agua le llegó al pecho, se puso a nadar. Las gaviotas se apartaban a su paso, volaban un poco y volvían a posarse en el agua. Sólo querían dormir. El hombre siguió nadando, nadando, hasta que dejé de verlo. Desapareció y ya sólo distinguía la raya que separaba el cielo y el mar. Llegó un momento en el que hacía tanto calor que hasta esa línea se difuminó. Entonces salí de debajo de la barca, porque sabía que los hombres estarían dormidos. Miré a mi alrededor. No había nadie en la playa, ni una sombra. Hacía tanto calor que pensé que iba a morir asfixiada. Me metí en el agua, mojé mis ropas para refrescarme y salí corriendo en dirección al hotel. Corrí por el agua, para no dejar huellas en la arena. Llegué al lugar donde habían asesinado al guarda. Había muchas gaviotas arremolinadas junto al cadáver. Cuando me acerqué, echaron a volar. No me atreví a mirar a la cara del muchacho. Había cangrejitos que le salían de la pernera del pantalón. En el suelo, vi una cartera y la recogí. Era de Andrew, Sarah. Ya me perdonarás, pero miré en su interior. Había muchas tarjetas de plástico. En una ponía «PERMISO DE CONDUCIR» y había una foto de tu marido. Además, salía vuestra dirección, así que la cogí. También me llevé una tarjeta de visita en la que aparecía su teléfono. Se me voló de las manos y cayó en el agua, pero volví a cogerla. Después me escondí otra vez en la selva, en un lugar desde el que podía ver la playa. Cuando empezó a refrescar apareció un camión que venía desde el hotel. Era uno de esos vehículos militares. Seis soldados se bajaron de la parte de atrás y se quedaron mirando el cadáver del guarda. Le dieron unas pataditas con la puntera de las botas. En la cabina del camión había una radio y sonaba una canción de U2, *One*. La conocía porque siempre la poníamos en casa. Un día, vinieron a la aldea unos hombres de la ciudad y nos dieron a cada familia una radio despertador. Se suponía que teníamos que usarla para escuchar el servicio internacional de la BBC, pero mi hermana Nkiruka siempre cambiaba el dial a una emisora musical de Port Harcourt. Nos peleábamos mucho por culpa de ese aparatito de cuerda, porque yo quería escuchar las noticias y los temas de actualidad. Pero, en ese momento, agazapada en la selva junto a la playa, deseé no haberme peleado nunca con mi hermana. A Nkiruka le gustaba la música y entonces me di cuenta de que tenía razón. La vida es muy corta y con las noticias no se puede bailar. Entonces fue cuando me eché a llorar. No lo hice cuando mataron a mi hermana, pero sí cuando escuché la música que provenía del camión de los soldados, porque pensé: «Ésa era la canción favorita de mi hermana y no volverá a escucharla nunca más». ¿Te parece que estoy loca, Sarah?

Sarah, que estaba mordiéndose las uñas, meneó la cabeza.

—En mi aldea, a todos nos gustaba U2. Creo que a todo el mundo en mi país le gustaba su música. ¿No te parece gracioso? Los rebeldes estarían escuchando canciones de U2 en sus campamentos de la selva, las mismas que oían los soldados del Gobierno en sus camiones. Se mataban unos a otros mientras escuchaban la misma música. Y, ¿sabes una cosa? La primera semana que pasé en el centro de internamiento, también ponían música de U2. Es gracioso, Sarah. En este mundo, todos nos odiamos, pero a todos nos gusta U2.

Sarah torció las manos sobre la mesa, me miró y me preguntó:

—¿Estás bien? ¿Te apetece seguir contándome qué pasó? ¿Puedes explicarme cómo escapaste?

—Vale —contesté, tras soltar un suspiro—. Los militares seguían el ritmo de la música dando patadas en el suelo. Envolvieron el cadáver con una sábana, la cogieron por los extremos y lo depositaron en el camión. Pensé que lo mejor sería salir corriendo y pedirles que me ayudaran, pero tenía tanto miedo que no me moví. El camión se alejó por la playa y de nuevo reinó el silencio. Al caer el sol, decidí que lo mejor sería no ir al hotel. Me daban mucho miedo los soldados. Así que me puse a caminar en la otra dirección. Había un montón de murciélagos revoloteando por los alrededores. Esperé a que el cielo estuviera totalmente oscuro para pasar junto al lugar en el que habían asesinado a mi hermana. Era una noche sin luna, así que sólo se veía el brillo azulado de algunas extrañas criaturas en el mar. A veces me cruzaba con un riachuelo que atravesaba la playa y aprovechaba para beber agua fresca. Me pasé toda la noche caminando y cuando empezó a amanecer me oculté en la jungla. Encontré unos frutos rojos y me los comí. Eran muy amargos. Estaba mareada, me daba pánico que los hombres regresaran y me encontraran. Cuando hacía caca enterraba los excrementos para no dejar rastro de mi paso. Cualquier ruido que oía, me parecía que eran los hombres. Me decía: «Little Bee, los hombres han vuelto para arrancarte las alas». Así pasé otras dos noches, hasta que al tercer día llegué a un puerto. Mar adentro, brillaban luces verdes y rojas, y había un larguísimo dique de cemento. Me dirigí hasta el final del dique. Las olas rompían, mojándome, pero por lo menos no había guardas. Cerca del final del espigón había dos barcos amarrados uno junto a otro. Uno llevaba bandera italiana, el otro, británica. Trepé a la cubierta del segundo y bajé a esconderme en la bodega. No me resultó difícil encontrarla, porque había carteles escritos en inglés. Ya sabes, en mi país el inglés es lengua oficial.

Dejé de hablar y me quedé mirando el mantel. Sarah se acercó a mí, se sentó en una silla que había a mi lado y me abrazó durante un buen rato. Recosté la cabeza en su hombro, mientras sujetaba en las manos la taza de té, ya frío. Fuera, la mañana iba adquiriendo luminosidad. No dijimos nada. Pasado un rato, oí ruido de pasos en las escaleras y, de repente, Charlie apareció en la cocina. Sarah se secó los ojos, tomó aire y se sentó con la espalda recta. El niño llevaba su traje de Batman, pero sin la máscara ni el cinturón de herramientas. Parecía que esa mañana no esperaba que hubiera problemas. Cuando me vio, parpadeó, sorprendido de que yo siguiera allí, supongo. Todavía adormilado, se frotó los ojos agarrándose a la pierna de su madre.

—*'Avía* es hora de *'omir* —dijo.

—¿Qué dices, Batman? —preguntó su madre.

—Que todavía es hora de dormir. ¿Por qué estáis levantadas?

—Little Bee y mami nos hemos despertado pronto esta mañana.

—¿Mmmm?

—Teníamos muchas cosas que contarnos.

—¿Mmmm?

—Batman, ¿ese sonido significa que no entiendes o que no te lo crees?

—¿Mmmm?

—Ah, cariño, ya lo pillo. Estás utilizando tu bat-radar, ¿es eso? Envías esos «Mmmm» para localizar algo sólido, ¿verdad?

—Mmmm.

Charlie alzó la vista hacia su madre, que lo estuvo mirando durante un rato y luego se giró hacia mí. De nuevo se le saltaban las lágrimas.

—Charlie tiene unos ojos maravillosos, ¿verdad? Son como un ecosistema atrapado en ámbar.

—No, no lo son —protestó Charlie.

Sarah se rio.

—Bueno, cariño, lo que quiero decir es que se puede ver que hay muchas cosas ahí dentro —dijo, dando unas palmaditas en la cabeza de Charlie.

—Mmmm —bufó el pequeño—. ¿Por qué *eres* llorando, mami?

Sarah soltó un largo sollozo que intentó ocultar con un gesto de la mano.

—Se dice por qué «estás» llorando, Charlie.

—¿Por qué estás llorando, mami?

Sarah se derrumbó. Fue como si, de repente, hubiera perdido toda la fuerza que la mantenía en pie. Hundió la cabeza entre los brazos, sobre la mesa, y empezó a gimotear.

—Ay, Charlie... Mami llora porque anoche se bebió cuatro *gin-tonics*... Mami llora por algo en lo que lleva dos años intentando no pensar... Lo siento, Charlie. Mami ya es muy mayor para ponerse sentimental, pero cuando se pone, la pilla por sorpresa.

—¿Mmmm? —contestó Charlie.

—¡Oh, Charlie! —dijo Sarah, abriendo los brazos.

Charlie saltó en su regazo y se abrazaron. No estaba bien que me quedara allí, ante ellos, así que salí al jardín y me senté junto al estanque. Estuve un buen rato pensando en mi hermana.

Más tarde, cuando el sol ya estaba alto y el murmullo del tráfico era constante, Sarah salió a buscarme al jardín.

—Lo siento —se disculpó—, tenía que llevar a Charlie a la guardería.

—No pasa nada.

—¿Qué tal estás? —me preguntó, sentándose a mi lado y posando su mano en mi espalda.

—Bien —contesté, encogiéndome de hombros.

Sarah sonrió, pero con tristeza.

—No sé qué decir.

—Yo tampoco.

Nos quedamos sentadas observando a un gato que se revolcaba en la hierba al otro lado del jardín, en una franja de césped en la que daba el sol.

—¡Qué feliz parece ese gato! —comenté.

—Pues sí. Es del vecino.

Asentí muy despacio con la cabeza. Sarah tomó aire y me preguntó:

—Mira, ¿quieres quedarte una temporada aquí?

—¿Dónde? ¿Con vosotros?

—Sí, conmigo y con Charlie.

—No lo sé —dije, frotándome los ojos—. No tengo papeles, Sarah. En cualquier momento pueden venir a por mí y devolverme a mi país.

—Entonces, ¿por qué te dejaron salir del centro de internamiento, si no tienes permiso para quedarte en el país?

—Por un error. Si estás buena o hablas bien, a veces cometen errores por ti.

—Pero ahora eres libre. No pueden aparecer y llevarte a tu país así como así, Little Bee. No estamos en la Alemania nazi. Seguro que existe algún procedimiento legal, algún recurso que podamos utilizar. Puedo explicarle a un juez lo que te sucedió allí, el riesgo que corres si regresas a tu país.

—Te dirán que Nigeria es un país seguro, Sarah —contesté, meneando la cabeza—. A la gente como yo, nos cogen y nos llevan derechitos al aeropuerto.

—Ya nos inventaremos algo, Little Bee. Soy la directora de una revista, tengo contactos. Podemos montar un escándalo. —Bajé la vista al suelo. Sarah sonrió y me cogió de la mano—. Eres muy joven, Little Bee. Todavía no sabes cómo funciona el mundo. Hasta ahora sólo has visto problemas, por eso piensas que nunca te va a suceder nada bueno.

—Tú también has visto problemas, Sarah. Te equivocas si piensas que no son lo habitual. Los problemas son como el océano, cubren dos terceras partes de la tierra.

Sarah se estremeció, como si algo la hubiera golpeado en la cara.

—¿Qué pasa? —pregunté.

—No es nada —contestó, sujetándose la cabeza entre las manos—. Una tontería.

No se me ocurría nada más que decir. Miré a mi alrededor, buscando en el jardín algo con lo que matarme en caso de que aparecieran los hombres. Al fondo había un cobertizo con un gran rastrillo apoyado en la pared. Buen instrumento, pensé. Si aparecen los hombres, echaré a correr con el rastrillo en la mano y me dejaré caer sobre sus afilados pinchos.

Clavé las uñas en la tierra que había bajo las flores a nuestro lado y pellizqué entre mis dedos el pegajoso barro.

—¿En qué piensas, Little Bee?

—¿Eh?

—¿En qué piensas?

—Oh, pienso en la yuca.

—¿En la yuca? ¿Por qué?

—En mi aldea había mucha. La plantábamos, la regábamos y luego, cuando estaba crecida, más o menos de esta altura, le arrancábamos las hojas para que engordara la raíz. Cuando estaba lista, la desenterrábamos, la pelábamos, la rallábamos, la prensábamos, la dejábamos fermentar y luego la freíamos y la mezclábamos con agua para hacer una pasta y comer, comer y comer. Por las noches, soñaba con yucas.

—¿Qué más hacíais en tu aldea?

—A veces jugábamos en un columpio.

Sarah sonrió y, mirando el jardín, dijo:

—Por aquí no hay mucha yuca. Tenemos muchas clemátides, y camelias también.

—Este suelo no es bueno para la yuca.

Sarah sonreía pero, al mismo tiempo, lloraba. La cogí de la mano mientras las lágrimas resbalaban por sus mejillas.

—Little Bee, me siento tan culpable...

—No fue culpa tuya, Sarah. Perdí a mis padres y a mi hermana. Tú has perdido a tu marido. Las dos hemos perdido seres queridos.

—Yo no perdí a Andrew, Little Bee. Lo destruí. Lo engañaba con otro hombre. Ése es el motivo por el que fuimos a la maldita Nigeria. Pensábamos que necesitábamos unas vacaciones juntos... Para arreglar las cosas, ¿entiendes? —Me encogí de hombros y Sarah suspiró—. Supongo que ahora me dirás que no puedes comprenderlo porque nunca has tenido unas vacaciones.

—Bueno, tampoco he tenido nunca un hombre —contesté, mirándome las manos.

—Ya, claro —repuso Sarah, parpadeando—. A veces me olvido de lo joven que eres.

Permanecimos calladas un rato, hasta que sonó el teléfono móvil de Sarah. Contestó y, cuando terminó la llamada, parecía muy cansada.

—Son los de la guardería. Quieren que vaya a recoger a Charlie. Se ha estado peleando con otros niños y parece que está fuera de control. —Se mordió el labio—. Nunca había hecho algo así.

Volvió a coger el móvil y marcó un número. Se llevó el aparato a la oreja mientras yo contemplaba el jardín. Sarah seguía mordiéndose el labio. Pasados unos segundos, se escuchó el timbre apagado y distante de otro teléfono en el interior de la casa. El rostro de Sarah se quedó helado. Muy despacio, apartó el móvil de su oreja y presionó un botón. El sonido del otro teléfono en el interior de la casa se detuvo.

—Ay, Dios —dijo Sarah—. ¡No, no!

—¿Qué? ¿Qué pasa?

Sarah tomó aire y todo su cuerpo se estremeció.

—Acabo de llamar a Andrew. No sé por qué lo he hecho… Ha sido un acto reflejo, automático. Ni tan siquiera he pensado en lo que hacía. ¿Sabes? Cuando tengo un problema con Charlie siempre llamo a Andrew. Me he olvidado de que está… ya sabes. ¡Ay, Dios! Creo que estoy perdiendo la cabeza. Pensé que estaba preparada, ya me entiendes, para enterarme de lo que os pasó… a ti y a tu hermana. Pero no lo estaba. No estaba lista. ¡Ay, Dios!

Nos quedamos ahí sentadas. Yo le cogía la mano mientras ella lloraba. Pasado un momento, me enseñó su teléfono móvil y, señalando la pantalla, me dijo:

—Mira, todavía lo tengo en la agenda de contactos.

En la pantalla de su teléfono ponía «ANDREW» y debajo había un número. El nombre aparecía solo, sin apellidos.

—¿Quieres borrarlo, Little Bee? Yo no puedo.

Cogí el aparato. Había visto a la gente hablar por el móvil antes, pero siempre pensé que eran trastos muy complicados de manejar. Os reiréis de mí —ahí va otra vez la palurda que huele a té y tiene las manos manchadas de yuca—, pero siempre creí que para hablar por el móvil primero había que buscar una frecuencia. Suponía que habría que girar un dial hasta encontrar la señal de tu amigo, bajita y débil, como cuando sintonizaba las noticias de la BBC en la radio despertador. Me imaginaba que los teléfonos móviles eran así de complicados. Habría que mover el dial pasando por todos los chirridos y pitidos hasta oír la voz de la persona con la que querías hablar. Al principio sonaría extraña, débil y casi ahogada por los aullidos —como si hubieran reducido a tu amigo al tamaño de una galleta y lo hubieran metido en una caja metálica llena de monos—. Pero luego, ajustando la frecuencia con un ligero movimiento del dial, tu amigo diría algo así como :«¡Dios salve a la reina!» y te informaría del estado de la mar en las costas del Reino Unido de Gran Bretaña e Irlanda del Norte. Después, ya podrías empezar a hablar.

Sin embargo, descubrí que utilizar un teléfono móvil no era tan difícil. En vuestro país, todo es realmente sencillo. Junto al nombre, ANDREW, había una señal en la que ponía OPCIONES. La presioné y la opción 3 era BORRAR. Apreté sobre ella y Andrew O'Rourke desapareció.

—Gracias —me dijo Sarah—, yo no podía hacerlo.

Permaneció un buen rato contemplando el teléfono.

—Tengo mucho miedo, Little Bee. No sé a quién llamar. Andrew muchas veces se ponía insoportable, pero era muy práctico. Supongo que he sido una idiota al enviar a Charlie a la guardería después de lo que ocurrió ayer. Pero pensaba que sería bueno para él regresar a la rutina. Ya no tengo a quién pedir consejo, Little Bee, ¿lo entiendes? No sé si seré capaz de llevar esto yo sola, de tener que decidir lo que le conviene a Charlie, durante años, sin ayuda. ¿Lo entiendes? Elegir buenas conductas, buenas escuelas, buenos amigos, una buena universidad, una buena mujer. ¡Ay, Dios! Pobre Charlie.

—Si quieres, puedo acompañarte a la guardería —le propuse, cogiéndola de la mano.

Sarah ladeó la cabeza y me miró. Se echó a reír y dijo:

—Pero no con esa ropa.

Diez minutos más tarde salí de casa con Sarah. Llevaba un vestido de verano rosa que ella me había dejado. Era lo más bonito que me había puesto en mi vida. Alrededor del cuello tenía bordadas unas preciosas y delicadas flores blancas. Me sentía como la reina de Inglaterra. Era una mañana soleada y soplaba una brisa fresca. Caminaba dando alegres saltitos detrás de Sarah y cada vez que nos cruzábamos con un gato, un cartero o una mujer con un cochecito de bebé, les sonreía y los saludaba. Todos me miraban como si estuviera loca, no sé por qué. «Ése no es modo de saludar a vuestra reina», pensaba yo.

No me gustó la guardería. Se encontraba en un gran edificio con enormes ventanas, pero aunque hacía un día maravilloso, las tenían cerradas. Dentro, el ambiente estaba cargado.

Olía a cacas y a acuarelas, exactamente igual que la sala de terapia del centro de internamiento para extranjeros. Los recuerdos me pusieron triste. En el centro de internamiento tampoco abrían las ventanas, pero porque no se podían abrir. En la sala de terapia nos daban acuarelas y pinceles, y nos decían que intentáramos expresar nuestros sentimientos. Yo utilicé un montón de pintura roja. Cuando la psicóloga vio lo que había dibujado, me aconsejó dejar esas cosas atrás y mirar hacia adelante. «Sí, señora —le contesté—, con mucho gusto lo haría. Si tuviera la amabilidad de abrirme un poco la ventana, o mejor, una puerta, estaré encantada de dejar estas cosas muy, muy atrás.» Sonreí, pero creo que a la psicóloga no le gustó mi broma.

En la guardería de Charlie, a la monitora tampoco debí de parecerle una broma de buen gusto. Sabía que era la monitora porque llevaba una tarjeta en su bata verde en la que ponía: «MONITORA». Mirándome a mí, pero dirigiéndole la palabra a Sarah, dijo:

—Lo siento, pero no se permiten visitas. Son las normas. ¿Es la niñera?

Sarah me miró y luego se dirigió a la monitora:

—No. Es una historia un poco larga.

La monitora puso mala cara y finalmente permitió que me quedara junto a la puerta mientras Sarah entraba en el aula e intentaba calmar a Charlie.

¡Pobre Charlie! Lo habían obligado a quitarse el disfraz de Batman. Así empezó todo. Lo habían obligado a quitárselo porque se había hecho pis encima. Querían limpiarlo, pero a Charlie no le apetecía estar limpio. Prefería apestar con su máscara y su capa negras, antes que oler a limpio con esa bata blanca de lana que le habían puesto. Tenía la cara roja y manchada de acuarela y lágrimas, y aullaba de rabia. Cuando alguien se le acercaba lo atacaba furioso, dándole puñetazos en las rodillas. Mordía, arañaba, gritaba. Se quedó con la espalda contra la pared, contemplando la habitación y gritando: «¡No! ¡No! ¡No! ¡No! ¡No!».

Sarah se le acercó y se arrodilló para mirarlo de cerca, a la cara.

—Ay, cariño —dijo.

Charlie dejó de chillar y observó a su madre. Le temblaba el labio inferior. Cuando consiguió controlar la mandíbula, se inclinó hacia Sarah y la escupió.

—¡Vete! ¡Quiero a papi!

Las monitoras se habían llevado al resto de los niños a la otra punta del aula. Los pequeños estaban sentados mientras les contaban un cuento. Aunque los habían puesto de espaldas a Charlie, no dejaban de moverse inquietos y de girar sus cabecitas pálidas y asustadas. Una mujer que llevaba una sudadera de color azul turquesa, pantalones vaqueros y zapatillas deportivas blancas, les leía un cuento:

—Entonces, Max los domó con el truco de… ¡Caitlin! ¡Mira hacia delante!… el truco de mirarlos directamente a los ojos y decir…¡Emma! ¡Concéntrate, por favor! ¡James! ¡Deja de suspirar!… de mirarlos directamente a los ojos y decir… ¡Ollie! ¿Quieres mirar hacia delante? ¡No hay nada que ver ahí detrás!

Sarah se arrodilló y se limpió la saliva de Charlie de la mejilla. Estaba llorando. Tendió los brazos a su hijo, pero éste se giró, mirando a la pared.

—¡Quedaos quietos! —gritó la mujer que leía el cuento.

Me acerqué a Sarah. La monitora me lanzó una mirada que significaba: «¡He dicho que te quedes junto a la puerta!», pero yo le respondí con otra que decía: «¿Cómo se atreve?». Era una mirada muy práctica, la había aprendido de la reina Isabel II en los billetes de cinco libras esterlinas. La monitora retrocedió un paso y llegué hasta Sarah. Posé la mano en su hombro y ella levantó la cabeza para mirarme.

—¡Ay, Dios! Pobre Charlie. No sé qué hacer.

—¿Qué sueles hacer cuando se pone así?

—Me las apaño, siempre he sabido cómo. Ay, Little Bee, no sé qué me está pasando. He olvidado cómo lo hacía.

Sarah se llevó las manos a la cara. La monitora la condujo a un rincón apartado y le ofreció una silla.

Me acerqué a la esquina y me arrodillé junto a Charlie. No lo miraba a él, sino a los ladrillos de la pared, sin decir nada. Se me da bien contemplar la pared y quedarme callada. Tengo bastante experiencia en ese campo: me pasé dos años haciéndolo en el centro de internamiento para inmigrantes.

Me puse a pensar en qué haría en esa guardería si de repente aparecieran los hombres. No sería fácil, os lo aseguro. Por ejemplo, en el aula no había ningún objeto cortante. Todas las tijeras eran de plástico y con las puntas redondeadas y romas. Si tuviera que matarme en ese lugar, no sabría cómo hacerlo.

Pasado un rato, Charlie me miró y me preguntó:

—¿Qué haces?

—Pienso en cómo escapar de este lugar —contesté, encogiéndome de hombros.

Tras un silencio, el pequeño suspiró y me dijo:

—Me han quitado mi traje de Batman.

—¿Por qué?

—Porque me he hecho pipi en él.

Me arrodillé y lo miré a los ojos.

—¿Sabes? Tú y yo somos iguales. Yo también me pasé dos años en un sitio como éste. Nos obligaban a hacer cosas que no queríamos. ¿Eso te molesta?

Charlie asintió.

—A mí también me molestaba.

A nuestras espaldas, se podía oír que el resto de la guardería recuperaba la normalidad. Los niños volvieron a sus conversaciones y sus gritos, y las monitoras ayudaban, reían y regañaban. En nuestra esquina, Charlie bajó la vista al suelo y dijo:

—Quiero a mi papi.

—Tu papi está muerto, Charlie. ¿Sabes lo que eso significa?

—Sí. Que está en el cielo.

—Eso es.

—¿Dónde está el cielo?

—Es un sitio como éste. Como una guardería, o un centro de internamiento, o un país muy lejano. Tu papi quiere volver a casa contigo, pero no le dejan. Lo mismo le pasa a mi padre.

—¡Oh! ¿Tu papi también está muerto?

—Sí, Charlie. Mi padre, mi madre y mi hermana. Todos están muertos.

—¿Por qué?

—Los malos los cogieron —dije, encogiéndome de hombros.

Charlie se agachó para recoger un trocito de papel rojo del suelo. Lo estiró y se lo llevó a la boca para ver a qué sabía. Luego, húmedo por la saliva, se le quedó pegado en la mano. Con la lengua fuera, se concentró en despegárselo de los dedos.

—¿Estás triste como yo? —me preguntó de repente.

—¿Tengo pinta de estar triste, Charlie? —contesté, con una sonrisa forzada.

Charlie me miró. Le hice cosquillas en el sobaco y se echó a reír.

—¿Parecemos tristes, Charlie? ¿Tú y yo? ¿Estamos tristes?

Charlie se retorcía entre risas. Lo acerqué a mi cara y, mirándolo a los ojos, le dije:

—No vamos a estar tristes, Charlie. Ni tú ni yo. Pero sobre todo tú, porque eres el niño más afortunado del mundo. ¿Sabes por qué?

—¿Por qué?

—Porque tienes una mamá que te quiere mucho, y eso es muy importante, ¿verdad?

Le di un empujoncito en dirección a su madre y salió corriendo hacia ella. Enterró su rostro en su vestido y se abrazaron. Sarah lloraba y reía al mismo tiempo, mientras le susurraba a su hijo al oído: «Charlie, Charlie, Charlie». Ahogada contra el vestido de su madre, se oyó la voz del pequeño diciendo: «No soy Charlie, mami. Me llamo Batman».

Sarah me miró por encima del hombro de su hijo y me dijo «Gracias» sin pronunciar ningún sonido, sólo moviendo los labios.

Volvimos a casa andando, con Charlie columpiándose cogido de nuestras manos. Hacía un día magnífico. El sol nos calentaba y por todas partes se oían zumbidos de insectos y se olía el aroma de las flores. Junto a la acera estaban los jardines de las casas, llenos de color. Era difícil no sentirse esperanzada.

—Tengo que enseñarte el nombre de las flores inglesas —dijo Sarah—. Ésas son unas fucsias, esto una rosa, ésas se llaman madreselvas... ¿Qué pasa? ¿De qué te ríes?

—Aquí no hay cabras. Por eso tenéis todas estas flores tan bonitas.

—¿En tu aldea hay cabras?

—Sí, y se comen todas las flores.

—¡Vaya! ¡Cuánto lo siento!

—No te preocupes. Nosotros nos comemos a las cabras.

—De todos modos —Sarah frunció el ceño—, creo que prefiero tener madreselvas en vez de cabras.

—Un día te llevaré a mi país y después de una semana comiendo yuca ya me dirás si prefieres tener madreselvas o cabras.

Sarah sonrió y se agachó para oler una flor. Otra vez estaba llorando.

—Lo siento —se disculpó—. Parece que no puedo parar. Vaya, mírame. Estoy desquiciada.

Charlie observaba extrañado a su madre y le acaricié la cabeza para mostrarle que todo iba bien. Reanudamos la marcha.

—¿Cuánto tiempo crees que voy a estar así? —preguntó Sarah, después de sonarse la nariz en un pañuelo.

—A mí, cuando mataron a mi hermana, me costó un año.

—¿Antes de que volvieras a pensar bien?

—Antes de volver a pensar. Al principio no hacía más que correr y correr. Alejarme del lugar donde ocurrió todo, ¿entiendes? Luego estuve en el centro de internamiento. Aquello era horrible, no era posible pensar con claridad en ese sitio. No has cometido ningún crimen, así que lo único que te viene a la cabeza es: «¿Cuándo me dejarán salir?». Pero nadie te contesta. Pasa un mes, seis meses, y empiezas a pensar: «Igual me hago vieja aquí dentro. Igual me muero aquí dentro. Igual ya estoy muerta». Durante el primer año, sólo podía pensar en suicidarme. Cuando todos están muertos, a veces te parece que lo mejor sería irte con ellos, ¿sabes? Pero tienes que seguir adelante. «Adelante, adelante», te dicen. Como si fueras muy testaruda, como si fueras la cabra que se come sus flores. «Adelante, adelante». A las cinco te dicen que sigas adelante y a las seis te encierran en tu celda.

—¿No te ofrecieron ningún tipo de ayuda en ese sitio?

—Intentaban ayudarnos, sí —repuse tras soltar un suspiro—. Había algunas personas buenas. Psicólogos, voluntarios… Pero había demasiado que hacer por nosotros allí dentro. Una psicóloga me comentó un día: «La atención psicológica en este sitio es como servir la comida en un avión que se está cayendo. Como doctora, para ayudarte, debería darte un paracaídas, no un bocadillo de queso y unas aceitunas». Para estar bien de la cabeza, primero tienes que ser libre, ¿lo entiendes?

Sarah se llevó el pañuelo a los ojos para enjugarse más lágrimas.

—Little Bee, no sé si aquí fuera es tan fácil ser feliz.

—Yo te ayudaré a conseguirlo.

Sarah sonrió.

—¡Por el amor de Dios! Eres una refugiada huérfana de dieciséis años… Tendría que ser yo la que te ayudara.

Agarrándola del hombro, la obligué a detenerse. Tomé su mano izquierda y la levanté delante de su rostro. Charlie nos miraba con los ojos muy abiertos.

—Escucha, Sarah. Bastante has hecho ya por mí. Te cortaste un dedo para salvarme la vida.

—Tendría que haber hecho más. Tendría que haber salvado también a tu hermana.

—¿Cómo ibas a hacerlo?

—Tendría que haber pensado algo.

—Hiciste todo lo que podías, Sarah —dije, meneando la cabeza.

—Pero, Little Bee, no deberíamos habernos visto en esa situación. ¿No te parece? Nos fuimos de vacaciones a un lugar en el que no teníamos que haber estado.

—Y si no hubierais estado allí, ¿qué habría pasado, Sarah? Si Andrew y tú no hubierais ido de vacaciones a Nigeria, Nkiruka y yo, las dos, estaríamos muertas. —Me giré para mirar a Charlie—. ¿Sabías que tu madre me salvó la vida? Me salvó de los malos.

—¿Como Batman? —preguntó el pequeño a su madre.

Sarah sonrió del modo que ya nos tenía acostumbrados, con las lágrimas a punto de saltársele de los ojos.

—Como una Bat-mamá.

—¿Por eso te *faltas* un dedo?

—Se dice «te falta», cariño. Sí, por eso perdí un dedo.

—¿Te lo quitaron los malos? ¿Quién fue? ¿El Pingüino?

—No, cariño.

—¿El Pelícano?

Sarah se echó a reír.

—Sí, cariño, fue el malvado Pelícano.

—Pelícano malo, Pelícano malo —exclamó Charlie, poniendo cara de enfado.

De repente, el pequeño salió corriendo y empezó a disparar a los malos con una pistola que nosotras no podíamos ver.

—Dios te bendiga —dijo Sarah.

Tomé su mano izquierda y la puse palma con palma contra la mía. Entrelacé mis dedos con los suyos, de modo que donde a ella le faltaba un dedo asomaba uno mío. Lo vi claramente. Vi que podíamos volver a empezar. Sé que era una locura pensarlo, pero mi corazón latía sin parar y con fuerza.

—Te ayudaré —dije—. Si quieres que me quede, lo haré. A lo mejor sólo puedo quedarme un mes, o una semana. Sé que algún día los hombres vendrán a buscarme. Pero hasta entonces seré como tu hija. Te querré como si fueras mi madre, y a Charlie como si fuera mi hermano.

Sarah me miró durante largo rato, y finalmente exclamó:

—¡Jesús!

—¿Qué pasa?

—Nada. Es que, normalmente, cuando vuelvo de la guardería con las otras madres, sólo hablamos de orinales y de pasteles.

Solté la mano de Sarah y me quedé mirando al suelo.

—Ay, Little Bee, lo siento —me dijo—. Es que son demasiadas cosas de golpe, y muy serias. No pasa nada, sólo estoy algo confusa. Necesito un poco de tiempo para pensar.

Alcé la vista y miré a Sarah. En sus ojos pude ver que la sensación de no saber qué hacer era algo nuevo para ella. Tenía la mirada de las criaturas recién nacidas que, antes de familiarizarse con el mundo, sólo sienten terror. Conocía muy bien esa expresión. Cuando has visto a tanta gente como yo pasando por las puertas del centro de internamiento para extranjeros, es fácil reconocer esa mirada. Me entraron ganas de apartar el dolor de la vida de Sarah cuanto antes.

—Lo siento, Sarah. Olvídalo, ¿vale? Me marcharé. La psicóloga del centro tenía razón, no se puede hacer mucho por mí. Estoy loca.

Sarah no dijo nada. Permaneció agarrada de mi brazo mientras seguíamos a Charlie por la calle. El pequeño correteaba dando patadas a las rosas de los jardines, con golpes de karateka. Las flores arrancadas caían produciendo una silenciosa explosión de pétalos. Al pasar por encima de ellas, me di cuenta de que, igual que me sucedió con Nkiruka y con Yevette, mi historia estaba hecha de finales.

Al volver a casa, nos sentamos en la cocina de Sarah. Volvimos a tomar té mientras me preguntaba si aquella sería la última vez que probaba esa bebida. Cerré los ojos. Mi aldea, mi familia, ese sabor fugaz… Todo se desvanece y se lo traga la arena o la niebla. Qué bueno, ¿verdad?

Cuando abrí los ojos, Sarah me estaba mirando.

—¿Sabes, Little Bee? Estaba pensando en lo que has dicho, en lo de quedarte aquí, en lo de ayudarnos mutuamente. Creo que tienes razón. Puede que haya llegado la hora de ponerse seria, ya que serios son estos tiempos en los que vivimos.

6

Los tiempos serios comenzaron un día gris y ominoso en Londres. Si he de ser sincera, lo cierto es que no andaba buscando seriedad, sino más bien un poco de lo contrario. Charlie ya casi tenía dos años y yo estaba empezando a emerger cual mariposa de ese capullo de abstracción que son los primeros años de maternidad. Volvía a entrar en mis faldas favoritas y sentía que me empezaban a asomar las alas.

Tomé la decisión, por un día, de hacer un poco de trabajo de campo. La idea se me ocurrió para recordar a mis redactoras que era capaz de escribir un artículo por mi cuenta. Esperaba animar a mis empleadas dándome el gusto de redactar un pequeño reportaje, y, de paso, ahorrarme el presupuesto de las colaboraciones. «Se trata —les comenté alegremente en la oficina— de plasmar en papel esos concisos comentarios que garabateáis en las cajas de muestras.»

En realidad, lo único que quería era que mis empleadas estuvieran contentas. A su edad, acababa de sacarme el título de periodismo y estaba eufórica con el trabajo: ¡denunciar la corrupción!, ¡blandir la verdad! Qué bien me sentaba aquella licencia absoluta para trepar hasta los sillones de los malhechores y pedirles cuentas: «¿Quién?, ¿qué?, ¿dónde?, ¿cuándo?, ¿por qué?». Pero, en aquel momento, en la recepción del edificio del Ministerio del Interior en Marsham Street, esperando mi cita de las diez, me di cuenta de que no era eso lo que andaba buscando. A los veinte, una siente curiosidad por la vida, pero a los treinta ya sospechas de cualquiera. Palpé mi nueva libreta y mi dictáfono con la esperanza de que se me pegara un poco de su juvenil entusiasmo pre-desilusión.

Estaba enfadada con Andrew y no me podía concentrar. Ni tan siquiera parecía una periodista, con las páginas de mi cuaderno de espiral de un blanco virginal. Mientras esperaba, lo profané con notas de una entrevista ficticia. En la recepción del edificio del Ministerio del Interior, los miembros del sector público arrastraban los pies con sus zapatos desgastados, guardando el equilibrio de sus cafés de la mañana sobre bandejas de cartón. Las mujeres reventaban sus pantalones de M&S. Al caminar les temblaba la papada y tintineaban sus pulseras. Los hombres parecían mustios e hipóxicos, medio asfixiados por sus corbatas. Caminaban lánguidos, como presentadores del tiempo preparados para reducir las expectativas de la población ante un puente festivo.

Intenté concentrarme en el artículo que quería escribir. Necesitaba redactar algo optimista, lúcido y positivo. En otras palabras, algo totalmente distinto a lo que escribiría Andrew en su columna del *The Times*. Mi marido y yo llevábamos tiempo discutiendo sobre ese tema. Sus artículos eran cada vez más lúgubres. Me parecía que había empezado a creer en serio que Gran Bretaña se estaba hundiendo en el mar: delincuencia generalizada, fracaso del sistema educativo, aumento de la inmigración y desaparición de los valores de la sociedad. Parecía que todo se estuviera filtrando, extendiendo y supurando, y me daba asco. Con Charlie a punto de cumplir dos años, supongo que me preocupaba el futuro en el que tendría que vivir mi hijo, y me parecía que ponerlo todo a parir no era la estrategia más constructiva.

—¿Por qué tienes que ser siempre tan negativo? —le pregunté un día a Andrew—. Si de verdad el país va cuesta abajo, ¿por qué no escribes sobre la gente que intenta hacer algo para evitarlo?

–¿Ah, sí? ¿Como quién, por ejemplo?

–Bueno, como el Ministerio del Interior, por ejemplo. A fin de cuentas, ellos son los que tienen que aguantar el tirón.

–¡Vaya, Sarah, brillante ocurrencia! Sí señor, como la gente confía tanto en el Ministerio del Interior… Y ¿cómo llamarías a tu excelente artículo para levantar la moral?

–¿Quieres decir que qué título le pondría? Bueno, ¿qué tal *La batalla por Gran Bretaña*?

Lo sé, lo sé. Andrew estalló en carcajadas. Tuvimos una violenta pelea. Le dije que por fin iba a hacer algo constructivo con mi revista y replicó que por fin iba a publicar algo acorde con mi edad, no con la de las lectoras de mi revista. En otras palabras, no sólo insinuaba que me estaba haciendo vieja, sino también que todo por lo que había estado trabajando durante la última década era infantil. Como siempre, mi marido sabía herirme con la precisión de un bisturí.

Todavía estaba furiosa cuando llegué al edificio del Ministerio del Interior. «Sigues siendo una niña bien de Surrey, ¿eh? –Fue el tiro de gracia de Andrew–. ¿Qué quieres que haga el Ministerio del Interior con este maldito país, Sarah? ¿Bombardear a la chusma de los barrios bajos?» Mi marido tenía un don para profundizar en las heridas que abría. No era nuestra primera bronca desde que nació Charlie, y Andrew siempre terminaba igual: sacando el tema de mis orígenes. Eso me enfurecía, porque era algo que no estaba en mi mano cambiar.

Y allí me encontraba yo, en la recepción, mientras funcionarios horteras circulaban a mi alrededor. Parpadeé, me miré los zapatos y tuve mi primer pensamiento inteligente en días. Me di cuenta de que no había salido a la calle para animar al personal de mi revista. Las redactoras jefe no andan por ahí escribiendo reportajes para ahorrarse unas pocas libras de su presupuesto para colaboraciones. Fui consciente de que estaba allí para demostrarle algo a Andrew.

Justo a las diez en punto, cuando se presentó Lawrence Osborn —alto, sonriente y no especialmente guapo—, comprendí que eso que quería demostrarle a Andrew no tenía por qué ser necesariamente en el ámbito editorial.

Lawrence echó un vistazo a su carpeta y dijo:

—¡Qué extraño! Me habían marcado esta entrevista como «amistosa».

Me di cuenta de que lo estaba mirando con cara de muy mala leche. Me sonrojé y le dije:

—Oh, esto…, lo siento. He tenido una mala mañana.

—No pasa nada. Sólo espero que intentes ser amable conmigo. Últimamente parece que todos los periodistas nos la tienen jurada.

—Voy a serte sincera —dije, sonriendo—, creo que hacéis un trabajo estupendo.

—Bueno, eso es porque no has visto las encuestas a las que tenemos acceso.

Me reí, y Lawrence alzó las cejas sorprendido.

—No es una broma —añadió.

Su voz sonaba sosa y mediocre. No parecía salido de una escuela privada. Había un punto de dureza en sus vocales, una sensación de cierta brutalidad contenida, como si estuviera esforzándose por ocultar algo. Era difícil situar los orígenes de esa voz. Me enseñó el edificio, pasamos por la Agencia de Recuperación de Activos Robados y por el Departamento de Antecedentes Penales. El ambiente era de oficina, pero relajado. «Combatimos un poco el crimen, nos tomamos un café», ése parecía el ritmo de trabajo. Atravesamos unos pasillos de aspecto artificial, pese a tener suelos construidos con materiales naturales y estar iluminados por luz natural.

—Dime, Lawrence —pregunté de repente—, ¿qué crees que es lo que no funciona en Gran Bretaña?

Lawrence se detuvo y se giró. Su rostro brilló ante un tenue rayo amarillo que se filtraba a través de una ventana tintada.

—Te equivocas de persona —contestó—. Si supiera la respuesta, me encargaría de arreglarlo.

—Pero, ¿no se supone que eso es lo que hacéis en el Ministerio del Interior? ¿Arreglar las cosas?

—Bueno, en realidad yo no trabajo en ningún departamento. Me estuvieron probando de aquí para allá durante una temporada, pero creo que no estoy hecho para ello. Así que me pusieron en el departamento de prensa.

—Pero alguna opinión tendrás.

Suspiró y comentó sarcástico:

—Todo el mundo tiene una opinión. Quizá ése sea el problema de este país. ¿Qué pasa? ¿De qué te ríes?

—Podrías decirle eso a mi marido.

—Ah, es de los que tienen opiniones, ¿verdad?

—Muchas, y sobre temas variados.

—Bueno, quizá debería trabajar aquí. Tenemos a muchos a los que les encanta discutir de política. Por ejemplo, tu primer entrevistado… —Lawrence miró su carpeta, buscando un nombre.

—¿Perdona? Pensaba que tú ibas a ser mi entrevistado.

—No, yo sólo soy el que calienta motores. Lo siento, debería habértelo explicado antes.

—Vaya.

—Bueno, no pongas esa cara. Te he preparado un gran día, en serio. Tienes tres jefes de departamento seguidos, y un subsecretario permanente de los de verdad. Seguro que te ofrecerán más de lo que necesitas para tu artículo.

—Vaya, me lo estaba pasando bien contigo.

—Bueno, lo superarás.

—¿Tú crees?

Lawrence sonrió. Tenía el pelo negro y rizado, bastante brillante pero desconcertantemente corto en la nuca y por los lados. El traje —era bueno, de Kenzo, creo— le quedaba bien, pero había algo llamativo en la forma en que lo llevaba. Mantenía los brazos ligeramente separados del cuerpo, como si la chaqueta fuera la piel de algún preciado animal recién desollado y todavía no estuviese demasiado oreada, de modo que su tacto sangriento le hiciera apartarse de ella.

—No les gusta que hable con los visitantes —dijo Lawrence—. Creo que todavía tengo que perfeccionar mi voz de Ministerio del Interior.

Para mi sorpresa, me eché a reír. Recorrimos el pasillo y, en algún punto entre el Departamento de Antecedentes Penales y el Servicio de Criminología, el ambiente cambió. La gente nos adelantaba a toda prisa por el corredor y se arremolinaba alrededor de una pantalla de televisión. Lawrence posó una protectora mano en mi cintura mientras intentaba conducirme entre los empujones del gentío. No me resultó inadecuado. De hecho, reduje el paso para sentir la presión de su mano en mi espalda.

«Última hora —decía la pantalla—. Ha dimitido el ministro del Interior», mientras mostraban imágenes del hombre, con aspecto demacrado, subiendo con su perro lazarillo al asiento trasero de una tormenta que, de momento, todavía tenía forma de coche ministerial.

Lawrence señaló con un gesto de la cabeza a la gente que contemplaba embelesada la pantalla y me comentó al oído:

—Mira a esa panda de cabrones. Están crucificando al hombre y ellos ya andan como locos pensando en lo que puede significar para sus empleos.

—Y a ti, ¿no te preocupa?

Lawrence se echó a reír.

—Claro, son malas noticias para mí. Con mi brillante currículum, tenía todas las papeletas para que me nombraran el próximo perro lazarillo del ministro.

Lawrence me condujo a su despacho y me dijo que tenía que consultar su correo. Me puse nerviosa, no sé por qué. No había nada personal colgado de las paredes, sólo una típica foto enmarcada del Waterloo Bridge y una placa plastificada que señalaba las vías de escape en caso de incendio. Contemplé mi reflejo en la ventana y pensé: «¡Venga, no seas tan tonta!». Dejé que mis ojos enfocaran de nuevo hasta que se posaron en la fachada gris del edificio de oficinas de enfrente. Esperé mientras Lawrence comprobaba sus correos.

—Lo siento —me dijo finalmente—, vamos a tener que cambiar la fecha de tus entrevistas. Durante unos días esto va a ser un caos.

El teléfono sonó. Lawrence contestó, escuchó durante un momento y luego exclamó:

—¿Qué? ¿Eso no debería hacerlo alguien con más experiencia? ¿En serio? Vaya, ¡genial! ¿Cuánto tiempo tengo?

Colgó el teléfono y posó la cabeza sobre su escritorio. En el pasillo, fuera del despacho, se oían risas, gritos y portazos.

—¡Hijos de puta! —dijo Lawrence.

—¿Qué pasa?

—¿Esa llamada? Espero que lo que voy a contarte no conste en acta.

—Por supuesto que no.

—Tengo que escribirle una carta al ministro saliente, expresando el más profundo pesar de nuestro departamento por su renuncia.

—Vaya. Pues la gente por aquí no parece muy apesadumbrada.

—¡Caramba!, si no fuera por tu sagacidad periodística, no nos habríamos dado cuenta.

Lawrence se frotó los ojos y se puso delante del ordenador. Colocó las manos sobre el teclado y dudó.

—¡Dios! Tú, ¿qué escribirías?

—No me preguntes. ¿Lo conocías?

—Sólo he estado un par de veces en la misma habitación que él, sin más. Era un capullo, pero como era ciego, no podías decirlo. Supongo que por eso llegó tan lejos. Siempre iba un poco inclinado hacia delante, con la mano sujetando la correa de su perro. A veces le temblaba un poco el pulso, pero creo que era todo cuento, porque cuando leía en braille lo tenía bien firme.

—Vaya, parece que tú tampoco lo vas a echar mucho de menos.

Lawrence se encogió de hombros.

—En realidad, lo admiro bastante. Era un tío débil que llegó a ser muy poderoso. Un ejemplo a seguir para perdedores como yo.

—¡Vaya! Vas de humilde.

—¿Y?

—Que nunca funciona, está estudiado. Las mujeres fingen que les gusta en los tests.

—Bueno, igual estoy fingiendo que voy de humilde. En realidad soy un ganador, y ser la putita del departamento de prensa del Ministerio del Interior es mi propio Everest profesional.

Dijo esto sin ninguna inflexión en su rostro, mirándome directamente a los ojos. Yo no sabía dónde meterme.

—Bueno, volvamos a mi artículo —dije.

—Sí, mejor. De lo contrario, no sé cómo podríamos acabar, ¿verdad?

La adrenalina se me disparó en el pecho. Algo se había establecido sutilmente entre nosotros, en apariencia, en algún momento de la conversación. Algo que los dos reconocíamos, aunque de un modo más o menos controlado, de forma que ambos todavía podíamos echarnos atrás. Ahí estaba, por si queríamos utilizarlo, colgando de un tenso cordón umbilical entre nosotros: un romance entre adultos, diminuto pero totalmente formado, con todas sus citas prohibidas, paroxismos contenidos y abrumadoras infidelidades, tan real y vivo como las yemas de mis dedos.

Recuerdo que bajé la mirada a la moqueta del suelo del despacho de Lawrence. Todavía puedo ver, con hiperrealista detalle, cada minúscula fibra acrílica gris brillando bajo la luz del fluorescente, basta, lustrosa y retorcida. Lasciva y obscena, como el canoso vello púbico de una anciana institución administrativa. Me quedé contemplándola como si nunca antes hubiera visto una moqueta. No me atrevía a mirar a los ojos a Lawrence.

—Por favor —protesté—, ya vale.

Lawrence pestañeó y ladeó la cabeza con una expresión de inocencia.

—Ya vale, ¿el qué?

Así, sin más, conseguí que todo se evaporara de momento.

Volví a respirar. Encima de nuestras cabezas, uno de los tubos fluorescentes empezó a parpadear.

—¿Por qué ha dimitido el ministro? —pregunté.

—No me digas que no lo sabías —se extrañó Lawrence, alzando una ceja—. Pensaba que eras periodista.

—Bueno, no de temas serios. La sección de política en *Nixie* es como la de calzado de moda en *The Economist*. Sólo informamos de lo necesario.

—El ministro ha dimitido porque amañó un visado para la niñera de su amante.

—¿Eso es cierto?

—No lo sé, ni me importa. El tipo no me parecía tan estúpido como para hacerlo. Vaya, escucha.

Detrás de la puerta se seguían escuchando risas y gritos. Oí gente estrujando papeles y corriendo por la moqueta. Una bola de papel resonó al entrar en una papelera de metal.

—Están jugando al fútbol en el pasillo —dijo Lawrence—. Lo están celebrando.

—Entonces, ¿crees que alguien se la ha jugado al ministro?

—Eso es algo que nunca sabré, Sarah. No fui a las escuelas adecuadas para saberlo. Mi trabajo consiste en escribirle una carta de despedida. Tú, ¿qué pondrías?

—Bueno, si no lo conocías personalmente, es difícil. Supongo que tendrás que limitarte a generalidades.

—Es que se me da fatal —gruñó Lawrence—. Soy de esas personas que necesitan saber de lo que están hablando. No sé soltar rollos.

Miré a mi alrededor, a las paredes de su despacho.

—Pues yo estoy igual —dije—. Te guste o no, te has convertido en mi entrevista.

—¿Y?

—Pues que no me lo estás poniendo nada fácil.

—¿En qué sentido?

—Bueno, para empezar, no le has dado un toque personal a este despacho. No hay trofeos de golf, ni fotos familiares… nada que me dé la más mínima pista sobre quién eres.

—Entonces —dijo Lawrence, mirándome a los ojos—, supongo que tendrás que limitarte a generalidades.

—¡Muy gracioso! Apúntate una —repuse, sonriendo.

—Gracias.

De nuevo, sentí que se me disparaba la adrenalina.

—Este trabajo no te pega, ¿verdad?

—Mira, dudo mucho que mañana siga trabajando aquí si no se me ocurre algo suficientemente evasivo para escribirle a mi ex jefe en los próximos veinte minutos.

—Pues escribe algo.

—Pero es que no se me ocurre nada, en serio.

—¡Qué pena! Me parecías demasiado simpático para ser un perdedor.

—Bueno —replicó con una sonrisa—, tú me parecías demasiado guapa para estar tan equivocada.

Me di cuenta de que le devolví la sonrisa.

—¿Qué piensas, que soy una rubia tonta?

—No, el color natural de tu pelo asoma en las raíces.

—Pues, por si te interesa, no me parece que seas un perdedor. Sólo creo que no eres feliz.

—¿Ah, sí? ¿Cómo lo has sabido? ¿Con tu vista de lince para detectar pistas emocionales?

—Pues sí —Lawrence parpadeó y bajó la vista a su teclado. Se estaba sonrojando—. Vaya, lo siento. No debería haberlo dicho. Me he dejado llevar, y casi ni te conozco. Lo siento, parece que te ha dolido.

—Bueno, igual sólo me estoy haciendo el vulnerable.

Lawrence dobló los codos e inclinó todo el cuerpo, de modo que parecía que se lo tragaba el tapizado azul marino de su silla. Se detuvo, y tecleó una línea en su ordenador. El teclado era uno de esos modelos baratos en los que las teclas hacen un largo recorrido y rechinan al pulsarlas. Permaneció inmóvil y me puse detrás de él para ver lo que había escrito.

«Has hecho todo lo que has podido y todavía está por ver...», era la frase inacabada que, sin propósito ni reservas, se dibujaba en la pantalla del ordenador. El cursor parpadeaba al final de la línea. Fuera, en la calle, las sirenas de los coches de policía sonaban sin parar. Lawrence se giró hacia mí y los cojinetes de su silla chirriaron.

—Dime una cosa —me preguntó.

—¿Sí?

—¿Es tu marido el que te hace infeliz?

—¿Qué? ¡Pero si no sabes nada de mi marido!

—Es una de las primeras cosas que me has dicho. Lo de tu marido y sus opiniones. ¿Por qué has sacado el tema, si no?

—Salió, sin más.

—¿Así, sin más, te pones a hablar de tu marido? Lo has mencionado a propósito.

Me quedé con la boca abierta, intentando recordar por qué estaba equivocado. Lawrence sonrió, con amargura pero sin malicia.

—Creo que es porque tú tampoco eres muy feliz —comentó.

De repente, se levantó de su escritorio. Esta vez fui yo la que se sonrojó, y me acerqué a la ventana. Apoyé la cabeza en el frío cristal y contemplé la vida normal en las calles. Lawrence se colocó a mi lado.

—Bueno —dijo—, esta vez soy yo el que te pide disculpas. Supongo que ahora me dirás que debería dejar los análisis a los periodistas.

Contra mi voluntad, sonreí.

—¿Qué era esa línea que estabas escribiendo?

— «Has hecho todo lo que has podido y todavía está por ver…». No sé, supongo que continuaré con «…están por ver los grandes frutos de tu labor», o «…está por ver el éxito de tus duros esfuerzos». Algo así, abierto.

—También podrías dejarlo así.

—Pero la frase está incompleta.

—Pero es bastante buena —repuse—, mira a dónde nos ha conducido.

Mientras el cursor parpadeaba, abrí los labios y nos besamos una y otra vez. Me agarré a él y gemí en su oreja. Cuando terminamos, recogí mis bragas de la moqueta y me las puse por debajo de la falda. Me alisé la camisa mientras Lawrence volvía a sentarse en su escritorio.

Miré por la ventana, contemplando un mundo totalmente distinto al que había visto hasta entonces.

—Es la primera vez que hago esto —comenté.

—Es cierto —convino Lawrence—, me acordaría.

Se pasó un minuto mirando la pantalla con la frase inacabada y luego, todavía con sus labios manchados con mi pintalabios, añadió un punto: «Has hecho todo lo que has podido y todavía está por ver». Veinte minutos más tarde, la nota fue transcrita a braille y se imprimió en una tarjeta. Los compañeros de Lawrence no se preocuparon de revisar el texto.

En ese momento, Andrew me llamó. Mi móvil sonó en el despacho de Lawrence. Nunca olvidaré lo que dijo mi marido en cuanto respondí:

—¡Esto es la hostia, Sarah! Esta historia va a ser portada durante unas semanas. Me han encargado que escriba un especial sobre la caída del ministro del Interior. ¡Menuda bomba, Sarah! Hasta me han asignado un equipo de investigación a mis órdenes. Voy a tener que pasar un montón de tiempo en la redacción. Tendrás que encargarte de cuidar de Charlie tú sola. No pasa nada, ¿verdad?

Apagué el teléfono con mucha amabilidad. Era más sencillo que anunciarle a Andrew el cambio que acababa de producirse en nuestras vidas. Resultaba más fácil que explicarle: nuestro matrimonio acaba de ser herido de muerte. Todo ha sucedido por accidente, gracias a una pandilla de matones que buscaban la ruina de un hombre ciego.

Me guardé el teléfono en el bolso y miré a Lawrence.

—Me encantaría volver a verte —dije.

Nuestro romance tenía horario de oficina. Era una relación de faldas cortas durante largas pausas para el café, y de tardes furtivas en hoteles caros. Llegamos incluso a disfrutar de alguna noche ocasional. Andrew a veces hacía noches en el periódico y, si conseguía encontrar una canguro, Lawrence y yo teníamos libertad para hacer lo que quisiéramos. A veces, después de un descanso tras la comida que se había extendido casi hasta la cena, con una copa de vino blanco en la mano y Lawrence desnudo a mi lado, me daba por pensar en todos los periodistas que no estarían realizando una visita guiada, todos los desayunos con los medios que no se estaban planeando y todas las notas de prensa que esperaban en la pantalla del ordenador de Lawrence, con el cursor parpadeando al final de una frase inacabada. «Este nuevo objetivo representa un avance significativo en el actual programa del Gobierno para…»

Servir la comida en un avión que se está cayendo: eso se supone que era nuestra aventura. Lawrence y yo escapábamos de nuestras propias tragedias, buscando refugio el uno en el otro. Durante seis meses, el ritmo del país se ralentizó un poco durante las horas de oficina. Ojalá pudiera decir que eso fue todo, que no era nada serio, nada sentimental. Sólo una afortunada interrupción de la normalidad, un cursor que parpadea durante unos instantes antes de que nuestras vidas cotidianas se reanuden.

Pero no, fue algo espléndido. Me entregué a Lawrence como nunca había hecho con Andrew. Además, lo hacía con facilidad, sin ningún esfuerzo por mi parte. Gritaba cuando hacíamos el amor, y lo sentía, no estaba fingiendo. Lo abrazaba hasta que me dolían los brazos y agonizaba de pasión. Nunca permití que lo supiera. Tampoco le dejé saber que espiaba su Blackberry, leía sus correos e intentaba adivinar qué había en su cabeza mientras dormía. Cuando empecé esa aventura, pensaba que podría haber sido con cualquiera. La infidelidad era lo inevitable, sin importar con quién. Pero, poco a poco, comencé a adorar a Lawrence y a darme cuenta de que nuestra relación sexual era una transgresión de poca monta. Para escapar de Andrew y volver a ser yo, tenía que llegar hasta el final y enamorarme. Y, de nuevo, no me costó ningún esfuerzo enamorarme de Lawrence. Lo único que tuve que hacer fue dejarme caer. Es seguro, me decía, la psique está hecha para absorber el impacto de este tipo de golpes.

Seguía gritando como una loca cuando hacíamos el amor, pero no tardé en ponerme también histérica cuando no podíamos vernos. Esconder nuestro romance se convirtió en una fuente de preocupación. Por supuesto, ocultaba a Andrew nuestras citas y me cuidaba de mencionar a mi marido o su trabajo cuando estaba con Lawrence, para que no sintiera curiosidad. Levanté un alto muro alrededor de lo nuestro. En mi cabeza, lo declaré un estado independiente y puse férreos controles en sus fronteras.

Pero el cambio incontrovertible que se produjo en mí resultaba más difícil de ocultar. Me sentía genial. Nunca antes había sido tan poco racional, tan poco seria, tan poco de Surrey. Mi piel empezó a brillar de un modo tan descarado que intenté ocultarlo con maquillaje, pero no funcionó. Irradiaba alegría de vivir. Volví a salir de fiesta, como no hacía desde que tenía veinte años. Lawrence me colaba en todas las recepciones del Ministerio del Interior. Al nuevo ministro le encantaban los encuentros con la prensa, para contarles entre canapés lo duro que iba a ser. Veladas interminables que siempre acababan en algún sarao. Conocí a nueva gente: actores, pintores, empresarios… Recuperé una emoción que no sentía desde antes de casarme con Andrew: la sensación de ser consciente de que era atractiva, de saber que resultaba irresistible, de estar medio borracha de champán mirando a mi alrededor a un montón de rostros brillantes y sonrientes, riéndome al pensar en que cualquier cosa podría suceder.

Por eso no debería haberme sorprendido cuando, finalmente, pasó algo de verdad. Como era de esperar, durante una de esas fiestas, me topé con mi marido, arrugado y con los ojos enrojecidos de pasar tantas horas ante el ordenador. Andrew odiaba las fiestas, supongo que estaría allí realizando una misión de investigación periodística. Fue el propio Lawrence quien nos presentó. Una habitación a reventar; música de moda británica —algún nuevo grupo que habría conseguido un gran éxito a través de Internet—; Lawrence, exultante y colorado por el champán, pasándome descaradamente la mano por la cintura.

—¡Hombre! ¿Qué tal? Andrew O'Rourke, ésta es Sarah Summers. Sarah es la jefa de redacción de *Nixie*. Andrew trabaja de columnista en *The Times*. Escribe genial, sus opiniones son demoledoras. Estoy seguro de que os vais a llevar bien.

—Eso mismo dijo el cura —comentó Andrew.

—¿Perdón?

—El cura también dijo que nos íbamos a llevar bien, cuando nos casó.

Andrew estaba suelto, casi sonriente. Lawrence, el pobre, apartó rápidamente la mano de mi cintura. Mi marido se percató del gesto y, de pronto, se le borró la sonrisa.

—No sabía que estarías aquí, Sarah.

—Sí, bueno, esto… Surgió de repente, en la revista… ya sabes.

Mi cuerpo, ruborizándose desde los tobillos hasta la coronilla, me delató. Mi infancia, mi Surrey profundo, despierto y vengativo, redibujando los límites de su condado anexo a mi nueva vida. Bajé la vista a mis zapatos, y la volví a levantar. Andrew seguía ahí, sin moverse, en silencio. Por primera vez, se había quedado sin palabras.

Aquella noche estuvimos sobre la zona de cemento al fondo de nuestro jardín en la que Andrew tenía pensado construir su invernadero. El tema de nuestra charla fue «Salvar nuestro matrimonio». La sola frase suena atroz. Todo lo que dijo Andrew parecía sacado de sus columnas de *The Times*, y todo lo que repliqué yo podría haber salido perfectamente de la sección de consejos sentimentales de mi revista.

«¿En qué punto nos olvidamos de que el matrimonio es un compromiso de por vida?»

«Me sentía tan insatisfecha, tan reprimida.»

«La felicidad no es algo que puedas comprar en el supermercado, es algo que te tienes que currar.»

«Me vi obligada a hacerlo. No me sentía querida ni comprendida.»

«La confianza entre los adultos es algo que hay que ganarse con esfuerzo, algo frágil y muy difícil de reconstruir.»

Más que una discusión, parecía que los textos se hubieran mezclado en la imprenta. No paró hasta que no le lancé un tiesto que le pasó rozando el hombro antes de estrellarse contra el suelo de cemento. Andrew se marchó mosqueado. Cogió el coche, se largó y no volvió a aparecer en seis días. Más tarde, me enteré de que había volado a Irlanda para emborracharse con su hermano como Dios manda.

Aquella semana Charlie empezó a ir a la guardería, y Andrew se lo perdió. Me pasé una noche preparando una tarta para celebrar la ocasión con mi hijo. No estaba acostumbrada a estar sola en casa. Con Charlie dormido, reinaba el silencio. Se oían los mirlos cantando en la penumbra. Era agradable vivir sin el constante sonido de fondo de los gruñidos y los comentarios políticos de Andrew. Era como el zumbido de las gaitas, uno no se da cuenta de que está sonando hasta que se termina y surge el silencio como un ente tangible de pleno derecho: un súper silencio.

Recuerdo que estaba esparciendo caramelitos amarillos sobre el glaseado mientras escuchaba el programa *El libro de la semana* en Radio 4, cuando de repente me sentí tan perdida que me eché a llorar. Contemplé mi tarta: tres capas de plátano, con trocitos de plátano frito y glaseado de plátano. Todo esto sucedió dos años antes del verano en el que a Charlie le dio por Batman. A los dos años, lo que más adoraba mi pequeñín eran los plátanos. Recuerdo que, con la vista fija en la tarta, pensé: «Me encanta ser la madre de Charlie. Pase lo que pase, es lo único de lo que puedo estar orgullosa».

Contemplé la tarta en su bandeja sobre la encimera. El teléfono sonó de repente.

—¿Puedo pasarme por tu casa? —Era Lawrence.

—¿Cuándo? ¿Ahora? ¿Por mi casa?

—Dijiste que Andrew estaba fuera.

—¡Ay, Dios! —Me entró un escalofrío—. Pero si ni tan siquiera sabes dónde vivo.

—Vale. ¿Dónde vives?

—Pues… en Kingston.

—Puedo estar allí dentro de tres cuartos de hora.

—No, Lawrence… No.

—Pero, ¿por qué? Nadie se enterará, Sarah.

—Ya lo sé, pero… Espera un minuto, por favor, déjame pensarlo.

Esperó. En la radio, el locutor prometía un montón de cosas interesantes en el siguiente programa. Parece ser que la gente tenía muchas dudas sobre el sistema de crédito tributario, y durante el programa despejarían unas cuantas. Cerré con fuerza los puños, clavándome las uñas en la palma, luchando desesperadamente contra esa parte de mí que consideraba que una noche en la cama con Lawrence y una botella de Pouilly-Fumé sería mucho más excitante que la programación de Radio 4.

—No, lo siento. No puedo dejarte que vengas a mi casa.

—Pero ¿por qué no?

—Porque mi casa soy yo, Lawrence. Tu casa es tu familia, y mi casa, la mía. El día que entres en mi casa nuestras vidas estarán más enredadas de lo que hoy por hoy estoy dispuesta a ofrecer.

Colgué el teléfono y permanecí varios minutos en silencio, observándolo. Quería mantener las distancias entre Lawrence y yo para proteger a Charlie. Era lo correcto, bastante complicadas estaban ya las cosas. Era algo que nunca podría explicarle a mi madre: que hay circunstancias en las que una mujer puede dejar que un hombre entre en su cuerpo pero no en su casa. Todavía sentía dolor al recordar la voz de Lawrence. El sentimiento de frustración fue en aumento en mi interior hasta que terminé cogiendo el teléfono y estampándolo una y otra vez contra mi maravillosa tarta. Cuando el pastel estuvo completamente destrozado, respiré profundamente, encendí el horno y empecé a preparar otro.

Al día siguiente, el primer día de Charlie en la guardería, cancelaron mi tren y llegué tarde a recoger a mi hijo. Lo encontré llorando, el último niño que quedaba allí, aullando en medio del suelo encerado y estrellando sus puñitos en las rodillas de la monitora. Cuando me acerqué a él, ni me miró. Lo llevé a casa en el cochecito. Lo senté en la mesa, apagué las luces y traje la tarta de plátano con veinte velas. A Charlie se le pasó el cabreo y empezó a sonreír. Le di un beso y lo ayudé a apagar las velas.

—¡Pide un deseo! —exclamé.

—Quiero a papá —dijo, poniendo de nuevo mala cara.

—¿De verdad, Charlie? ¿Eso es lo que quieres?

Charlie asintió, haciendo pucheros con el labio tembloroso, y a mí me tembló el corazón. Después de la tarta, se bajó de la trona y se fue a jugar con sus cochecitos. Tenía una manera de andar muy curiosa, tambaleándose. A sus dos añitos, cada paso era una rápida improvisación, una caída evitada gracias a la suerte, más que gracias a su buen juicio. Una vida con piernas cortas.

Más tarde, con Charlie ya arropado en la cama, llamé a mi marido.

—Andrew, Charlie quiere que vuelvas.

No hubo respuesta.

—¿Andrew?

—Así que Charlie quiere que vuelva.

—Sí.

—Y tú, ¿quieres que vuelva?

—Yo quiero lo que Charlie quiera.

Andrew se rio con amargura.

—Sabes cómo hacer que un hombre se sienta especial.

—Por favor. Ya sé que te he hecho mucho daño, pero esta vez será diferente.

—Tienes razón, todo va a ser muy diferente.

—No puedo criar sola al niño, Andrew.

—Bueno, yo tampoco puedo criar a mi hijo sabiendo que su madre es una puta.

Apreté con fuerza el teléfono, sintiendo una oleada de pánico en mi interior. Andrew ni tan siquiera había levantado la voz al decir «su madre es una puta». Frío, técnico, como si hubiera valorado también utilizar «adúltera», «infiel» o «narcisista», antes de decidirse por el sustantivo más adecuado. Intenté controlar mi voz, pero noté que temblaba.

—Andrew, por favor. Estamos hablando de ti y de mí, y de Charlie. No te imaginas lo mucho que significáis para mí. Lo que pasó con Lawrence... Lo siento mucho.

—¿Por qué lo hiciste?

—No significaba nada. Era sólo sexo.

La mentira salió de mi boca con tanta facilidad que comprendí por qué era tan popular.

—¿Sólo sexo? ¿Eso es lo que se lleva ahora? «Sexo» se ha convertido en una de esas palabras a las que puedes poner «sólo» delante. ¿Te apetece minimizar algo más, Sarah? ¿Era sólo infidelidad? ¿Sólo traición? ¿Sólo romperme el puto corazón?

—¡Basta, por favor! ¡Basta! ¿Qué puedo hacer? ¿Qué puedo hacer para que las cosas vuelvan a ser como antes?

Andrew me dijo que no sabía y se echó a llorar al teléfono, dos cosas que nunca antes había hecho: no saber y llorar. Al escuchar el llanto de mi marido al otro lado de la línea, yo también estallé en una crisis de llanto. Cuando a los dos se nos secaron las lágrimas, sólo hubo silencio. Este silencio tenía una nueva cualidad: la conciencia de que, por lo menos, nos quedaba algo por lo que llorar. Esta idea permaneció en suspenso en la línea telefónica, provisional, como una vida esperando a ser escrita.

—Por favor, Andrew. Tal vez lo que necesitamos sea un cambio de aires, volver a empezar.

Tras una pausa, mi marido se aclaró la garganta y dijo:

—Sí, está bien.

—Necesitamos alejarnos de las cosas. Alejarnos de Londres, de nuestros trabajos, e incluso de Charlie. Podemos dejarlo con mis padres unos días. Necesitamos unas vacaciones.

—Ay, Dios —gruñó Andrew—. ¿Unas vacaciones?

—Sí, Andrew, por favor.

—En fin, está bien. Pero, ¿adónde?

Al día siguiente, lo llamé otra vez.

—Me han mandado una oferta, Andrew. Dos billetes abiertos para Ibeno Beach, en Nigeria. Podemos irnos este viernes.

—¿Este viernes?

—Puedes terminar tu columna antes de que nos marchemos, y volveremos antes de que tengas que entregar la de la semana que viene.

—Pero… ¿a África?

—Vamos, Andrew, es una playa. Aquí no para de llover y allí están en la estación seca. Venga, vamos a tomar un poco el sol.

—Pero ¿a Nigeria? ¿Por qué no a Ibiza, o a las Canarias?

—No seas soso, Andrew. No son más que unas vacaciones de playa. ¿Qué hay de malo?

Tiempos serios. Una vez que llegan, se te echan encima, como nubes bajas, cubriéndolo todo. Eso fue lo que nos pasó a Andrew y a mí cuando volvimos de África. Primero un estado de *shock*, seguido de reproches y de dos horribles años en los que Andrew se fue sumiendo en la depresión mientras yo no podía dejar de verme con Lawrence.

Supongo que yo también me pasé todo el rato deprimida, viajando de aquí para allá, intentando buscar los rayos del sol sin conseguirlo. Al final, un día te das cuenta de que las nubes te siguen allá donde vas. Eso es lo que estaba intentando explicarle a Little Bee, la tarde que me acompañó a recoger a Batman a la guardería, mientras tomábamos té en la mesa de la cocina.

—¿Sabes, Little Bee? He estado pensando en lo que dijiste, en lo de quedarte aquí, en lo de ayudarnos la una a la otra. Creo que tienes razón. Creo que las dos tenemos que pasar página.

Little Bee asintió. Bajo la mesa, Batman jugaba con un muñequito de él mismo. Por lo visto, la réplica en miniatura del superhéroe se encontraba enzarzada en una batalla a muerte con un tazón de cereales sin acabar. Empecé a explicarle a Little Bee cómo pensaba ayudarla.

—Lo primero que voy a hacer es ponerme en contacto con tu asistente social… *Charlie, no se juega con la comida…* con tu asistente social para ver dónde guardan tus documentos. Después… *Charlie, por favor, no tires los cereales por el suelo. No me hagas repetirlo…* Después podemos cuestionar tu estatus legal y enterarnos de si podemos apelar. Lo he estado buscando en Internet y, por lo visto… *¡Charlie, por favor! Si tengo que volver a recoger esa cuchara del suelo, te quito el muñeco de Batman…* por lo visto, si logramos que te den un permiso de residencia, podemos conseguir que te hagan el examen para adquirir la ciudadanía británica. Es algo muy fácil, en serio…

¡Charlie, por Dios! Ya está bien. ¡Fuera! Sal de la cocina y no vuelvas hasta que no hayas decidido portarte bien... Algo muy fácil, preguntas sobre reyes y reinas, sobre la guerra civil y cosas así. Te ayudaré a prepararlo y luego... *Ay, Charlie, cuánto lo siento. No quería hacerte llorar. Lo siento Batman, lo siento mucho. Ven aquí.*

Batman se apartó de mis brazos. Con el labio tembloroso y la cara colorada, se puso a gemir, rindiéndose por completo al dolor con esa sinceridad que sólo poseen los niños y los superhéroes, pues ambos son conscientes de que su pena es infinita e inconsolable. Little Bee acarició la cabeza de Batman, que enterró su rostro enmascarado entre sus piernas. Su batcapa temblaba con sus sollozos.

—Ay, Dios, Little Bee —dije—. Lo siento. Estoy tan perdida...

—No pasa nada, Sarah, no te preocupes.

El grifo de la cocina goteaba. Por hacer algo, me levanté y lo cerré, pero siguieron cayendo gotas. No se por qué, pero eso me molestó mucho.

—Ay, Little Bee. Tenemos que animarnos, las dos. No puede ser que todo nos pase a nosotras.

Más tarde, llamaron a la puerta de casa. Reuní fuerzas y me dirigí a abrir. Me encontré a Lawrence, de traje, con una mochila colgando del hombro. Noté que sonreía aliviado al verme.

—No sabía si era la dirección correcta —dijo.

—No estoy segura de que lo sea.

Se le borró la sonrisa de golpe y comentó:

—Pensé que te alegrarías al verme.

—Acabo de enterrar a mi marido. No podemos hacer esto. ¿Qué diría tu mujer?

—Le conté a Lidia que iba a estar fuera haciendo un curso de dirección —repuso, encogiéndose de hombros—. En Birmingham, durante tres días. Sobre capacidad de liderazgo.

—¿Y crees que se lo ha tragado?

—Pensaba que necesitarías a alguien para darte un poco de ánimo.

—Gracias —dije—, ya tengo a alguien.

Lawrence vio a Little Bee, que estaba detrás de mí en el pasillo, y preguntó:

—Es ella, ¿verdad?

—Se va a quedar todo lo que quiera.

—¿Tiene papeles? —preguntó Lawrence, bajando la voz.

—No creo, pero me importa una mierda. ¿Y a ti?

—Trabajo en el Ministerio del Interior, Sarah. Podría perder mi empleo si supiera que estás dando cobijo a una ilegal y no hiciera nada. Técnicamente, si tuvieran la más mínima duda, me podrían despedir por poner el pie en esta casa.

—Bueno…entonces… no lo pongas.

Lawrence se sonrojó, retrocedió un paso y se atusó el pelo.

—Sarah, esto tampoco es agradable para mí. No me gusta lo que siento por ti. Sería maravilloso poder querer a mi mujer y no tener que trabajar para el lado oscuro. Me encantaría ser tan idealista como tú, pero yo no soy así. No puedo permitirme actuar como si fuera alguien cuando no soy nada. Hasta mi coartada no es nada. Tres días en Birmingham… ¡En Birmingham, joder! Haciendo un curso para aprender algo que todo el mundo sabe que nunca poseeré. Es tan convincente que resulta trágico, ¿no te parece? A mí me lo pareció mientras me lo inventaba. Sarah, me da más vergüenza mi puta coartada que el hecho de engañar a mi mujer.

—Todavía recuerdo por qué me gustabas —comenté, sonriendo—. No se puede decir que tengas un buen concepto de ti mismo.

Lawrence tomó aire y soltó un largo y triste suspiro.

—Está claro que no.

Dudé. Se acercó y me cogió de la mano. Cerré los ojos y sentí que mi firmeza se diluía al contacto con la fría suavidad de su piel. Retrocedí un paso, temblorosa.

—Entonces, ¿me dejas pasar?

—Bueno, pero no te acostumbres.

Lawrence sonrió, pero se lo pensó antes de cruzar el umbral. Miró a Little Bee, que se acercó hasta mi espalda y dijo:

—No te preocupes por mí. Oficialmente, no puedes verme. Tú estás en Birmingham y yo en Nigeria.

Lawrence sonrió preocupado y comentó:

—Me pregunto a cuál de los dos nos pillarán antes.

Entramos los tres en el salón. Batman estaba aplastando un indefenso coche con su camión de bomberos. Supongo que, en el mundo de Charlie, los servicios de emergencia están llenos de granujas. Nos miró cuando aparecimos.

—Batman, éste es Lawrence. Es un amigo de mami.

Batman se levantó, se acercó a Lawrence y lo escrutó con mucha atención. Parecía que sus bat-sentidos lo avisaban de algo.

—¿Eres mi nuevo papá?

—No, no, no —repuse.

Charlie parecía confundido. Lawrence se arrodilló para poder mirar al pequeño a los ojos, y dijo:

—No, Batman, sólo soy un amigo de tu mamá.

Batman ladeó la cabeza, inclinando las puntiagudas orejas de su máscara.

—¿Eres de los buenos o de los malos? —preguntó muy despacito.

Lawrence sonrió y se levantó.

—La verdad, Batman, es que creo que no soy más que uno de esos peatones inocentes que aparecen de fondo en tus cómics. Un hombre más entre la multitud.

—Pero, ¿bueno o malo?

—Es uno de los buenos, por supuesto —intervine—. Vamos, Charlie, ¿piensas que iba a dejar entrar en casa a uno de los malos?

Batman se cruzó de brazos y dibujó con sus labios un gesto adusto. Permanecimos todos en silencio mientras de fuera llegaban los sonidos típicos de la tarde: madres normales saliendo al jardín para avisar a sus hijos normales de que la cena estaba lista.

Más tarde, después de acostar a Charlie, me puse a preparar algo de cena mientras Lawrence y Little Bee se sentaban en la mesa de la cocina. Buscando en el fondo del armario un tarro de pimienta, encontré un paquete medio lleno de esas galletas italianas que tanto le gustaban a Andrew. Las olí, acercando el paquete a mi nariz a escondidas, de espaldas a Lawrence y a Little Bee. Ese olor empalagoso y fuerte a albaricoque y almendra me recordó las vueltas que daba Andrew por la casa durante sus noches de insomnio. Cuando, a altas horas de la madrugada, regresaba a la cama, tenía ese olor en el aliento. Cerca de su final, mi marido necesitaba seis galletas de *amaretto* y una pastilla de *Cipralex* al día para seguir adelante.

Pensé en tirar las galletas de Andrew, pero me di cuenta de que no podía hacerlo. ¡Qué ambiguo es el dolor! Ahí estaba yo, demasiado sentimental para tirar lo único que proporcionó un poco de consuelo a mi difunto esposo, mientras preparaba la cena para Lawrence. De repente, me sentí tremendamente infiel. «Por eso una no debe dejar que su amante entre en su casa», pensé.

Cuando terminé la cena —una tortilla de champiñones que se me quemó un poco por haber estado pensando en Andrew—, me senté a comer con Lawrence y con Little Bee. Era desquiciante. No se hablaban. Mientras les preparaba la cena, no intercambiaron ni una palabra. Comimos en silencio, escuchando el sonido de los cubiertos. Al final, Little Bee suspiró, se frotó los ojos y subió a meterse en la cama que le había improvisado en el cuarto de invitados.

Muy cabreada, metí los platos en el lavavajillas y la sartén en el fregadero.

—¿Qué pasa? —preguntó Lawrence—. ¿Qué he hecho?

—Podrías haberte esforzado un poco.

—¡Sí, claro! Pensaba que iba a estar a solas contigo. No es fácil adaptarse a esta nueva situación.

—Es mi invitada, Lawrence. Lo mínimo que puedes hacer es ser amable.

—Creo que no sabes en lo que te estás metiendo, Sarah. No es bueno que tengas a esa chica en casa. Cada vez que la mires te acordarás de lo que ocurrió.

—Me he pasado dos años intentando negar lo que sucedió en aquella playa, ignorándolo, esperando que cicatrizara solo. Es lo que hizo Andrew, y al final terminó matándolo. No pienso dejar que me mate a mí, ni a mi hijo. Voy a ayudar a Little Bee y a arreglar las cosas. Sólo así podré recuperar mi vida.

—Vale, pero, ¿y si no puedes arreglar las cosas? Sabes que lo más seguro es que a esa chica la terminen deportando.

—Estoy convencida de que eso no sucederá.

—Sarah, en el ministerio tenemos un departamento entero dedicado a asegurarse de que eso suceda. Oficialmente, Nigeria es un país seguro y ella misma admite que no tiene familia aquí. No hay un puto motivo para que la dejen quedarse.

—Tengo que intentarlo.

—Toparás con la burocracia, y al final terminarán enviándola de vuelta a su país. Te harás daño, sufrirás, y eso es lo último que necesitas en este momento. Lo que te hace falta ahora son influencias positivas en tu vida. Tienes que criar a un hijo tú sola. Necesitas gente que te dé energías, no que te las gaste.

—Y ése eres tú, ¿verdad?

Lawrence me miró y se inclinó hacia mí.

—Quiero ser importante para ti, Sarah. Lo he deseado desde el momento en el que apareciste en mi vida con tu libreta de periodista en la que nunca escribiste una palabra y tu grabadora que jamás pusiste en marcha. Y nunca te he abandonado, ¿verdad? A pesar de todo. A pesar de mi mujer, de tu marido y de todo el maldito mundo. Lo pasamos bien juntos, Sarah, ¿no te vale con eso?

—Creo que las cosas ya no consisten en pasárselo bien.

—¿Y acaso me ves huyendo? Estoy hablando de nosotros dos haciendo lo que es mejor para ti. No pienso parar sólo porque las cosas se pongan serias. Pero tienes que elegir. No puedo ayudarte si todas tus energías se concentran en esa chica.

Sentí que me hervía la sangre en la cabeza. Intenté hablar lo más tranquila y relajada que pude:

—Dime que no me estás pidiendo que elija entre ella y tú.

—En absoluto. No te pido eso. Lo único que te digo es que vas a tener que elegir entre tu vida o la suya. En algún momento tendrás que empezar a pensar en un futuro para ti y para Charlie. La caridad es admirable, Sarah, pero tiene que haber un punto razonable en el que se pare.

Di una fuerte palmada en la mesa, con los dedos de la mano bien abiertos.

—Me corté un dedo por esa chica. ¿Quieres decirme dónde está ese punto razonable para detener algo que empezó así? ¿En serio quieres que elija? Ya me corté un maldito dedo… ¿Crees que no sería capaz de cortar mi relación contigo?

Lawrence permaneció en silencio, y luego se levantó, haciendo rechinar su silla contra el suelo.

—Lo siento, no debería haber venido.

—Pues no, seguramente no.

Me senté en la mesa de la cocina, observando a Lawrence recoger su chaqueta del perchero del recibidor y colgarse la mochila del hombro. Al oír el sonido de la puerta al abrirse, me levanté. Cuando llegué a la puerta, Lawrence estaba en mitad del jardín.

—¡Lawrence!

Se giró sin responder a mi llamada.

—¿A dónde piensas ir? No puedes volver a tu casa.

—Vaya, no había pensado en eso.

—Se supone que estás en Birmingham.

—Me buscaré un hotel —repuso, encogiéndose de hombros—. Aprovecharé el tiempo, me leeré un libro sobre capacidad de liderazgo. A ver si aprendo algo.

—Venga, Lawrence, vuelve aquí.

Lo abracé, ocultando mi cara en su cuello mientras él permanecía inmóvil. Respiré su olor y recordé todas esas tardes en hoteles, ciegos el uno del otro.

—Eres un perdedor —le dije.

—Me siento tan estúpido… Lo tenía todo planeado. Había pedido unos días de permiso en el trabajo, le había contado la historia a Linda… incluso he comprado regalos para los niños por si se me olvidaba hacerlo al volver a casa. Pensaba que te daría una bonita sorpresa y luego… Bueno, por lo menos te he sorprendido, ¿no?

—Lo siento. Perdona por haberte hablado de ese modo. Gracias por pasarte a verme. Por favor, no te vayas a un hotel tú sólo, no me lo perdonaría jamás. Quédate, por favor.

—¿Dónde? ¿Aquí?

—Sí, por favor.

—No sé si es una buena idea, Sarah. Quizá necesite tomarme un respiro y reflexionar sobre lo que significo para ti. Lo que acabas de decir, eso de cortar…

—Ya vale, listillo. Déjalo, no vaya a ser que cambie de idea. —Lawrence esbozó una sonrisa. Entrelacé mis manos detrás de su nuca—. Cuando dije que sería capaz de cortar contigo, se me olvidó añadir que me dolería más que cortarme el dedo.

Me estuvo mirando en silencio durante un buen rato, antes de susurrar: «¡Ay, Sarah!». Subimos las escaleras y hasta que no estuvimos en plena faena no me di cuenta de que estábamos haciendo el amor en la cama que compartí con Andrew. Me concentré en Lawrence, enterrando mi rostro en el suave vello de su pecho, arrancándole la ropa, pero, entonces, algo ocurrió: se me enganchó el sujetador, o la hebilla de su cinturón se me trabó durante un instante. No recuerdo bien lo que fue, pero nos cortó el rollo. Me fijé en que Lawrence se encontraba en el lado de la cama de Andrew, que su piel descansaba sobre el mismo lugar en el que dormía mi marido, que la curva de la espalda de Lawrence, suave, ardiente y sudorosa, se arqueaba altanera sobre la depresión que Andrew había dejado durante años en el colchón. Me entraron dudas, y me quedé helada. Supongo que Lawrence lo notó, e intentó mantener viva la llama poniéndose encima de mí. Le agradecí que me ayudara a pasar ese trago sin pensar en ello. Me dejé llevar, fundiéndome en su suave piel, en sus delicados movimientos, en su ligereza. Lawrence era alto pero muy delgado. Con él no sentía esa presión aplastante en la pelvis, esa asfixia en los pulmones y esa apabullante gravedad que conllevaba el sexo con Andrew, que me hacía gemir de resignación y de placer a partes iguales. Eso es lo que me gustaba del sexo con Lawrence, su maravillosa y mareante liviandad. Pero aquella noche algo no funcionaba. Quizá se debía a la fuerte presencia de mi esposo en la habitación. Sus libros y papeles seguían por todas partes —apretados en las estanterías, desperdigados por el suelo— y, al pensar en Andrew, me acordaba de Little Bee. Mientras Lawrence me hacía el amor, una parte de mí decía: «¡Guau!», pero la otra pensaba: «Por la mañana tengo que llamar a la Oficina de Extranjería para ver qué pasó con sus papeles, y luego tendré que buscarle un abogado y comenzar un proceso de apelación, y después...»

Descubrí que no era capaz de entregarme a mi amante de un modo tan resuelto y abandonado como antes. De repente, Lawrence me pareció demasiado leve. Sus dedos apenas presionaban mi piel, como si no se estuvieran fundiendo con mi cuerpo sino simplemente trazando líneas sobre esa arena fina e invisible con la que África me había cubierto. Casi no sentía su peso sobre mí, era como que me estuviera haciendo el amor una nube veraniega o una mariposa invernal. En cualquier caso, una criatura sin la autoridad suficiente para hacer que la gravedad girara a su alrededor y convertirse en el centro de atención.

—¿Qué pasa, Sarah?

Me di cuenta de que mi cuerpo estaba completamente rígido.

—Ay, Dios, lo siento.

Lawrence se detuvo y se tumbó a mi lado. Tomé su pene entre mis manos, pero noté que estaba empezando a languidecer.

—No —me dijo—, déjalo.

Lo dejé y le cogí la mano, pero la soltó.

—No te entiendo, Sarah, de verdad que no puedo entenderte.

—Lo siento. Es por Andrew. Todavía es demasiado pronto.

—Nunca fue un impedimento mientras estaba con vida.

Me puse a pensar en eso. Fuera, en la oscuridad, un avión abandonaba Heathrow ahogando con el estruendo de sus motores las llamadas desesperadas de una pareja de lechuzas.

—Tienes razón, no es por Andrew.

—Entonces, ¿qué te pasa?

—No lo sé. Te quiero, Lawrence, de verdad. Es sólo que tengo muchas cosas que hacer.

—¿Es por Little Bee?

—Sí, no consigo relajarme. No puedo dejar de darle vueltas al tema.

—¿Y qué pasa con nosotros? —protestó tras soltar un suspiro—. ¿Crees que tendrás tiempo para lo nuestro alguno de estos días?

—Por supuesto que sí. Tú y yo tenemos todo el tiempo del mundo. Dentro de seis semanas, seis meses o seis años seguiremos estando aquí. Tendremos tiempo para ver cómo evoluciona lo nuestro, ahora que Andrew ya no está. Pero Little Bee no dispone de ese tiempo. Tú mismo lo has dicho. Si no consigo arreglar sus papeles, la encontrarán y la deportarán. Entonces ya no estará aquí y no se podrá hacer nada. ¿Qué futuro tendremos entonces? No seré capaz de volver a mirarte a los ojos sin pensar en que debería haber hecho más por ella. ¿Ése es el futuro que quieres que tengamos?

—Ay, Dios. ¿Por qué no puedes ser como las demás y pasar del tema?

—¿Una rubia de piernas largas, aficionada a la música y al cine, buscando hombre solvente para amistad y puede que algo más?

—Está bien, me gusta que no seas una más del montón. Pero no quiero perderte por culpa de una inmigrante que no tiene la más mínima posibilidad de quedarse aquí.

—¡Vamos, Lawrence! No vas a perderme. Sólo tendrás que compartirme con ella durante un tiempo.

Lawrence se echó a reír.

—¿Qué pasa? —le dije.

—Pues que es demasiado típico, ¿no? «Estos inmigrantes vienen a quitarnos nuestras mujeres.»

Lawrence reía, pero percibí una cautela, una opacidad en sus ojos que me hizo preguntarme hasta qué punto su propia broma le parecía divertida o no. Me resultaba extraño sentirme insegura con él. La verdad es que nunca antes me había parecido una persona enrevesada. De nuevo, me di cuenta de que no había compartido nada complicado con él hasta entonces. Tal vez el problema era yo. Hice un esfuerzo por tranquilizarme, sonreí y lo besé en la frente.

—Gracias por no ponerme las cosas más difíciles de lo que ya son.

Lawrence me miró a los ojos. Su rostro escuálido y triste reflejaba el brillo anaranjado de la luz de las farolas que atravesaba las cortinas de seda amarilla. Me sorprendió notar que se me revolvía el estómago y se me erizaba el vello del brazo.

—Sarah —dijo él—, creo que no eres consciente de lo difícil que es esto que estás haciendo.

7

Sarah me contó por qué empezó su romance con Lawrence. No era difícil de comprender. En este mundo, todos intentamos ser libres. Para mí, la libertad es que llegue el día en el que no tenga miedo de que los hombres vengan a matarme; para Sarah, es un futuro largo en el que poder vivir como a ella le apetezca. No me parece que sea débil o tonta por querer disfrutar de la vida que le ha tocado. Un perro tiene que ser un perro y un lobo tiene que ser un lobo, como dice un refrán de mi país.

Bueno, en realidad ese dicho no es de mi país. ¿Cómo íbamos a tener un refrán con lobos? Tenemos doscientos proverbios sobre monos y trescientos sobre la yuca. Somos sabios con las cosas que conocemos. Pero me he dado cuenta de que, en vuestro país, puedo decir lo que quiera si a continuación añado: «...como dice un refrán de mi país». La gente reacciona con un gesto muy serio y aquiescente. Buen truco, ¿verdad? La libertad para Sarah es un futuro largo en el que poder vivir como a ella le apetezca. Un perro tiene que ser un perro, un lobo tiene que ser un lobo y una abeja tiene que ser una abeja. La libertad para una chica como yo es llegar con vida al final del día.

El futuro es otra de las cosas que tendría que explicar a las chicas de mi aldea. Es lo que más exportamos en mi país. Sale tan rápido por nuestros puertos, que mucha gente nunca lo ha visto ni sabe cómo es. En mi país, el futuro se encuentra en pepitas de oro escondidas entre las rocas, o se oculta en grandes reservas de color oscuro bajo la tierra. Nuestro futuro se esconde de la luz, pero vosotros venís con vuestro don para descubrirlo. De este modo, pedacito a pedacito, nuestro futuro se convierte en el vuestro. Admiro vuestra brujería por su sutileza y su variedad. Con cada generación, el proceso de extracción es distinto. Es cierto que nosotros somos muy inocentes. En mi aldea, por ejemplo, nos pilló por sorpresa que el futuro se pudiera extraer, almacenar en barriles de 42 galones y enviar en barco a una refinería. Todo sucedió de golpe, una tarde, mientras preparábamos la cena. El humo azulado se mezcló con el espeso vapor de las cazuelas de yuca bajo la dorada luz de la puesta de sol. Ocurrió todo tan rápido que las mujeres tuvieron que coger a los niños y echar a correr por la selva. Nos escondimos allí, escuchando los gritos de los hombres que se quedaron para pelear. Mientras tanto, en la refinería, mediante un proceso de destilado, el futuro de mi aldea se separaba en fracciones: la parte más pesada, la sabiduría de nuestros ancianos, serviría para asfaltar vuestras carreteras; la parte media, los cuidados ahorros de nuestras madres —esas moneditas que guardaban tras cada cosecha–, se usaría para alimentar vuestros coches; la parte más ligera, los fantásticos sueños que tenían nuestros niños en las plácidas noches de luna llena, tomaría la forma de un gas que vosotros embotelláis y guardáis para el invierno. De este modo, nuestros sueños os proporcionan calor. Ahora que forman parte de vuestro futuro, no os culpo por usarlos. Seguramente, ni tan siquiera sepáis de dónde provienen.

No sois gente mala. Simplemente estáis ciegos ante el presente, igual que nosotros estamos ciegos para el futuro. En el centro de internamiento para extranjeros me reía porque los guardias siempre repetían lo mismo: «El motivo por el que los africanos venís aquí es que no sois capaces de gobernar bien vuestros países».Yo les contaba que cerca de mi aldea había un río muy ancho y profundo, bajo cuyo lecho se escondían unas oscuras cavernas habitadas por peces muy pálidos y ciegos. Como no había luz en esas cuevas, tras mil generaciones, esas especies habían perdido la capacidad de ver. «¿Lo entendéis? —les decía a los guardias—. Sin luz, ¿para qué sirve conservar la vista? Sin futuro, ¿de qué nos sirve un Gobierno? En mi mundo, por mucho que lo intentemos, no valdría para nada. Podríamos contar con el mejor Ministro del Almuerzo, o con un excelente Secretario General para los Plácidos Atardeceres. Pero cuando cae la oscuridad, ¿no os dais cuenta?, nuestro mundo desaparece. No podemos ver más allá del día de hoy, porque nos habéis quitado el mañana. Y a vosotros, como tenéis el mañana ante vuestros ojos, no os deja ver lo que está pasando hoy.»

Los guardias se reían siempre de mí, y luego meneaban la cabeza y volvían a ojear sus periódicos. A veces, me los dejaban cuando terminaban. Me gustaba leer vuestra prensa porque para mí era vital aprender a hablar vuestro idioma como lo hacéis vosotros. Cuando vuestros periódicos hablan de donde yo vengo, lo llaman «países en vías de desarrollo». No diríais «en vías de» si no creyerais que nos habéis dejado un futuro en el que desarrollarnos. Por eso sé que no sois mala gente.

En realidad, lo que nos habéis dejado son vuestros objetos abandonados. Cuando pensáis en mi continente, seguramente os venga a la cabeza la naturaleza salvaje —leones, hienas, monos y ese tipo de bichos—. Pero si yo pienso en mi país, sólo veo máquinas rotas, todas hechas polvo, destrozadas, oxidadas y estropeadas. Sí, tenemos leones. Duermen sobre el techo de contenedores enmohecidos. También tenemos hienas, que juegan con las calaveras de los hombres que no pudieron escapar de su propio ejército. ¿Y los monos? Los monos están en las afueras del pueblo, jugando en una montaña de viejos ordenadores que enviasteis para ayudar a nuestra escuela, una escuela que no tenía electricidad.

Le habéis quitado a mi país su futuro y nos habéis traído objetos de vuestro pasado. Ya no tenemos la semilla, sólo las cáscaras. Ya no tenemos alma, sólo una calavera. Sí, una calavera. Si tuviera que ponerle a mi mundo un nombre más apropiado a su realidad, pensaría en eso. Si el Secretario General para los Plácidos Atardeceres me llamara un día y me dijera: «Little Bee, en ti recae el gran honor de rebautizar a nuestro viejo y querido continente», le respondería: «Señor, nuestro mundo debería llamarse Gólgota, la calavera».

Ése sería el nombre adecuado para mi aldea, incluso antes de que vinieran los hombres a quemar nuestras cabañas y a perforar el suelo en busca de petróleo. Sería un buen nombre para aquel claro de selva en el que, de niños, nos columpiábamos sobre un neumático viejo colgado del árbol de limba, jugábamos en los asientos del destartalado Peugeot de mi padre y el Mercedes de mi tío, cuyos muelles asomaban a la superficie, y cantábamos canciones de misa con un libro de salmos que había perdido las tapas y cuyas páginas se sujetaban con cinta aislante. Gólgota es el lugar en el que crecí, donde hasta los misioneros habían cerrado la misión y se habían marchado, dejándonos los libros sagrados que no les merecía la pena llevarse de vuelta a su país. En nuestra aldea, a la única Biblia que teníamos le faltaban las páginas a partir del versículo cuarenta y seis del capítulo veintisiete del Evangelio según San Mateo, así que, para nosotros, nuestra religión terminaba en: «Dios mío, Dios mío, ¿por qué me has abandonado?».

Así vivíamos, felices y sin esperanza. En aquel entonces yo era muy joven y no añoraba tener un futuro porque no sabía que me correspondía uno. Del resto del mundo, no conocíamos más que vuestras viejas películas, esas en las que todo el mundo tenía prisa, a veces en aviones, otras en motos y otras volando boca abajo.

Para las noticias, teníamos *Gólgota TV*, en la que tú tenías la responsabilidad de llevar el peso de la programación. Sólo había el marco de madera donde antes hubo una pantalla, posado sobre la tierra rojiza bajo el árbol de limba. Mi hermana Nkiruka metía la cabeza dentro del marco para hacer películas. Un buen truco, ¿verdad? Ahora sé que teníamos que haberlo llamado «telerrealidad».

Mi hermana se ajustaba el lacito de su vestido, se ponía una flor en el pelo y sonreía detrás de la pantalla invisible. «Buenas tardes, estas son las noticias de la BBC: Hoy, lloverán helados del cielo y nadie tendrá que ir hasta el río a buscar agua porque los ingenieros vendrán de la ciudad y pondrán un depósito en medio del pueblo». El resto de los niños nos sentábamos en semicírculo frente a la televisión y escuchábamos las noticias que nos relataba Nkiruka. Nos encantaban estos pequeños retazos de sus sueños. En esas agradables tardes exclamábamos alegres: «¡*Ué!*».

Una de las cosas buenas de aquel mundo dejado de la mano de Dios era que podías responderle a la televisión. Los niños le gritábamos a Nkiruka:

—¿A qué hora lloverán helados del cielo?

—Al atardecer, por supuesto, cuando hace más fresco.

—¿Y cómo lo sabes, señorita presentadora de la tele?

—Porque tiene que hacer fresco para que no se derritan los helados. ¿Es que no sabéis nada, niños?

Nos volvíamos a sentar, asintiendo convencidos. Estaba claro que primero tenía que hacer fresco. Nos sentíamos muy satisfechos con las noticias de la tele.

En vuestro país también se puede jugar a este juego, pero es un poco más difícil porque aquí las televisiones no te escuchan. La mañana del primer día que Lawrence se quedó en casa de Sarah, Charlie quería encender la tele. Oí que estaba despierto mientras Sarah y Lawrence seguían dormidos, así que fui a su habitación.

—Buenos días, Little Bat[7] —le dije—. ¿Quieres desayunar?

---

[7] En castellano, Pequeño Murciélago. (*N. del T.*)

—No, no quiero desayunar. Quiero televisión.

—¿Tu madre te deja ver la tele antes de desayunar?

Charlie me miró con expresión de paciencia, como una profesora que te ha repetido ya tres veces la lección y tú siempre la olvidas.

—Mamá está dormida —dijo.

Así que encendimos la tele y miramos las imágenes sin sonido. Estaban dando las noticias matutinas de la BBC, y salía el primer ministro soltando un discurso. Charlie ladeó la cabeza para mirar la pantalla, inclinando las orejas de su bat–máscara.

—Ese señor es el Joker, ¿verdad?

—No, Charlie. Es el primer ministro.

—¿Es bueno o malo?

Tras pensármelo un poco, respondí:

—La mitad de la gente piensa que es bueno, y la otra mitad cree que es malo.

Charlie se echó a reír y exclamó:

—¡Qué tontería!

—Lo llaman democracia. Si no la tuvierais, la añorarías.

Nos sentamos a ver cómo el primer ministro movía los labios.

—¿Qué dice? —preguntó Charlie.

—Dice que va a hacer que lluevan helados.

—¡¿Cuándo?! —gritó el pequeño, girándose para mirarme.

—A eso de las tres de la tarde, si hace suficiente frío. También dice que los jóvenes que escapan de países con problemas podrán quedarse aquí si trabajan duro y se portan bien.

—Creo que el primer ministro es de los buenos.

—¿Porque va a tratar bien a los inmigrantes?

—No, por lo de la lluvia de helados —contestó, meneando la cabeza.

Alguien se rio a mi espalda. Me giré y vi que Lawrence estaba en la puerta, vestido con una bata y descalzo. No sé cuánto tiempo llevaba escuchando.

—Vaya —comentó—, parece que ya sabemos cómo comprar el voto de este pequeño.

Bajé la vista al suelo, avergonzada por que hubiera oído nuestra conversación.

—Vamos, no te pongas roja —repuso Lawrence—. Te portas genial con Charlie. Ven a desayunar.

—Vale —acepté—. Batman, ¿quieres desayunar con nosotros?

Charlie miró a Lawrence y luego meneó la cabeza, así que busqué en la televisión hasta que encontré un canal que le gustara y bajé a la cocina.

—Sarah todavía está dormida —me dijo Lawrence—. Supongo que necesita descansar bastante. ¿Té o café?

—Té, gracias.

Lawrence hirvió el agua y preparó té para los dos. Me sirvió el mío en la mesa con mucho cuidado, girando el asa de la taza hacia mí. Se sentó enfrente y sonrió. El sol iluminaba la estancia confiriéndole una densa tonalidad amarillenta. Era una luz cálida pero discreta, que no se vanagloriaba por el hecho de iluminar la habitación. Daba más bien la impresión de que cada objeto brillaba con una luz procedente de su interior: Lawrence, la mesa con su limpio mantel de algodón azul, su taza de té naranja y la mía amarilla... Todo brillaba con una luz propia que me hizo sentir muy alegre. «¡Qué buen truco!», pensé.

Lawrence, por el contrario, estaba muy serio.

—Mira —comenzó—, creo que tú y yo deberíamos trazar un plan por tu bien. Voy a serte muy sincero: creo que deberías presentarte en la comisaría y entregarte. No me parece una buena idea que expongas a Sarah a la tensión de tener que cobijarte.

—No me está cobijando —sonreí—. No soy ninguna fugitiva.

—No estoy bromeando.

—Pero si nadie me anda buscando. ¿Por qué debería ir a la policía?

—No creo que quedarte aquí sea lo correcto. No me parece que le convengas a Sarah en este momento.

211

Soplé mi té. De la taza salía un vapor que brillaba en la quietud que se respiraba en la cocina.

—¿Y tú le convienes a Sarah en este momento, Lawrence?

—Sí, por supuesto que sí.

—Es una buena persona. Me salvó la vida.

—Conozco a Sarah perfectamente —dijo Lawrence, sonriendo—. Me contó toda la historia.

—Entonces sabrás que sólo estoy aquí para ayudarla, porque estoy en deuda con ella.

—No creo que seas el tipo de ayuda que ella necesita.

—Soy el tipo de ayuda que cuidará de su hijo como si fuera mi propio hermano. El tipo de ayuda que le hará la limpieza, lavará su ropa y le cantará canciones cuando esté triste. ¿Qué tipo de ayuda eres tú, Lawrence? Quizá seas el tipo de ayuda que sólo se presenta cuando quiere algo de sexo.

—No voy a tener en cuenta eso que has dicho —comentó, sonriendo de nuevo—. Veo que eres de esas mujeres que tienen un extraño concepto de los hombres.

—Soy una mujer que ha visto a los hombres hacer cosas que no resultan nada divertidas.

—¡Oh, por favor! Esto es Europa. Aquí estamos un poco más domesticados.

—¿Crees que sois diferentes de nosotros?

—Si prefieres expresarlo así.

—Un lobo siempre es un lobo, y un perro siempre es un perro.

—¿Es un refrán de tu país?

Sonreí. Lawrence frunció el ceño y dijo:

—No te entiendo. No creo que seas consciente de lo seria que es la situación en la que estás metida. Si lo supieras, no te reirías.

—Si no pudiera reírme, supongo que mi situación sería incluso peor.

Nos tomamos el té observándonos mutuamente. Lawrence tenía los ojos verdes, como los de la chica del sari amarillo que salió conmigo del centro de internamiento. Me miraba fijamente, sin pestañear.

—¿Qué vas a hacer —le pregunté— si no me presento ante la policía?

—¿Quieres decir si te voy a denunciar?

Asentí. Lawrence tamborileó con los dedos en ambos lados de la taza de té.

—Haré lo que sea mejor para Sarah.

El miedo recorrió mi cuerpo, concentrándose en el estómago. Observé los dedos de Lawrence, que seguían tamborileando en la taza. Su piel era tan blanca y frágil como un huevo de gaviota. Tenía unos dedos largos y finos, que sujetaban la taza de porcelana naranja como si fuera una especie de cachorrillo que pudiera hacer alguna tontería si lo soltaba.

—Lawrence, pareces un hombre prudente.

—Intento serlo.

—¿Por qué?

Se rio por lo bajo y contestó:

—Mírame. No soy lo que se dice un tío brillante, ni especialmente atractivo. Lo único que se puede afirmar sobre mí es que mido un metro ochenta y cinco y que no soy tonto del todo. A los tipos como yo, la vida no nos ofrece muchas oportunidades, así que intento aferrarme a las que se me presentan.

—¿Como Sarah?

—Quiero a Sarah. No te puedes hacer ni idea de lo que esta mujer significa para mí. Aparte de ella, el resto de mi vida no es más que una mierda. Trabajo para la burocracia más atroz y cruel, un empleo poco gratificante, y mi jefe hace que me entren ganas de suicidarme, en serio. Cuando vuelvo a casa, los niños no paran de llorar y Linda venga a cotorrear, sin parar, sobre cosas aburridas. Las horas que paso con Sarah son los únicos momentos de mi vida en los que siento que estoy haciendo algo que realmente he escogido. Los únicos momentos en los que me siento yo. Incluso ahora, mientras hablo contigo. Es decir, ¿no es extraño que tú y yo estemos hablando en esta típica cocina de esta típica casa inglesa? Es algo increíblemente novedoso en mi vida, y no habría sido posible de no ser por Sarah.

—Te preocupa que vaya a quitarte a Sarah. Por eso no quieres que me quede. No tiene nada que ver con lo que a ella le convenga.

—Me preocupa que Sarah vaya a cometer una tontería por intentar ayudarte. Descentrarse y cambiar su vida más de lo que necesita en este momento.

—Y te preocupa que, en su nueva vida, te olvide.

—¡Sí! Lo reconozco, sí. Pero no puedes imaginarte lo que me pasaría si pierdo a Sarah. Me hundiría, me daría a la bebida... Sería mi final. Eso me asusta, aunque seguramente pienses que suena patético.

Di un sorbo de mi taza de té, saboreándolo lentamente.

—No suenas patético —repuse, meneando la cabeza—. En mi mundo, la muerte se presenta en forma de hombres que te persiguen. En el tuyo, en forma de vocecita que te susurra al oído que acabes con tu vida. Lo sé porque la escuché cuando estaba en el centro de internamiento. La muerte es la muerte, y todos le tenemos miedo.

Lawrence empezó a dar vueltas y vueltas a su taza sobre la mesa.

—¿De verdad estás escapando de la muerte? Quiero decir, ¿en serio? Hay mucha gente que viene aquí sólo buscando una vida mejor.

—Si me deportan a Nigeria, me arrestarán nada más llegar al país. Si descubren quién soy y lo que he visto, los políticos se las arreglarán para que muera. Si tengo suerte, sólo me meterán en la cárcel. Mucha gente que ha sido testigo de lo que hacen las compañías petroleras se pasa un montón de tiempo en prisión. En las cárceles de Nigeria te hacen cosas muy malas. Si alguna vez sales libre, no te quedan ganas de hablar.

Lawrence meneó la cabeza lentamente, con la vista fija en su taza de té.

—Mira, eso que me cuentas me parece una exageración. No te pasará nada, joder. Seguro que sabrás arreglártelas. No me costaría nada denunciarte, sólo tendría que ir a la comisaría al final de la calle y ya está. Así recuperaría mi vida de antes, sin más.

—Y, ¿qué pasaría con mi vida?

—No me importa. No puedo hacerme cargo de todos los problemas del mundo.

—¿Incluso si me matan por recuperar tu vida de antes?

—Escucha, sea lo que sea lo que te pase, al final va a suceder, haga yo algo o no. No estás en tu país. Te encontrarán, te lo juro. Terminarán encontrándote.

—Podrías esconderme.

—Sí, claro, en el desván, como a Ana Frank. Mira para lo que le sirvió.

—¿Quién es Ana Frank?

Lawrence cerró los ojos, se pasó las manos por la nuca y suspiró.

—Otra chica que tampoco era problema mío.

Sentí una furia explotando en mi interior, tan fuerte que me ardía la cabeza. Di un puñetazo sobre la mesa y Lawrence abrió los ojos como platos.

—¡Sarah te odiará si me denuncias a la policía!

—Sarah nunca lo sabrá. He visto cómo trabajan los de inmigración. Vendrán a buscarte de madrugada, no tendrás tiempo de chivarte a Sarah. No podrás decir nada.

—Me las arreglaré —dije, poniéndome de pie—. Me las arreglaré para contarle lo que has hecho. Y también se lo diré a Linda. Romperé tus dos vidas, Lawrence. Tu vida familiar y tu vida secreta.

Lawrence parecía confundido. Se levantó y empezó a dar vueltas por la cocina, atusándose el pelo.

—Pues sí —comentó—, creo que eso es lo que deberías hacer.

—Lo haré. No te creas que voy a perdonarte, Lawrence. Me aseguraré de hacerte daño.

—Vaya —dijo, contemplando el jardín por la ventana. Pasado un rato, añadió—: Es curioso. Me he pasado toda la noche en vela dándole vueltas a lo que debería hacer contigo. Pensé en lo que sería mejor para Sarah, y en lo que más me convendría a mí. Pero, sinceramente, no se me ocurrió pararme a pensar en tu reacción. Y ahora veo que debería haberlo hecho. Supongo que asumí que tú no estarías tan al corriente de todo. Cuando Sarah me habló de ti me imaginé... no sé, que serías una persona totalmente distinta.

—Llevo dos años en tu país. He aprendido vuestro idioma y vuestras reglas. Ahora soy más parecida a ti que a mí.

Lawrence volvió a reírse sarcástico.

—Bueno, creo que no te pareces a mí en nada. —Se sentó a la mesa y descansó la cabeza sobre sus manos—. Yo soy un mierda, un puto perdedor. Acabas de ponerme entre la espada y la pared.

Levantó la vista y me miró. Al cabo de unos instantes, me suplicó:

—No se lo dirás a Linda, ¿verdad?

Parecía agotado. Suspiré y me senté frente a él.

—Es mejor que seamos amigos, Lawrence.

—¿Cómo?

—Tú y yo no somos tan distintos como piensas.

Lawrence se echó a reír y dijo:

—Acabo de reconocer que estaría dispuesto a delatarte si pudiera. Tú eres una valiente jovencita inmigrante, y yo un cabrón egoísta. Creo que nuestros papeles están claramente definidos, ¿no te parece?

—Bueno —contesté meneando la cabeza—, yo también puedo ser bastante egoísta.

—No, lo dudo.

—Dices eso porque me tomas por una dulce jovencita. Para ti, sigo sin existir en realidad. No se te ocurre que pueda ser inteligente, como un blanco, o que pueda ser egoísta, como un blanco.

Me di cuenta de que estaba tan enfadada que me había puesto a gritar. Lawrence se rio y se burló:

—¿Egoísta, tú? Como no sea por coger la última galleta de la caja, o por olvidarte de colgar el teléfono…

—No… No fue un teléfono lo que dejé colgando, sino al marido de Sarah —repuse.

—¿Qué?

Lawrence me miró fijamente. Di otro sorbo al té, pero ya se había enfriado, así que posé la taza en la mesa. La luz que entraba en la cocina se estaba apagando. Observé cómo se iba atenuando el brillo de los objetos de la estancia, sintiendo que el frío se colaba en mis huesos. Se me pasó toda la rabia que sentía.

—¿Lawrence?

—¿Sí?

—Igual es mejor que me vaya de aquí.

—Espera. ¿Qué es lo que acabas de decir?

—Igual tienes razón. Quizá lo mejor para Sarah, para Charlie y para ti es que yo no esté aquí. Debería escapar, se me da bien.

—¡Cállate! —dijo, agarrándome de la muñeca.

—¡Suéltame! ¡Me haces daño!

—Entonces dime lo que hiciste.

—No quiero contártelo. Estoy asustada.

—Yo también. Habla.

Me agarré al borde de la mesa e intenté sacarme el miedo respirando hondo.

—Sarah dice que fue muy curioso que yo apareciese el mismo día del entierro de Andrew.

—Ya, ¿y?

—Pues que no fue una coincidencia.

Lawrence me soltó el brazo, se levantó y se llevó las manos a la nuca. Se dirigió a la ventana de la cocina y permaneció un buen rato mirando la calle. Luego se giró hacia mí y me preguntó en voz muy baja:

—¿Qué pasó?

—Creo que no debería contártelo. No tendría que haberte dicho nada, pero estaba muy enfadada.

—¡Habla de una vez!

Bajé la vista a mis manos, consciente de que tenía que contárselo a alguien, y sabía que a Sarah no podía ser. Lo miré.

—La mañana que me dejaron salir del centro de internamiento para extranjeros llamé a Andrew por teléfono. Le dije que iba a venir.

—¿Eso es todo?

—Llegué hasta aquí andando. Me pasé dos días enteros caminando. Al llegar, me escondí en el jardín. —Señalé un punto por la ventana—. Justo ahí, detrás de esos arbustos donde está ahora ese gato. Esperé, sin saber qué quería hacer. Supongo que mi intención era darle las gracias a Sarah por haberme salvado la vida, pero también quería castigar a Andrew por haber dejado que asesinaran a mi hermana. Pero no se me ocurría cómo hacer ninguna de las dos cosas, así que esperé. Me pasé dos días y dos noches esperando. No tenía nada con que alimentarme. Por las noches salía de mi escondite, me comía las semillas del comedero para pájaros y bebía un poco de agua de un grifo que hay en el jardín. A través de las ventanas de la casa, observé cómo trataba Andrew a Sarah y a Charlie. Era horrible, se pasaba todo el tiempo enfadado. Nunca jugaba con su hijo. Cuando Sarah hablaba, se encogía de hombros o se ponía a vociferar. Y, cuando estaba a solas, tampoco dejaba de gesticular y levantar la voz. Se iba al fondo del jardín y se ponía a hablar solo. A veces se gritaba a sí mismo, o se pegaba puñetazos en la cabeza, así. Lloraba mucho. En ocasiones se arrodillaba sobre la hierba y se pasaba una hora entera llorando. Me di cuenta de que estaba lleno de malos espíritus.

—Tenía una depresión crónica. Fue muy duro para Sarah.

—Supongo que para él también. Me pasé un buen rato espiándolo. Una vez, mientras lloraba, estaba tan concentrada observándolo que se me olvidó esconderme. Él levantó la vista y me vio. Pensé: «Oh, no, Little Bee, se acabó». Pero Andrew no vino hacia mí. Me miró con cara de alucinado y dijo: «¡Santo Dios! No eres real, no estás aquí. ¡Sal de mi puta cabeza!». Entonces cerró los ojos y se los frotó, momento que aproveché para volver a ocultarme tras los arbustos. Cuando abrió los ojos, miró hacia el lugar donde me había visto, pero yo ya no estaba allí. Luego volvió a hablar solo.

—¿Pensó que tenía alucinaciones? ¡Pobre capullo!

—Sí. Al principio, no me dio pena. Pero después, el tercer día, salió al jardín mientras Sarah estaba en el trabajo y Charlie en la guardería. Creo que estaba borracho, porque hablaba muy despacito y se le trababa la lengua.

—Igual se encontraba bajo los efectos de algún medicamento —comentó Lawrence, que se había puesto pálido y me miraba fijamente con los ojos muy abiertos—. Sigue, sigue.

—Era todavía muy temprano por la mañana, y Andrew empezó a gritar: «¡Sal! ¡Sal! ¿Qué quieres de mí?». No respondí y él siguió chillando: «¡Por favor! ¡Sé que eres un fantasma! ¿Qué quieres que haga para que me dejes en paz?». Salí de los arbustos y retrocedió un paso. «No soy un fantasma», dije. Andrew empezó a pegarse con la palma de la mano en la frente. «No eres de verdad, estás en mi mente, pero no estás aquí.» Cerró los ojos y empezó a menear la cabeza. Mientras permanecía con los ojos cerrados, me acerqué a él lo suficiente como para tocarlo. Cuando abrió los ojos y vio lo cerca que me encontraba yo, soltó un chillido y salió corriendo hacia la casa. Entonces sí que me dio pena. Lo seguí al interior de la casa, diciéndole: «Por favor, escúchame. No soy un fantasma. He venido porque no conozco a nadie más aquí», a lo que él me contestó: «Tócame. Demuéstrame que no eres un fantasma». Me acerqué a él y le cogí la mano. Cuando sintió el

219

roce de mi piel, cerró los ojos durante un buen rato. Después, los abrió y empezó a subir las escaleras de espaldas mientras me chillaba: «¡Vete! ¡Vete!». Entró a todo correr en su despacho y cerró la puerta. Me quedé fuera, en el pasillo, gritándole: «No tengas miedo de mí. Sólo soy un ser humano». Hubo un largo silencio, así que me marché.

A Lawrence le temblaban las manos. El té, en su taza, hacía ondas.

—Un poco más tarde, volví. La puerta de su despacho estaba abierta, y Andrew se encontraba en medio de la habitación, subido en una silla. ¿Qué había hecho? Había atado un cable eléctrico a una viga del techo y se había anudado el otro extremo al cuello. Nos miramos y me susurró: «Todo sucedió hace mucho tiempo, ¿vale? Mucho tiempo. ¿Por qué no te has quedado allí?». Le respondí: «Lo siento, aquel lugar ya no era seguro para mí». Él dijo: «Sé que moriste allí. Sé que sólo existes en mi mente». Me observó durante un largo rato. Tenía los ojos rojos y no paraba de parpadear y mirar a su alrededor. Intenté acercarme a él, pero se puso a gritar: «Si das un paso más, salto de esta silla». Así que me detuve y le pregunté: «¿Por qué haces esto?», a lo que contestó, con voz muy tranquila: «Porque he visto la clase de persona que soy». «Pero Andrew, tú eres una buena persona. Te preocupa el mundo que te rodea. He leído tus artículos de *The Times* cuando estaba aprendiendo inglés.» Andrew meneó la cabeza y dijo: «Las palabras no significan nada. Yo soy la persona que viste en la playa. Alguien que sabe cómo poner bien las comas en un texto, pero que no es capaz de cortarse un dedo para salvarte la vida». Le sonreí y le dije: «Bueno, no importa. Mírame, estoy aquí. Sigo viva». Reflexionó un instante sobre esto y luego me preguntó: «¿Qué pasó con la otra chica que estaba contigo?». «Está bien. No pudo venir conmigo hasta aquí, pero está bien.» Me miró fijamente a los ojos durante un buen rato, hasta que no fui capaz de sostener su mirada y bajé la vista al suelo. Entonces dijo: «Mentirosa», cerró los ojos y saltó de la silla. Los sonidos que salían de su garganta eran como los que hizo mi hermana cuando la mataron.

—¡Joder! —soltó Lawrence, agarrándose a la encimera.

—Intenté ayudarlo, pero pesaba demasiado. No pude levantar su cuerpo. Llorando, lo seguí intentando hasta agotarme, pero no conseguí alzar su peso. Puse la silla bajo sus piernas, pero la apartó de una patada. Pasados unos instantes, dejó de forcejear, pero seguía vivo. Pude ver que me observaba. Su cuerpo giraba colgado de la viga. Daba vueltas muy despacito y, cada vez que su cara aparecía frente a mí, su mirada me seguía hasta que volvía a girar. Se le estaban saliendo los ojos de las órbitas y se empezaba a poner morado, pero no dejaba de mirarme. Me dije que tenía que ayudarlo, que debía llamar a los vecinos o a una ambulancia. Bajé las escaleras para buscar ayuda, pero pensé: «Si pido ayuda, las autoridades sabrán que estoy aquí. Y si me descubren, me deportarán o igual hacen algo peor». Porque, para que lo sepas, Lawrence: cuando nos dejaron salir del centro de internamiento para extranjeros, una de las chicas que estaba conmigo también se ahorcó. Conseguí escapar del lugar antes de que llegara la policía, pero seguro que saben que estuve allí. Dos ahorcados. ¿Te das cuenta? Estoy convencida de que sospechan de mí, pensarán que tengo algo que ver. No podía permitir que me encontraran, así que salí del despacho de Andrew con las manos en la cabeza, sin saber qué hacer. ¿Debía entregar mi vida para salvar la de Andrew? Al principio pensé: «Sí, tengo que salvarlo como sea, es un ser humano», pero luego me dije: «No, tengo que salvarme, porque yo también soy un ser humano». Tras pasarme unos cinco minutos decidiendo qué hacer, me di cuenta de que ya era demasiado tarde y de que, finalmente, me había salvado yo. Entonces, me acerqué al frigorífico y comí, porque tenía muchísima hambre. Después, regresé a mi escondite del jardín y no volví a salir hasta el día del entierro.

Me temblaban las manos, y a Lawrence también. Respiró hondo y me dijo:

—Ay, Dios. Esto es serio. Esto es muy, pero que muy, serio.

—¿Lo ves? ¿Entiendes ahora por qué necesito ayudar a Sarah? ¿Ves por qué quiero ayudar a Charlie? Tomé la elección equivocada, Lawrence. Dejé morir a Andrew. Ahora tengo que hacer todo lo posible por arreglar las cosas.

Lawrence no paraba de dar vueltas por la cocina, cerrándose la bata y jugueteando con los dedos en la tela. De repente, se detuvo y me miró:

—¿Sarah sabe algo de todo esto?

Le contesté que no con un gesto de la cabeza.

—Me da miedo contárselo. Supongo que si se lo digo me echará de aquí y ya no podré ayudarla. Entonces, no podré arreglar el mal que cometí. Y si no consigo repararlo, no sé qué haré. Ya no puedo seguir escapando, no tengo adónde ir. He descubierto qué clase de persona soy y no me gusta. Soy como Andrew, como tú. Elegí salvarme. Dime, por favor, cómo puede una huir de algo así.

Lawrence me miró fijamente.

—Lo que hiciste es un delito. Ya no tengo elección, debo denunciarte a la policía.

—Por favor, no me denuncies —le supliqué llorando—. Me llevarán. Sólo quiero ayudar a Sarah. ¿Es que tú no quieres ayudarla?

—Quiero a Sarah, así que no me hables de ayudarla, joder. ¿Crees que ha servido de alguna ayuda que vinieras aquí?

—Por favor —le rogué entre sollozos—, por favor.

Las lágrimas me resbalaban por el rostro. Lawrence dio un puñetazo en la mesa.

—¡Mierda!

—Lo siento, Lawrence, lo siento.

Lawrence se dio una palmada en la cabeza y dijo:

—¡Serás hija de puta! No puedo ir a la policía y lo sabes. No puedo dejar que Sarah se entere de esto. Bastante jodida está ya con lo que tiene. Si descubre que estabas aquí cuando Andrew murió, se volverá loca. Y, por supuesto, será el fin de lo nuestro. Además, si te denuncio a la policía, Linda terminará enterándose. Saldrá en todos los periódicos. Pero no me quiero imaginar lo que será estar con Sarah sabiendo todo lo que me has contado y sin que ella tenga la más mínima idea de lo que pasó. Además, ¡joder!, si no se lo digo a la policía seré tan culpable como tú. ¿Y si al final se descubre todo y se enteran de que yo estaba al corriente? Yo soy el amante de la viuda, joder. Tengo un móvil, podría ir a la cárcel. Si no llamo a la policía ahora mismo, podría acabar en prisión por tu culpa, Little Bee. ¿Lo entiendes? Podría terminar en la cárcel por ti y ni siquiera sé tu verdadero nombre.

Cogí la mano de Lawrence y lo miré fijamente. Tenía tantas lágrimas que no podía verlo bien, sólo era una sombra pálida contra la luz.

—Por favor, tengo que quedarme aquí. Tengo que solucionar lo que hice. Por favor, Lawrence. No le contaré a nadie lo tuyo con Sarah, y tú no le hables a nadie de mí. Te estoy pidiendo que me salves, que salves mi vida.

Lawrence intentó soltar su mano, pero la agarré con fuerza. Posé mi frente en su brazo.

—Por favor, podemos ser amigos. Podemos salvarnos el uno al otro.

—¡Dios Santo! Ojalá no me hubieras contado nada.

—Tú me has obligado a hacerlo, Lawrence. Lo siento. Sé que lo que te estoy pidiendo es difícil, que te resultará doloroso ocultarle la verdad a Sarah. Es como pedirte que te cortes un dedo por mí.

Lawrence soltó su mano y la apartó de mí. Me senté a la mesa con los ojos cerrados y sentí que me picaba la frente, justo en el lugar que había estado apoyado en su brazo. Esperé en el silencio de la cocina. No sé cuánto tiempo permanecí esperando. Esperé hasta quedarme sin lágrimas, hasta que se me pasó el pánico que sentía y sólo me quedaba una silenciosa y apagada aflicción que me produjo jaqueca y pinchazos en los ojos. No podía pensar, sólo esperar.

Entonces sentí las manos de Lawrence en mis mejillas, enmarcando mi rostro. No sabía si tenía que apartarlas o cogerlas con las mías. Permanecimos así un buen rato. Sus manos temblaban sobre mi piel. Giró mi cara hasta ponerla frente a la suya, para que tuviera que mirarlo a los ojos.

—Me gustaría poder hacerte desaparecer —dijo—, pero soy un don nadie, sólo un funcionario. No voy a denunciarte a la policía, si te quedas calladita. Pero si alguna vez le cuentas a alguien mi historia con Sarah o lo que pasó con Andrew, te juro que me encargaré de que te envíen de vuelta a Nigeria.

Respiré profundamente, aliviada, y le respondí:

—Gracias.

De repente, oímos la voz de Sarah gritando en el piso de arriba:

—¡Batman! ¿Quién te ha dejado ver la tele a estas horas?

Lawrence apartó las manos de mi rostro y se puso a preparar más té. Sarah entró en la cocina, bostezando y entrecerrando los ojos, deslumbrada por la luz del sol. Llevaba a Charlie de la mano.

—Aprovechando que estáis aquí los dos —dijo Sarah—, voy a enseñaros las reglas de esta casa: los superhéroes, sobre todo los caballeros oscuros, no pueden ver la televisión antes de terminarse el desayuno. ¿Verdad, Batman?

Charlie sonrió y asintió con la cabeza.

—Muy bien —aprobó su madre—. ¿Bat-cereales o bat-tostada?

—Bat-tostada.

Sarah puso dos rebanadas en la tostadora mientras Lawrence y yo la observábamos en silencio.

—¿Pasa algo? —preguntó Sarah, girándose para mirarnos—. Little Bee, ¿has estado llorando?

—No es nada, siempre lloro por las mañanas.

—Espero que la hayas tratado bien —advirtió Sarah, mirando a Lawrence con cara de pocos amigos.

—Pues claro —repuso Lawrence—. Little Bee y yo hemos estado haciendo buenas migas.

—Perfecto —comentó Sarah—. Porque tenemos que llevarnos bien para que todo funcione. Lo sabéis, ¿verdad?

Nos miró a los dos y volvió a bostezar, estirándose.

—¡Borrón y cuenta nueva! —añadió Sarah. Lawrence y yo cruzamos una mirada furtiva antes de que ella continuara diciendo—: Ahora voy a llevar a Charlie a la guardería y luego empezaremos a indagar sobre los papeles de Little Bee. Lo primero que haremos será buscar un abogado. Conozco a uno bastante bueno que trabaja para nosotros en la revista.

Sarah sonrió y se acercó a Lawrence.

—Y en cuanto a ti, tendré que sacar un poco de tiempo para agradecerte que te hayas venido desde Birmingham.

Acercó su mano al rostro de Lawrence, pero de repente supongo que se acordó de que Charlie estaba en la habitación, así que terminó posándola en su hombro. Salí de la cocina y me puse a ver las noticias con el volumen apagado.

La presentadora se parecía mucho a mi hermana. Quería contarle un montón de cosas que me oprimían el corazón, pero, en vuestro país, la mujer de las noticias no te responde.

8

Recuerdo el día exacto en el que Inglaterra se convirtió en mí, en el que los contornos del país se ajustaron a las curvas de mi cuerpo y sus elevaciones y pendientes se hicieron las mías. Yo era niña e iba en bicicleta por las pistas de Surrey, pedaleando con mi vestido de algodón por la cálida campiña que las amapolas sonrojaban. Me dejaba caer por una cuesta del camino, que se internaba en un fresco santuario boscoso por el que discurría un riachuelo bajo un puente de ladrillo y piedra. Decidí detenerme. Los frenos chirriaron, profanando la tranquilidad del momento. Posé la bici sobre un fragante colchón de perejil y menta silvestre y me deslicé por el terraplén hasta las frías y cristalinas aguas. Mis sandalias levantaron una pelusa de barro del fondo del riachuelo y los pececillos salieron disparados a ocultarse entre las sombras que ofrecía el puente. Acercando el rostro a la superficie, con el tiempo casi suspendido, bebí para refrescarme. Entonces, al levantar la cabeza, vi un zorro. El animal estaba calentándose al sol en la otra orilla, observándome a través de la protectora barrera que le ofrecía una tupida plantación de cebada. Lo miré, y sus ojos color ámbar se cruzaron con los míos. En ese preciso instante, fui consciente de que Inglaterra se había convertido en mí. Encontré una franja de hierbajos y aciano paralela al campo de cebada, y me tumbé con el rostro pegado al olor húmedo y terrenal de las raíces de las plantas, escuchando los zumbidos de las moscas veraniegas. Sin saber por qué, lloré.

La mañana siguiente a que Lawrence pasara la noche con nosotras, dejé a Charlie en la guardería y volví a casa a ver qué podía hacer para ayudar a Little Bee. La encontré en el piso de arriba, mirando la televisión con el volumen apagado. Parecía muy triste.

—¿Qué te pasa? —pregunté, y Little Bee se encogió de hombros—. ¿Algún problema con Lawrence?

Apartó la vista.

—Entonces, ¿qué pasa?

No hubo respuesta.

—Seguro que tienes morriña. Me imagino lo que debes de sentir. ¿Echas de menos tu país?

Little Bee se giró para mirarme, muy seria, y me dijo:

—Sarah, no tengo la sensación de haber abandonado mi país. Creo que se ha venido conmigo.

Se volvió hacia la televisión. «Bueno —pensé—, ya habrá tiempo para hacerla entrar en razón.»

Limpié la cocina mientras Lawrence se daba una ducha. Me preparé un café y me di cuenta de que, por primera vez desde la muerte de Andrew, sólo había cogido una taza del armario en lugar de dos. Removí la leche y, mientras la cucharilla tintineaba al chocar contra la porcelana, fui consciente de que estaba empezando a perder la costumbre de ser la esposa de Andrew. «¡Qué extraño!», pensé. Sonreí, y consideré que me sentía con fuerzas suficientes para presentarme en la revista.

Normalmente, a la hora a la que voy al trabajo, el cercanías está atestado de trajes negros y mochilas de ordenadores portátiles, pero ese día, a las diez y media de la mañana, el vagón se encontraba prácticamente vacío. Enfrente de mí había un chico que miraba al techo. Llevaba una camiseta de fútbol de la selección inglesa y unos vaqueros azules con manchas de yeso. En el antebrazo tenía tatuado en letras góticas el siguiente lema: «Es tiempo *pa éroes*». Contemplé el tatuaje, admirada por su orgullosa firmeza y su patada a las normas ortográficas. Al levantar la vista, comprobé que el chico me estaba observando sin pestañear con sus tranquilos ojos color ámbar. Me sonrojé y miré por la ventanilla cómo iban pasando uno tras otro los patios traseros de los adosados.

El tren aminoró la velocidad al acercarnos a Waterloo. Tenía la sensación de estar entre dos mundos. Las zapatas de freno chirriaron al friccionar contra las ruedas metálicas del cercanías y sentí que volvía a tener ocho años. Allí estaba yo, convergiendo con mi revista sobre unos raíles inquebrantables. Pronto llegaría a la última estación y tendría que demostrar que era capaz de bajarme del vagón y montarme en mi trabajo de adulto. Cuando el tren se detuvo me giré para decirle algo al chico de los ojos color ámbar, pero ya se había levantado y había desaparecido tras la barrera del tupido campo de cebada, más allá del bosque oscuro y protector.

A las once y media, entré en la planta de la redacción. La oficina estaba muy tranquila. Todas las chicas me miraron. Les ofrecí una sonrisa y di una palmada.

—¡Venga! ¡A trabajar! El día que cien mil mujeres profesionales urbanas de clase media-alta entre los dieciocho y los treinta y cinco decidan perder el interés por la revista, nosotras también lo perderemos, pero no hasta entonces.

Al fondo de la oficina vi a Clarissa sentada en mi despacho. Se levantó en cuanto entré en la redacción y se acercó a recibirme. Llevaba los labios pintados de color ciruela brillante.

—¡Ay, Sarah! —dijo, tomando mis manos entre las suyas—. Pobre chiquitina. ¿Cómo lo llevas?

Mi amiga lucía un vestido camisero de color berenjena con un cinturón de escamas negro y unas botas de caña alta de tono azabache brillante. Me di cuenta de que yo llevaba puestos los mismos vaqueros con los que había llevado a Batman a la guardería.

—Estoy bien.

—¿De verdad? —preguntó Clarissa, mirándome de arriba abajo con el ceño fruncido.

—Sí.

—¡Me alegro! Genial.

Eché un vistazo a mi mesa de trabajo. En el medio estaba el portátil de Clarissa, junto a su bolso de Hermès. Mis papeles habían sido relegados a un rincón.

—No pensábamos que ibas a volver tan pronto —se disculpó Clarissa—. Me perdonarás por haber usurpado tu trono, ¿verdad, cariño?

—No —dije, fijándome en que su Blackberry estaba enchufada a mi cargador—, por supuesto que no.

—Pensé que te gustaría que avanzáramos un poco con el número de julio.

Me di cuenta de que, desde todos los rincones de la oficina, nos estaban observando atentamente, así que sonreí y dije:

—Genial, me parece genial. A ver, enséñame lo que habéis hecho.

—¿Para el número de julio? ¿No te apetece sentarte un poco primero? Te traeré un café, debes de sentirte fatal.

—Mi marido ha muerto, Clarissa, pero yo sigo viva. Tengo un hijo al que criar y una hipoteca que pagar. Prefiero ponerme a trabajar cuanto antes.

—Está bien —repuso Clarissa, retrocediendo un paso—. Bueno, pues se nos han ocurrido unos temas geniales. Este mes es la regata de Henley, así que hemos pensado incluir un artículo irónico sobre «qué-no-ponerte-para-una-regata», que no es más que un astuto pretexto para incluir fotos de musculosos regatistas, por supuesto. En la sección de moda estamos trabajando en algo llamado «¡Que le den a tu novio!». ¿Ves lo que hemos hecho? Básicamente, se trata de chicas con látigos zurrando a chicos vestidos por Duckie Brown. Para la sección «Real como la vida misma» tenemos un artículo titulado: «La Bella y el monedero», sobre un mujer que tiene dos hijas muy feas, pero que sólo dispone de dinero para pagar la cirugía estética a una de las dos. Sí, ya lo sé, patético. También tenemos otro, que a mí me gusta más, titulado «Buenas vibraciones». Toda una revelación, te lo juro. O sea, Sarah, no te imaginas la cantidad de juguetes eróticos que te puedes comprar hoy en día por Internet, es alucinante. Ofrecen soluciones para deseos que no tenía ni idea de que existían. ¡Alabado sea Dios!

Cerré los ojos y escuché el zumbido de las lámparas fluorescentes, el chirrido de los faxes entrantes y la constante cháchara de las chicas de la redacción llamando por teléfono a las firmas de moda. De pronto, todo ello me pareció una gran locura, como ponerse un minúsculo bikini verde en medio de un país africano en guerra. Suspiré muy lentamente y abrí los ojos.

—Entonces, ¿a qué artículo te apuntas? —dijo Clarissa—. ¿La duda estética o la cornucopia sexual?

Me acerqué a la ventana y restregué la frente en el cristal.

—Por favor, Sarah, no hagas eso. Sabes que me pone nerviosa.

—Estoy pensando.

—Ya lo sé, cariño. Eso es lo que me pone nerviosa, porque sé perfectamente en qué estás pensando. Todos los meses tenemos la misma discusión. Pero debemos publicar las historias que a la gente le gusta leer, es nuestro trabajo.

—Mi hijo está convencido de que si se quita su traje de Batman perderá todos sus superpoderes —dije, encogiéndome de hombros.

—¿Y a qué viene eso?

—Que podemos estar engañados, nuestras creencias pueden ser equivocadas.

—¿Piensas que yo estoy engañada?

—Clari, ya no sé qué pensar. Me refiero a la revista. De repente, todo me parece un poco falso.

—Es normal, pobrecita. No sé por qué has venido hoy, todavía es demasiado pronto.

—Eso mismo dijo Lawrence.

—Deberías hacerle caso.

—Lo hago. Soy afortunada por tenerlo a mi lado. No sé qué haría sin él.

Clarissa se acercó a la ventana y se quedó a mi lado.

—¿Habéis estado hablando después de la muerte de Andrew?

—Ahora mismo está en mi casa. Se presentó ayer por la noche.

—¿Ha pasado la noche en tu casa? Pero si está casado, ¿no?

—No seas así. También era un hombre casado antes de que muriera Andrew.

—Ya lo sé —Clarissa se estremeció—. Sólo me resulta un poco tétrico, sin más.

—¿Lo es?

Clarissa se apartó con un soplido un mechón que le tapaba los ojos.

—Bueno, quizá debería decir que es un poco repentino.

—Para tu conocimiento, no fue idea mía.

—En ese caso, retomo la primera palabra que he utilizado: tétrico.

Estábamos las dos con la frente apoyada contra el cristal, observando el tráfico.

—Bueno, he venido para hablar de trabajo —dije, pasado un rato.

—Perfecto.

—Quiero que volvamos a hacer artículos como los que escribíamos cuando empezamos. Por una vez, escribamos sobre algo real en la sección «Real como la vida misma». Eso es lo que quería decirte, y esta vez no pienso dejar que me hagas cambiar de idea.

—Vale. ¿Sobre qué quieres que escribamos?

—Quiero hacer un artículo sobre los inmigrantes en el Reino Unido. No te preocupes, podemos hacerlo siguiendo el estilo de la revista. Si te parece, hablaremos de mujeres inmigrantes.

—Algo en tu tono de voz me dice que no quieres que hablemos de las experiencias de las mujeres inmigrantes con juguetes eróticos —comentó Clarissa, entornando los ojos.

Le sonreí y me preguntó:

—¿Y si te digo que no?

—Pues no sé. Supongo que, técnicamente, podría despedirte.

Clarissa se lo pensó durante unos instantes.

—¿Por qué sobre inmigrantes? ¿Sigues enfadada porque en el número de junio no metimos ese reportaje sobre la mujer iraquí?

—Me parece que es un tema que no va a pasar de moda, ni en mayo, ni en junio ni a largo plazo.

—Está bien, tú ganas —aceptó Clarissa, y luego añadió—: ¿De verdad serías capaz de despedirme, cariño?

—No lo sé. ¿De verdad serías capaz de decirme que no?

—No lo sé.

Permanecimos un buen rato observando la calle. Abajo, apareció un chico con pinta de italiano montado en bicicleta, sorteando el tráfico. Tendría veintipocos años, llevaba unos pantalones cortos blancos y el torso moreno al desnudo.

—Un cinco —dijo Clarissa.

—¿Sobre diez?

—Sobre cinco, cariño.

—Hay días en los que cambiaría mi vida por la tuya muy a gusto, Clari —dije, echándome a reír.

Clarissa se giró para mirarme. Me fijé en la mancha que había dejado el maquillaje en el cristal donde había estado apoyada su frente, suspendida como una nube de color carne sobre el blanco campanario de la iglesia de Christ Church en Spitalfields.

—Vamos, Sarah —repuso Clarissa—. Hemos recorrido mucho camino juntas para dejarnos en la estacada. Tú eres la jefa, y si quieres un artículo sobre inmigrantes, lo tendrás. Pero creo que no eres consciente de lo rápido que pasarán esas páginas las lectoras. Es un tema que no le afecta directamente a nadie, ése es el problema.

Sentí una sacudida de vértigo y retrocedí un paso.

—Tendrás que buscar la manera de enfocarlo —comenté, temblorosa.

Clarissa me miró fijamente y dijo:

—Sarah, te encuentras todavía afectada por lo que ha pasado, no eres capaz de pensar con claridad. Aún no estás lista para volver al trabajo.

—Quieres robarme el puesto. ¿Es eso, Clari?

El rostro de Clarissa se puso muy rojo y susurró entre dientes:

—Haré como que no he oído eso.

Me senté en el borde de la mesa y me di un masaje en las sienes con los pulgares.

—Perdona. Dios, lo siento mucho. De todos modos, tal vez deberías quedarte con mi puesto. Creo que estoy perdiendo la cabeza, ya no le veo ningún sentido a seguir con esto.

—Sarah, no quiero tu trabajo —replicó Clarissa, suspirando. Señaló con una de sus largas uñas la planta de la redacción y añadió—: Pero ésas de ahí están que se mueren por conseguirlo. Quizá deberías retirarte y dejárselo a alguna de ellas.

—¿Crees que se lo merecen?

—A su edad, ¿nos lo merecíamos nosotras?

—No lo sé, sólo recuerdo que estaba loca por llegar a ser jefa. ¿Verdad que entonces parecía todo muy emocionante? Pensaba que me iba a comer el mundo, en serio; que sabríamos hacer de los temas cotidianos algo atractivo; que seríamos rompedoras. ¿Te acuerdas? Incluso con el puto nombre de la revista, Clari. ¿Te acuerdas de por qué lo elegimos? ¡*Nixie*! ¡Por el amor de Dios! Queríamos atraer a las lectoras con sexo y luego plantear temas serios. No íbamos a dejar que nadie nos dijera cómo llevar una revista, éramos nosotras las que les íbamos a enseñar, ¿te acuerdas? ¿Qué nos ha pasado? ¿Qué ha pasado con todo lo que queríamos?

—Lo que pasó, Sarah, es que conseguimos algunas de las cosas que buscábamos y dejamos de aspirar a más.

Sonreí y me senté en mi despacho. Eché un vistazo a las maquetas que tenía Clarissa abiertas en la pantalla del ordenador.

—Esto está bastante bien —convine.

—Pues claro que está bien, cariño. Llevo diez años montando lo mismo todos los meses. Puedo escribir sobre cirugía estética y juguetes eróticos con los ojos cerrados.

Me recliné en la silla y eché hacia atrás la cabeza. Clarissa me posó una mano en el hombro.

—Ahora en serio, Sarah.

—¿Sí?

—Tómate un día para pensar en esto, ¿vale? Lo del artículo sobre los inmigrantes, quiero decir. Ahora mismo, con todo lo que ha pasado, estás en un mal momento. ¿Por qué no te coges libre mañana, sólo para asegurarte de que estás segura de lo que quieres hacer? Si estás convencida, me encargaré de redactarlo por ti. Pero si no estás segura, no tiremos por la borda nuestras carreras tan pronto, ¿vale, cariño?

—De acuerdo —acepté, abriendo los ojos—. Me tomaré un día libre.

Clarissa respiró aliviada y me dijo:

—Gracias, guapa. En serio, lo que hacemos no es tan malo. No matamos a nadie escribiendo sobre moda.

Observé la redacción y vi que las chicas me escudriñaban intrigadas, como aves de rapiña.

Tomé otro tren medio vacío de regreso a Kingston y llegué a casa a las dos de la tarde. Hacía mucho calor y había una bruma en el ambiente que confería más quietud y pesadez al día. Hacía falta un poco de lluvia para que se despejase el ambiente.

Cuando entré en casa, encontré a Lawrence en la cocina. Puse agua a hervir en la tetera y le pregunté:

—¿Dónde está Little Bee?

—En el jardín.

Miré por la ventana y la vi tumbada sobre la hierba, al fondo del jardín, junto a los arbustos de laurel.

—¿Qué tal te llevas con ella?

Lawrence se encogió de hombros como única respuesta.

—¿Qué pasa? No os caéis bien, ¿verdad?

—No es eso —negó Lawrence.

—Pero hay cierta tensión, ¿verdad? Puedo sentirla.

Me di cuenta de que había dado tantas vueltas a la bolsita de té que se había roto. Vacié el contenido de la taza en el fregadero y empecé a preparar otro té. Lawrence se acercó a mí por la espalda y rodeó mi cintura entre sus brazos.

—Eres tú la que parece un poco tensa. ¿Es por el trabajo?

Eché la cabeza hacia atrás, apoyándola en su hombro, y suspiré.

—Ha sido horrible. He durado cuarenta minutos en la revista. No sé si debería dejar el trabajo.

—Lo sabía —dijo Lawrence, soltando un largo suspiro en mi nuca—. Sabía que algo así iba a suceder.

Contemplé a Little Bee, que miraba tumbada boca arriba cómo el brumoso cielo se iba tornando gris.

—¿Recuerdas lo que sentías cuando tenías la edad de Little Bee?, ¿o la de Charlie? ¿Te acuerdas de cuando creías que podías hacer algo para que el mundo fuera un lugar mejor?

—Te equivocas de hombre. Trabajo para el Gobierno, no lo olvides. Hacer algo para mejorar el mundo es un error que nos enseñan a evitar.

—Ya vale, Lawrence. Hablo en serio.

—¿Quieres saber si alguna vez pensé en cambiar el mundo?

—Sí.

—Bueno, un poco, supongo. Cuando me hice funcionario del Estado, creo que todavía era bastante idealista.

—¿Y cuándo cambió todo?

—Cuando me di cuenta de que no íbamos a poder cambiar el mundo, por lo menos no poniendo en funcionamiento

235

servicios informáticos. Más o menos, durante la pausa del almuerzo del primer día de trabajo.

Sonreí y puse mis labios junto a la oreja de Lawrence.

—Bueno, por lo menos, mi mundo sí que lo has cambiado.

—Sí —asintió Lawrence, tragando saliva—, sí, supongo que es cierto.

A nuestras espaldas, la máquina de hacer hielo escupió otro cubito. Permanecimos un rato contemplando a Little Bee a través de la ventana.

—Mírala —dije—. Estoy tan asustada. ¿Crees que podré salvarla?

—Tal vez sí —contestó Lawrence encogiéndose de hombros—. Pero, y no te lo tomes a mal, ¿de qué servirá? Puedes salvarla a ella, pero hay todo un mundo de chicas en su situación, un enjambre de Little Bees necesitadas que vienen a nuestro país buscando comida.

—Prefiero pensar que llegan aquí para polinizar nuestras flores.

—Bueno, creo que es una idea un poco ingenua.

—Sí, mi editora también diría lo mismo.

Cerré los ojos mientras Lawrence me masajeaba los hombros.

—¿Qué te reconcome? —me preguntó.

—No consigo cambiar las cosas con la revista. Pero la concebimos con ese fin, se suponía que tenía algo especial, que no iba a ser otra revistucha de moda.

—¿Y qué es lo que te impide hacerlo?

—Que cada vez que publicamos algo serio y profundo, las ventas caen.

—Porque la gente ya tiene bastantes problemas en su vida, Sarah. No les gusta que les recuerden que los demás también viven en la mierda.

—Supongo que sí. A fin de cuentas, quizá Andrew tenía razón. Puede que necesite madurar un poco y buscarme un trabajo de adulto.

Lawrence me abrazó más fuerte.

—O igual lo que necesitas es relajarte un poco y disfrutar con lo que tienes.

Contemplé el jardín. El cielo estaba cada vez más oscuro. Parecía que iba a echarse a llover de un momento a otro.

—Little Bee me ha cambiado, Lawrence. No puedo mirarla sin pararme a pensar en lo banal que es mi vida.

—Sarah, estás diciendo chorradas. Todos los días vemos los problemas del mundo en la tele. No me digas que nunca antes te habías dado cuenta de que existen de verdad. No me digas que toda esa gente no se cambiaría por ti si pudiera. Hay mucha gente jodida, sí, pero, ¿por qué joder tu vida también? Eso no va a ayudarlos.

—Ya, pero ahora tampoco hago nada por ayudarlos, ¿no?

—¿Qué más quieres hacer? Te cortaste un dedo para salvar a esa chica. Ahora la tienes metida en casa, le das de comer, quieres buscarle un abogado… todo eso no es gratis. Tienes un buen sueldo y te lo gastas en ayudarla.

—Un diez por ciento. Eso es lo que le doy. Un dedo de los diez que tengo. Diez libras de cada cien que gano. Un diez por ciento apenas representa un compromiso incondicional.

—Piénsate eso que has dicho. Un diez por ciento de tu sueldo es lo que te costaría abrir un negocio. Con un diez por ciento puedes conseguir un mundo estable en el que llevar adelante tu vida. Aquí, a salvo, en occidente. Así es como debes mirarlo. Si todo el mundo diera un diez por ciento, no necesitaríamos ofrecer asilo a los inmigrantes.

—Todavía quieres que la eche de casa, ¿verdad?

Lawrence giró mi cuerpo para que lo mirara a la cara. Había algo en sus ojos parecido al terror, y en ese momento me preocupó por motivos que no era capaz de entender.

—No, claro que no. Deja que se quede y cuida de ella. Pero, por favor, no permitas que esto arruine tu vida. Me importas demasiado como para permitirlo, y me preocupa lo nuestro.

—No sé, la verdad, no sé —suspiré—. Echo de menos a Andrew.

Lawrence me soltó de su abrazo y retrocedió un paso.

—¡Oh, vamos! —protesté—. Sabes que todo salió mal entre nosotros. Sólo quería decir que Andrew era muy bueno para afrontar los problemas cotidianos. Era un tío muy práctico y racional, ¿sabes? Ante esta situación, me diría: «Siempre con tus gilipolleces, Sarah. No seas imbécil, sabes que no puedes dejar tu trabajo».Yo me sentiría fatal porque me hablase de ese modo, pero no abandonaría la revista y al final resultaría que él tenía razón, lo cual empeoraría aún más las cosas. Pero lo echo de menos, Lawrence. Es gracioso cómo puedes extrañar a alguien así.

Lawrence me observaba apoyado en la encimera.

—Vale. Entonces, ¿qué esperas de mí? —preguntó—. ¿Quieres que empiece a apretarte las tuercas como hacía Andrew?

—Anda, ven aquí —dije.

Lo abracé y aspiré el olor a limpio y suave de su piel.

—Te pongo las cosas difíciles, ¿verdad?

—Es normal, lo estás pasando mal. Te costará un tiempo volver a poner todas las piezas en orden. Es bueno que hables de tu vida, te viene bien, pero no creo que debas tomar decisiones precipitadas, ¿vale? Si dentro de seis meses sigues pensando que quieres dejar el trabajo, hazlo. Pero ahora estás pagando con el trabajo tu deseo de hacer algo positivo por la humanidad. Sarah, se pueden hacer cosas buenas en situaciones imperfectas. Dios sabe que es posible, y yo debería saberlo también.

—Rendirse a la evidencia es duro, ¿eh? —dije, conteniendo las lágrimas—. ¿A que es triste hacerse mayor? Comienzas siendo como mi Charlie, pensando que puedes matar a todos los malos y salvar el mundo; luego te haces un poco mayor, como Little Bee, y te das cuenta de que algunas de las maldades del mundo se encuentran también dentro de ti, de que probablemente seas parte del sistema; más tarde te haces mayor, llevas una vida acomodada y empiezas a preguntarte si el mal que viste en tu interior es en realidad tan malo. Entonces es cuando empiezas a hablar de dieces por ciento.

—Bueno, supongo que eso es lo que conlleva desarrollarse como persona, Sarah.

Suspiré, mirando a Little Bee a través de la ventana.

—Sí, supongo que nuestras vidas son un mundo en vías de desarrollo.

9

Sarah tenía que tomar una importante decisión sobre su trabajo, así que se cogió un día libre. Por la mañana, nos dijo a Lawrence, a Charlie y a mí: «Venga, vamos a salir de aventuras». Me puse contenta porque Sarah estaba alegre y sonriente. Además, hacía muchos años que no iba de aventuras.

¿Qué es una aventura? Pues depende de por donde empieces. En vuestro país, las niñas se esconden en el hueco que hay entre la lavadora y el frigorífico y hacen como que están en la jungla, rodeadas de serpientes y monos. Mi hermana y yo, nos ocultábamos en la selva de verdad, con monos y serpientes a nuestro alrededor, y nos imaginábamos que teníamos frigoríficos y lavadoras. Vosotros vivís en un mundo de máquinas, por eso soñáis con cosas que tengan corazón. Nosotros soñamos con máquinas, porque vemos donde nos han llevado los corazones.

Cuando éramos niñas, Nkiruka y yo teníamos un lugar en la selva cerca de nuestra aldea, un sitio secreto en el que jugábamos a imaginar casas. La última vez que salimos de aventuras mi hermana tenía diez años y yo, ocho. Ya éramos demasiado mayores para ese juego y las dos lo sabíamos, pero decidimos evocar nuestro sueño una vez más para grabarlo en nuestra memoria antes de que nos despertáramos para siempre.

Salimos con sigilo de nuestra aldea en el momento más tranquilo de la noche. Esto sucedió un año antes de que empezaran los problemas con el petróleo y cuatro años antes de que mi hermana comenzara a sonreír a los hombres. Como podéis ver, eran tiempos de paz en nuestro pueblo. No había centinelas vigilando la carretera allá donde terminaban las casas, así que abandonamos la aldea sin que nadie nos preguntara adónde íbamos. Sin embargo, no nos marchamos tan ricamente, primero esperamos a que todo el mundo estuviera dormido. Tardaron bastante más de lo normal porque la luna estaba tan llena que su brillo se reflejaba en los tejados metálicos y en el cuenco de agua que teníamos mi hermana y yo en nuestra habitación para lavarnos la cara. La luna les quita el sueño a los perros y a los ancianos, y tuvimos que esperar varias horas de ladridos y gruñidos antes de que se hiciera el silencio en todas las casas.

Nkiruka y yo observamos a través de la ventana cómo la luna iba creciendo hasta alcanzar un tamaño extraordinario. Era tan grande que ocupaba casi todo el marco de la ventana. Nos imaginábamos que la superficie del astro era una cara, y estaba tan cerca que podíamos ver sus ojos de loca. La luna brillaba con tanta fuerza que parecía de día, pero no un día corriente, sino uno sorprendente, un día de más en la semana, como un sexto dedo de un gato o un mensaje secreto que encuentras oculto en las páginas de un libro que has leído muchas veces antes sin descubrirlo. La luna resplandecía sobre el árbol de limba, relucía sobre el abandonado Peugeot y sobre el esqueleto del Mercedes. Todo aparecía iluminado por ese brillo pálido y oscuro. Entonces fue cuando Nkiruka y yo nos adentramos en la noche.

Los animales y los pájaros se comportaban de forma extraña. Los monos no aullaban y las aves nocturnas estaban tranquilas. Caminamos en medio de un silencio tal que, os lo juro, era como si las nubecillas plateadas que cruzaban el rostro de la luna se inclinaran sobre la tierra y nos mandaran callar. Cuando mi hermana se volvió a mirarme, vi en sus ojos una mezcla de miedo y emoción. Nos cogimos de la mano y anduvimos durante un kilómetro por las plantaciones de yuca hasta el lugar donde comenzaba la selva. Los surcos de tierra rojiza entre las franjas de yuca brillaban a la luz de la luna como las costillas de un gigante. Cuando llegamos a la selva, estaba todo a oscuras y en silencio.

Sin pronunciar palabra, nos internamos entre el follaje antes de que nos entrara demasiado miedo para hacerlo. Caminamos durante un buen rato por un sendero que cada vez se estrechaba más. Las hojas y las ramas se cerraban sobre nosotras hasta que tuvimos que andar una detrás de la otra. Las ramas se volvieron muy tupidas y nos vimos obligadas a avanzar agachadas. Llegó un momento en el que no pudimos seguir. «Éste no es el camino, tenemos que dar la vuelta», dijo Nkiruka. Nos giramos y nos dimos cuenta de que no seguíamos ningún sendero, porque las ramas y las plantas nos rodeaban por todas partes. Avanzamos un poco, apartando las hojas de las plantas, pero no tardamos en ser conscientes de que nos habíamos alejado del camino y estábamos perdidas.

En la selva reinaba tal oscuridad que no podíamos vernos las manos. Nos agarramos la una a la otra para no separarnos. A nuestro alrededor, podíamos oír los sonidos de los animales de la jungla moviéndose entre la maleza. Eran animalillos pequeños, nada más que ratas, musarañas y cerdos salvajes, pero en la oscuridad nos parecían enormes bestias, tan grandes como nuestro miedo. No nos apetecía jugar a imaginar que teníamos frigoríficos y lavadoras. Era una de esas noches en las que esos aparatos no servían de nada.

Empecé a llorar porque la oscuridad era completa y pensaba que no se acabaría nunca. Entonces Nkiruka me abrazó, me acunó y me susurró: «No tengas miedo, hermanita. ¿Cómo me llamo?». Entre sollozos le respondí: «Nkiruka». Me acarició la cabeza y me dijo: «Eso es. Y mi nombre significa "futuro brillante". ¿Entiendes? ¿Papá y mamá me habrían puesto este nombre si no fuera cierto? Mientras estés junto a mí, hermanita, la oscuridad no durará para siempre». Entonces dejé de llorar y me dormí con la cabeza apoyada en el hombro de mi hermana.

Me desperté antes que Nkiruka. Hacía frío y estaba amaneciendo. Las aves de la selva empezaban a despertarse y había una pálida claridad a nuestro alrededor, una luz entre verdosa y gris. Estábamos rodeadas de helechos y zarzas de cuyas hojas goteaba el rocío de la mañana. Me levanté y avancé unos pasos en la dirección en la que me parecía que había más claridad. Aparté una rama y entonces lo vi: un viejo *jeep* abandonado entre la maleza. Los neumáticos se habían podrido y las enredaderas y los helechos crecían sobre los ejes de sus ruedas. Los asientos de plástico negro estaban rajados y sus muelles oxidados asomaban a la superficie. En las puertas crecían hongos. Me acerqué a la parte delantera del coche.

La selva y el *jeep* se habían fusionado, no se podía decir dónde terminaba la una y empezaba el otro, si la jungla crecía en el automóvil o el automóvil en la jungla. El interior del vehículo estaba lleno de las hojas podridas de varias estaciones, y la chapa había adquirido el mismo tono oscuro de las hojas caídas y la tierra. Recostado en los asientos delanteros, se encontraba el esqueleto de un hombre. Al principio no me fijé en él porque llevaba unas ropas del mismo color que la hojarasca, pero estaban rasgadas y andrajosas, y a través de sus agujeros se podían ver los huesos brillando a la luz del amanecer. Parecía que el muerto se hubiera cansado de conducir y se hubiera echado a dormir un rato entre los dos asientos. Su calavera reposaba en el salpicadero, separada del resto del esqueleto, contemplando una pequeña franja de cielo que se veía a través de una diminuta abertura entre las copas de los árboles. Lo sé porque la calavera llevaba puestas unas gafas de sol, y en uno de los cristales se reflejaba el cielo. Un caracol había recorrido la lente limpiando todo el moho y el polvo de su superficie, y en el brillante rastro dejado por esta criatura se podía ver reflejado el azul del firmamento. Ahora el caracol se encontraba en medio de la patilla. Me acerqué para mirarlo mejor. Las gafas tenían una fina montura dorada. En una esquina del cristal que reflejaba el cielo, el caracol había pasado sobre un lugar donde se podía leer: «Ray-Ban». Pensé que sería el nombre del muerto, porque todavía era joven y no comprendía que alguien pudiera llevar el nombre de otra persona encima.

Permanecí un buen rato contemplando la calavera del señor Ray-Ban, mirando el reflejo de mi rostro en sus gafas. Me veía con el paisaje de mi país de fondo: una niña rodeada de altísimos árboles oscuros entre los que asomaba un trocito de cielo. Durante todo el tiempo que estuve mirándola, la calavera no se movió, y yo tampoco, y comprendí que las cosas siempre serían así.

Pasados unos minutos, regresé junto a mi hermana. Las ramas se cerraron detrás de mí. No comprendía cómo habría ido a parar hasta allí ese coche. No sabía que, treinta años atrás, había habido una guerra en mi país. La selva se había tragado todo lo que trajo al *jeep* a aquel lugar: la guerra, la carretera, las órdenes. A mis ocho años, pensaba que el vehículo había brotado de la tierra, como los helechos y los árboles que me rodeaban. Creía que los coches crecían en el fértil suelo de mi país, igual que la yuca. Y sabía que no quería que mi hermana lo viera.

Desanduve mis pasos hasta el lugar donde Nkiruka seguía durmiendo. La pellizqué en la mejilla y le dije: «Despierta, ya hay luz. Ya podemos volver a casa». Mi hermana me sonrió y se levantó. Adormilada, se frotó los ojos y me dijo: «¿Ves cómo la oscuridad no dura para siempre?».

—Little Bee, ¿estás bien? —preguntó Sarah.

Parpadeé y miré a mi alrededor. Debajo de la mesa y a lo largo de las limpias y blancas paredes de la cocina de Sarah, vi cómo la maleza se iba retirando hasta desaparecer por las esquinas de la estancia.

—Parecías en las nubes.

—Perdón, creo que todavía no estoy despierta del todo.

Sarah sonrió y dijo:

—Pues acabo de proponer que salgamos de aventuras.

—¿Vas a *traernos* a Gotham City? —preguntó Charlie, mirando emocionado a su madre.

—Se dice «llevarnos a Gotham City», cariño —lo corrigió su madre, entre risas, y luego añadió—: No, Batman, sólo vamos a ir al parque.

Charlie se sentó en el suelo y protestó:

—¡No quiero ir al parque!

—Batman —le dije, arrodillándome a su lado—, en el parque hay árboles y muchas ramas viejas tiradas por el suelo.

—¿Y qué?

—Pues que con esas ramas podemos construir una Gotham City.

Charlie se rascó la cabeza por detrás de una de sus bat-orejas.

—¿Con mi bat-grúa?

—Y con tus superpoderes.

—¡Quiero ir al parque! ¡Vamos! —exclamó sonriente.

—Entonces venga, pequeño caballero —dijo Sarah—. Vamos al Batmóvil.

Lawrence se montó delante con Sarah y yo me senté detrás con Charlie. Nos dirigimos hasta la entrada del Richmond Park y subimos una pronunciada cuesta. A ambos lados de la carretera había praderas cuya hierba mecía el viento y ciervos que torcían la cabeza para mirarnos pasar. Sarah detuvo el coche en un aparcamiento, junto a una furgoneta de helados.

—Batman, antes de que lo preguntes, la respuesta es no —dijo Sarah.

Tuvo que llevar a rastras al pequeño, que miraba desconsolado la furgoneta de los helados. No había mucha gente en el parque. Tomamos un camino que llevaba a un recinto vallado llamado la Plantación Isabella. En su interior había grandes bosques de enmarañados arbustos.

—¡Qué bonitas son las azaleas! —comentó Sarah.

Se sentía el fresco a la sombra de sus delicadas y retorcidas ramas. Fuera del recinto hacía más calor. Nos detuvimos en un hermoso prado, junto a un pequeño lago en cuya superficie flotaban los patos. Sarah extendió una manta bajo un árbol de corteza roja que tenía una placa de metal en la que se podía leer su nombre. En la Plantación Isabella no corría el viento, por eso el lago estaba tranquilo como una balsa de aceite y en su superficie se podía ver el cielo reflejado. Agua y firmamento confluían en una línea borrosa y vacilante. Había peces muy gordos en el lago, pero no asomaban a la superficie. Sólo se veían los remolinos que producían en el agua al moverse. Sarah y yo nos miramos y nos dimos cuenta de que había algo que nos impedía sonreír.

—Lo siento —dijo Sarah—. Te recuerda a la playa, ¿verdad?

—No pasa nada —contesté—. Sólo es agua.

Nos sentamos sobre la manta. A la sombra se estaba fresco y tranquilo. Muchas familias llegaban y se tiraban en la hierba para disfrutar del día. Hubo una que me llamó especialmente la atención: eran un padre, una madre y su niña. El hombre hacía trucos con una moneda, lanzándola al aire para divertir a su hija. Observé la moneda girando en el cielo despejado, en la que se reflejaban los rayos del sol, mientras el rostro de la reina de Inglaterra movía los labios y exclamaba: «¡Santo Dios! Todo apunta a que nos la vamos a pegar». Luego caía y el padre la recogía entre sus manos. El color de la piel del hombre era muy oscuro, era más negro que yo. La niña intentaba separar las manos de su padre entre risas. Su piel era de un tono mucho más claro que la de su padre, del color de los palos que Charlie estaba cogiendo del suelo. La madre también se reía y ayudaba a su hija a abrir las manos de su marido, y su piel era tan blanca como la de Sarah.

No se me ocurriría intentar explicarles esto a las chicas de mi aldea porque no se lo creerían. Si les dijera que en este lugar hay niños hijos de un padre negro y una madre blanca, y que estas familias juegan y se ríen alegres en los parques, menearían la cabeza y dirían: «Ya está la señorita *"he-estado-aquí-y-allá"* inventándose otra vez las cosas».

Eché un vistazo al lugar y me fijé en que había más parejas como ésa. La mayoría de las familias estaban formadas por blancos, pero también había algunas de negros, y otras tantas interraciales. Sonreí al ver esto. Little Bee, pensé, aquí no existe la idea de los otros. Estas personas, tan felices todas revueltas, son al mismo tiempo el uno y los otros. Estas personas son tú. Aquí nadie te echará de menos y nadie te perseguirá. ¿A qué estás esperando para desembarcar en este país de gente entremezclada y convertirte en parte de él? Seguramente, Little Bee, es lo que debas hacer.

Charlie me apartó de mis pensamientos tirándome del brazo. Quería que empezáramos a construir Gotham City de una vez, así que nos acercamos al borde del jardín de azaleas. Había muchos palitos caídos en esa zona. Nos pasamos un buen rato trabajando: levantamos torres y puentes, carreteras, vías de tren y escuelas. También construimos un hospital para superhéroes y otro para murciélagos, porque Charlie decía que su ciudad necesitaba ese tipo de edificios. Estaba muy concentrado.

—¿No quieres quitarte el traje de Batman? —le pregunté.

El pequeño respondió que no, meneando la cabeza.

—Charlie, hace mucho calor. Tienes que estar asfixiado con ese traje de *lycra*.

—Sí, pero si no llevo mi traje, entonces no soy Batman.

—¿Y tienes que ser Batman todo el tiempo?

—Sí, porque si no soy Batman todo el tiempo, entonces mi papi se morirá.

Charlie bajó la vista al suelo. Tenía un palito entre las manos y lo apretaba con tanta fuerza que pude ver cómo se le marcaban bajo la piel los huesitos de sus nudillos.

—Charlie, ¿piensas que tu papá murió porque no eras Batman?

El pequeño levantó la cabeza y, a través de los orificios de su máscara, pude ver las lágrimas en sus ojos.

—Estaba en la guardería cuando los malos se llevaron a mi papá.

Le temblaban los labios. Lo cogí en brazos mientras lloraba. Por encima de su hombro, contemplé los fríos y oscuros senderos que se abrían paso entre los intrincados troncos de las azaleas. Aunque tenía la vista fija en la penumbra, sólo veía el cuerpo de Andrew girar colgado del cable, siguiéndome con los ojos a cada vuelta que daba. Su mirada era como esos senderos: no tenía fin.

—Escucha, Charlie, tu padre no murió porque tú no estuvieras allí. No fue culpa tuya, ¿entendido? Eres un niño bueno, Charlie, tú no tienes la culpa.

Charlie se apartó de mis brazos y me miró.

—¿Por qué se murió mi papi?

Me lo pensé antes de contestar.

—Los malos lo cogieron, Charlie. Pero eran unos malos contra los que Batman no puede luchar. Una clase de malos contra los que tu padre tenía que pelear a solas en su corazón, igual que yo en el mío. Unos malos que viven en el interior de las personas.

—¿Son muchos?

—¿Quiénes?

—Los malos que viven en el interior.

Miré los oscuros senderos y me estremecí.

—Creo que todo el mundo tiene malos dentro.

—¿Vamos a pegarles?

—Pues claro.

—Y no me cogerán, ¿verdad?

—No, Charlie —le dije sonriendo—. No creo que esos malos te cojan nunca.

—Y tampoco te cogerán a ti, ¿verdad?

—Charlie —contesté, tras un suspiro—, aquí en el parque no hay malos. Hemos venido a descansar y a disfrutar. Por un día, podrías dejar de ser Batman.

Charlie me apuntó con su palito y frunció el ceño, como si detrás de mi comportamiento se escondiera una treta de sus enemigos.

—¡Batman siempre es Batman!

Me eché a reír y continuamos levantando casas con ramas. Puse un palito muy largo de color blanco en lo alto de una pila que Charlie decía que era un aparcamiento de varios pisos para batmóviles.

—A veces, me gustaría dejar de ser Little Bee por un día —dije.

Charlie me miró. Una gota de sudor resbalaba por debajo de su bat-máscara.

—¿Por qué?

—Bueno, no fue fácil convertirme en Little Bee. Tuve que pasar por un montón de dificultades. Estuve encerrada y tuve que aprender a pensar de una manera, a ser fuerte y a hablar vuestro idioma como vosotros. Incluso ahora, me cuesta hacerlo porque, en el fondo, no soy más que una chica de pueblo. Me gustaría volver a ser como antes y hacer las cosas que hacen las niñas en la aldea, como divertirse todo el rato, sonreír a los mayores y hacer locuras las noches de luna llena. Y, lo que más me gustaría, es volver a usar mi verdadero nombre.

Charlie blandió un palito apuntándome con él.

—¡Pero si tú te llamas Little Bee!

—No —repuse, meneando la cabeza—. Little Bee es mi nombre de superhéroe. Pero tengo un nombre de verdad, igual que tú te llamas Charlie.

—¿Y cuál es tu nombre de verdad?

—Te lo diré si te quitas el traje de Batman.

—Es que tengo que llevarlo para siempre —protestó el pequeño, frunciendo el ceño.

—Está bien, Batman. Otra vez será.

—Ajá—dijo Charlie, poniéndose a construir un muro entre la vegetación y los suburbios de Gotham City.

Pasado un rato, Lawrence se nos acercó.

—Ya me quedo yo un rato con el crío —me dijo—. Ve a ver si puedes hacer que Sarah entre en razón.

—¿Por qué? ¿Qué pasa?

Lawrence alzó las palmas de las manos al cielo y suspiró soltando el aire hacia arriba, de modo que se le revolvió el pelo del flequillo.

—Ve con ella, por favor.

Me acerqué hasta la manta en la que Sarah, a la sombra del árbol, se encontraba acurrucada, rodeando las rodillas con los brazos.

—En serio, Little Bee —dijo cuando me vio—, ¿has visto alguna vez un tío más estúpido?

—¿Quién? ¿Lawrence?

—A veces creo que estaría mejor sin él. A ver, no digo que vaya a dejarlo, no. Pero, joder, ¿es que no tengo derecho a hablar de Andrew?

—¿Habéis discutido?

Sarah suspiró y dijo:

—Creo que a Lawrence todavía no le hace gracia que te quedes aquí. Le pone de los nervios.

—¿Qué habéis hablado sobre Andrew?

—Le he contado que anoche estuve revisando el despacho de Andrew. Ya sabes, mirando sus papeles. Sólo quería saber si había facturas por pagar, si se debe dinero en alguna tarjeta de crédito, ese tipo de cosas… —Me miró—. Lo cierto es que… resulta que Andrew no dejó de darle vueltas a lo que pasó en la playa hasta el final. Pensaba que se lo había quitado de la cabeza, pero no. ¡Estaba investigándolo! Encontré por lo menos dos docenas de carpetas en su despacho llenas de papeles sobre Nigeria, sobre las guerras del petróleo, sobre las atrocidades cometidas… Y sobre… Bueno, no tenía ni idea de la cantidad de gente que, como tú, acabó en el Reino Unido después de lo que hicieron en vuestras aldeas. Andrew tenía un archivador entero lleno de documentos sobre refugiados y centros de internamiento.

—¿Los leíste?

—No tuve tiempo —respondió Sarah, mordiéndose el labio—. Había material suficiente para estar leyendo un mes entero. Además, en cada documento, Andrew había escrito notas. Mi marido era muy meticuloso. Anoche era demasiado tarde para ponerme a leerlo. Little Bee, ¿cuánto tiempo dices que te tuvieron metida en ese sitio?

—Dos años.

—¿Puedes contarme cómo fue la experiencia?

—Es mejor que no lo sepas. No tienes la culpa de que acabara encerrada allí.

—Cuéntamelo, por favor.

Suspiré, porque recordar ese lugar me producía un gran dolor en el corazón.

—Lo primero que tenías que hacer cuando entrabas en ese sitio era escribir tu historia. Te daban un formulario rosa en el que contabas lo que te pasó. Eran las bases de tu solicitud de asilo. Tenías que resumir toda tu vida en un folio. Uno de los márgenes del papel estaba separado por una línea negra, como una frontera, y si escribías en el otro lado anularían tu solicitud. Sólo te daban espacio para escribir las cosas más tristes que te habían pasado. Eso fue lo peor. Si no puedes leer los momentos bonitos que ha vivido una persona, ¿de qué te sirven sus penas? Por eso los refugiados no le caemos bien a le gente, porque sólo conocen nuestras penas y piensan que somos unos desgraciados. Yo era una de las pocas que sabía escribir en inglés, así que redacté las solicitudes de las demás. Tenía que escuchar sus historias y luego hacer que toda su vida cupiera dentro de los márgenes que nos daban, cuando esas mujeres eran mucho más grandes que un folio. Después, todas esperábamos la resolución. No nos daban ninguna información sobre cómo iba el proceso. Eso era lo peor. Allí nadie había cometido un delito, pero no sabíamos si nos dejarían salir al día siguiente, pasada una semana o nunca. También había niños, algunos tan pequeños que no recordaban su vida antes del centro de internamiento. Las ventanas tenían barrotes. Todos los días nos dejaban salir media hora para hacer ejercicio, a no ser que estuviera lloviendo. Si te dolía la cabeza podías pedir una aspirina, pero tenías que solicitarla con veinticuatro horas de antelación. Había un formulario para solicitar medicinas, y otro si necesitabas compresas. Una vez realizaron una inspección en el centro. Cuatro meses más tarde, vimos el informe de los inspectores. Estaba colgado en un tablón de anuncios en el que ponía: ESTATUTOS LEGALES, al fondo de un pasillo que no usaba nadie porque conducía a una salida que estaba siempre cerrada con llave. Una chica encontró el tablón de anuncios cuando buscaba una ventana por la que mirar al exterior. El informe decía: «Consideramos que los procedimientos son humillantes y excesivos. No vemos cómo una persona puede abusar del uso de compresas».

Sarah miró hacia el lugar donde Charlie y Lawrence se reían enfrascados en una batalla de palitos. Cuando volvió a hablar, su voz sonaba tranquila:

—Creo que Andrew estaba pensando en escribir un libro. Por eso había recopilado toda esa información. Era demasiado trabajo para un simple artículo.

—¿Se lo has dicho a Lawrence?

—Le dije que quizá debería continuar su trabajo. Ya sabes, leer sus comentarios y buscar un poco más de información sobre los centros de internamiento para extranjeros. Tal vez, hasta podría escribir un libro.

—¿Por eso se enfadó?

—Se puso hecho una fiera. Creo que tiene celos de Andrew.

Asentí muy despacito con la cabeza y pregunté:

—¿Estás segura de que quieres estar con Lawrence?

Sarah me lanzó una mirada penetrante y dijo:

—Ya sé lo que vas a decirme: que Lawrence se preocupa más por sí mismo que por mí. Me dirás que tenga cuidado con él, y yo te responderé que todos los hombres son así, pero que eres demasiado joven para entenderlo todavía, y tú y yo terminaremos discutiendo y me sentiré fatal, así que no digas nada, ¿vale?

—Hay algo más que eso, Sarah —comenté, meneando la cabeza.

—No quiero oírlo. He elegido a Lawrence. Tengo treinta y dos años, Little Bee. Quiero llevar una vida estable para Charlie. Tengo que empezar a atenerme a las consecuencias de mis decisiones. No me porté bien con Andrew, y ahora veo que hice mal. Mi marido era un buen tipo, las dos lo sabemos. Tendría que haberme esforzado un poco más por él, aunque no fuera perfecto. Ahora tengo a Lawrence, que tampoco es perfecto, pero no puedo seguir huyendo —Sarah tomó aire, temblorosa—. Llega un momento en la vida en el que tienes que darte la vuelta y enfrentarte a la realidad.

Me hice un ovillo, pegando las rodillas al pecho, y observé a Lawrence, que seguía jugando con Charlie. Caminaban como gigantes por las calles de Gotham City, aplastando los edificios a pisotones. Charlie reía y gritaba eufórico.

—Lawrence se porta bien con Charlie —afirmé tras soltar un suspiro.

—Muy bien —dijo Sarah—. Gracias por hacer el esfuerzo. Eres una buena chica, Little Bee.

—Si supieras todo lo que he hecho, no dirías lo mismo.

—Supongo que llegaré a conocerte mejor si escribo el libro de Andrew.

Me llevé las manos a la cabeza y contemplé los oscuros senderos que se internaban en el tupido jardín de azaleas. Pensé en echar a correr y esconderme entre los arbustos del parque, o en la selva a la luz de la luna llena, o bajo los tablones de una barca dada la vuelta, para siempre. Cerré los ojos con fuerza. Quería gritar, pero no salió ningún sonido de mi garganta.

—¿Te encuentras bien? —me preguntó Sarah.

—Sí, estoy bien. Sólo un poco cansada, no es nada.

—Vale. Mira, voy a acercarme al coche un momento para llamar al trabajo. Aquí no tengo cobertura.

Me dirigí hacia donde se encontraban Lawrence y Charlie, que estaban tirando palos a los matorrales. Cuando llegué junto a ellos, Charlie siguió lanzando ramas, pero Lawrence se giró y me miró.

—¿Qué? ¿Has conseguido quitárselo de la cabeza?

—¿El qué?

—Lo del libro. Quiere terminar un libro que Andrew había empezado. ¿No te lo ha contado?

—Sí, me lo ha dicho. No se lo he quitado de la cabeza, pero tampoco te he quitado de su cabeza.

Lawrence sonrió.

—Buena chica. ¿Lo ves? Al final nos llevaremos bien. ¿Sigue enfadada? ¿Por qué no ha venido contigo?

—Ha ido a llamar por teléfono.

—Muy bien.

Permanecimos un buen rato mirándonos el uno al otro.

—Sigues pensando que soy un cabrón, ¿verdad?

—Lo que yo piense no importa —contesté, encogiéndome de hombros—. A Sarah le gustas. Pero preferiría que los dos dejarais de llamarme buena chica. Es lo que se le dice a un perro cuando te trae un palo.

Lawrence me miró y sentí una enorme tristeza porque en su mirada se adivinaba un gran vacío. Aparté la vista y contemplé las aguas del lago, sobre las que flotaban los patos y en las que se reflejaba el cielo. Me pasé un buen rato observándolas consciente de que, otra vez, había vuelto a ver los ojos de la muerte. No se alejaban de mí, y yo tampoco conseguía apartarme de ellos.

Entonces escuché ladridos. Me sobresalté y busqué de dónde venían. Por un momento, me sentí aliviada al ver que los perros estaban al otro lado del lago y no eran más que unos rechonchos chuchos domésticos que salían de paseo con sus amos. También vi a Sarah, que se acercaba a buen paso hacia nosotros. En la mano llevaba su teléfono móvil. Al llegar a nuestro lado se detuvo, tomó aire y sonrió. Extendió los brazos para abrazarnos, pero de pronto tuvo un instante de duda, miró a su alrededor y preguntó:

—¿Dónde está Charlie?

Lo dijo muy tranquila, pero luego repitió la pregunta en voz más alta, esta vez mirándonos fijamente.

Eché un vistazo al césped a mi alrededor: en una dirección había dos perros de color leonado que eran los que habían ladrado; su dueño tiraba palos al lago para que los recogieran; en el otro sentido, estaba la espesa maraña de azaleas. Los oscuros senderos bajo sus ramas parecían desiertos.

—¡¿Charlie?! —gritó Sarah—. ¡Ay, Dios mío! ¡Charlieee!

Empecé a correr bajo el sol abrasador. Recorrimos el lugar arriba y abajo, gritando su nombre una y otra vez. Charlie había desaparecido.

—¡Ay, Dios! —decía Sarah—. ¡Alguien se lo ha llevado! ¡Ay, Dios! ¡Charlieeee!

Me metí entre las azaleas y me arrastré bajo su fresca sombra, que me recordó la oscuridad de la selva, aquella noche en la que me escapé con Nkiruka. Mientras Sarah gritaba, abrí los ojos en la penumbra de esos senderos para acostumbrar mi vista a la oscuridad. Observé cuanto me rodeaba durante un buen rato. Vi que las pesadillas de nuestros mundos se habían fundido de algún modo, de manera que no se podía afirmar dónde empezaban las unas y terminaban las otras, si era la jungla la que crecía en el *jeep* o el *jeep* el que crecía en la jungla.

10

Dejé a Charlie jugando feliz con Lawrence y Little Bee. A medio camino del aparcamiento, mi móvil recuperó la cobertura. En lo alto de una elevación del sendero, bajé la vista del brumoso cielo y vi dos barritas de señal en la pantalla. Sentí un nudo en el estómago y pensé: «Adelante, Sarah, hazlo ahora antes de que te tranquilices y cambies de idea». Llamé al director de la editorial y le dije que quería dejar la revista.

—Vale —fue su respuesta.

—No sé si me ha oído bien. Verá, ha sucedido algo extraordinario en mi vida y necesito adaptarme. Por eso quiero dejar el trabajo.

—Sí, ya la había oído. Está bien, buscaré a otra persona.

Y colgó, dejándome con la palabra en la boca.

Permanecí boquiabierta durante un minuto, y luego sonreí.

Hacía un día espléndido. Cerré los ojos y dejé que la brisa se llevara los vestigios de los últimos años de mi existencia. ¡Tan sencillo como una simple llamada telefónica! La gente siempre se pregunta cómo pueden cambiar sus vidas, y resulta que es aterradoramente fácil.

Ya estaba pensando en cómo sacar adelante el proyecto del libro de Andrew. Por supuesto, tendría que mantener un tono neutro. Me pregunté si eso habría significado un problema para mi marido. Lo primero que nos enseñan en la facultad de Periodismo es a mantener una distancia con las historias que cuentas.

Pero, ¿qué se puede hacer cuando estás dentro de la historia? Comencé a comprender la agonía que habría sufrido Andrew con este tema, y me pregunté si por eso estaba siempre tan callado.

Querido Andrew, pensé, ¿cómo es posible que ahora me sienta más unida a ti que el día en que nos casamos? Acabo de decirle a Little Bee que no me apetecía escuchar lo que me quería contar porque necesito aferrarme a Lawrence, pero, al mismo tiempo, aquí estoy, hablándote. Otra vez son las dos caras del dolor, Andrew. Mientras en un oído me susurra: «Regresa a lo que una vez amaste», en el otro me dice: «Pasa página y sigue adelante».

Sonó el móvil, despertándome de mi ensoñación. Era Clarissa.

—¿Sarah? Me han dicho que has presentado la dimisión. ¿Estás loca?

—Ya te dije que me lo estaba pensando.

—Sarah, yo llevo un montón de tiempo pensando en acostarme con futbolistas de élite pero no lo hago.

—Tal vez deberías intentarlo.

—No, cariño. Y tú, lo que deberías hacer es venir ahora mismo a la oficina, llamar al jefe de la editorial y decirle que lo sientes mucho, que estás pasando un mal momento y que si por favor es tan amable de devolverte tu maravilloso empleo.

—Pero es que no quiero ese trabajo. Me apetece volver a dedicarme al periodismo de verdad, hacer algo por el mundo.

—Todos queremos hacer algo por el mundo, Sarah, pero siempre hay un momento y un lugar para ello. En serio, ¿eres consciente de lo que estás haciendo con esta pataleta infantil? Sarah, sólo estás atravesando la crisis de los treinta. Te pasa lo mismo que al hombre maduro que de repente se compra un coche rojo y se tira a la canguro de sus hijos.

Me puse a pensar en sus palabras. El viento parecía ahora más frío y se me puso la carne de gallina.

—¿Sarah? ¿Sigues ahí?

—Está bien, Clarissa, tienes razón. Estoy confusa. ¿Crees que acabo de tirar mi vida a la basura?

—Sólo quiero que te lo pienses, Sarah. ¿Me prometes que lo harás?

—Te lo prometo.

—¿Y que me llamarás?

—Lo haré. Clarissa...

—Dime, cariño.

—Gracias.

Colgué y comencé a desandar el camino lentamente. A mi espalda, los hierbajos silvestres crecían sobre los troncos de un grupo de robles muertos por el golpe de algún rayo. Ante mí tenía el recinto de la Plantación Isabella, con su empalizada de hierro forjado, dócil, exuberante y circunscrita. Resulta difícil, cuanto te toca decidir, saber lo que quieres en tu vida.

El paseo se me hizo largo. Cuando vi a Lawrence y a Little Bee, aceleré el paso para alcanzarlos. Parecían tan desamparados, mirando al horizonte sin hablarse. ¡Ay, Dios! ¡Qué tonta había sido! Siempre me he considerado una mujer práctica, con una gran capacidad de adaptación. Entonces se me ocurrió que, si me daba la vuelta y regresaba al lugar donde tenía cobertura, podría llamar al director de la editorial y decirle que había cometido un error. Y no uno pequeño, sino uno enorme, antológico, para toda la vida. «Mire usted por donde, señor director, durante toda una semana se me olvidó por completo que soy una sensata chica de Surrey. Pero es que había algo en la sonrisa de Little Bee, en su energía, que me enamoraba. Y, ya sabe, el amor nos vuelve idiotas. Durante una semana entera creí que yo era mejor persona, alguien que podía cambiar las cosas. Se me pasó totalmente que, en realidad, soy una mujer tranquila y práctica, afligida por la pena, que disfruta trabajando duro. Me olvidé por completo de que no existen los héroes, de que todos estamos contaminados. ¿Verdad que es extraño? Entonces, ¿me permite recuperar mi vida, por favor?»

Desde la lejanía, traído por la brisa que soplaba sobre la hierba, escuché el sonido de unos ladridos. Little Bee levantó la vista y me vio. Por fin llegué hasta donde se encontraban ella y Lawrence.

Extendí mis brazos para abrazarlos, pero entonces me di cuenta de que Charlie no estaba con ellos.

—¿Dónde está Charlie?

Incluso ahora, me resulta doloroso recordar aquel momento: miré en todas direcciones; corrí arriba y abajo, gritando el nombre de mi hijo; recorrí todo el perímetro del parque, escrutando entre la penumbra bajo las azaleas, buscando en los juncales a la orilla del lago; me quedé afónica de tanto chillar. Mi pequeño no aparecía. Me invadió un doloroso terror. Las partes más sofisticadas de mi cerebro, ésas que eran capaces de pensar, se apagaron. Supongo que se les habría cortado el suministro sanguíneo, que se dirigía mayoritariamente a los ojos, las piernas y los pulmones. Sólo podía mirar, correr y gritar mientras en mi corazón crecía la inconfesable certeza de que alguien se había llevado a Charlie.

Siguiendo un sendero, llegué hasta un claro en el que una familia merendaba tranquilamente. La madre, que tenía una larga cabellera de color caoba con las puntas deterioradas, estaba sentada cruzada de piernas y descalza sobre una mantita de cuadros escoceses, rodeada de mondas y gajos de mandarina. Leía una revista de música que tenía abierta sobre la manta, sujetándola con un pie para evitar que se le volaran las páginas. Llevaba un anillo plateado en el segundo dedo del pie. Junto a ella había dos niñas pelirrojas con vestidos de lana azules, comiendo tranchetes de queso directamente del paquete. El marido, rubio y fornido, se encontraba un poco apartado, hablando por el móvil: «Lanzarote está hasta la bandera estos días —decía—. Mejor vete a algún destino menos convencional, como Croacia o Marrakech. Además, son más baratos». Recorrí el claro buscando por todas partes. La madre me vio y me preguntó:

—¿Va todo bien?

—¡He perdido a mi hijo!

Me miró sorprendida y le sonreí como una idiota. No sabía qué hacer con mi expresión facial. Mi mente y mi cuerpo estaban en tensión, buscando pedófilos y lobos. Estas personas corrientes, tiradas en su manta de picnic, componían un cuadro tan absurdamente agradable que mi angustia resultaba desesperada y vulgar ante ellos. Mi condicionamiento social luchó contra mi terror y sentí vergüenza. Instintivamente, también fui consciente de que tenía que hablar de manera pausada con la mujer, en su mismo registro, si quería comunicarme con claridad y transmitirle la información que necesitaba hacerle llegar sin perder más tiempo del necesario. Luché —quizá llevaba toda la vida haciéndolo— por encontrar el punto exacto de equilibrio entre la amabilidad y la histeria.

—Perdón —dije—. Es que no sé dónde está mi hijo.

La mujer se incorporó y recorrió el claro con la vista. No pude comprender por qué sus movimientos eran tan lentos. Era como si, mientras yo me encontraba al aire libre, ella estuviera en un medio más viscoso y espeso.

—Es más o menos de esta altura —dije—, y lleva puesto un traje de Batman.

—Lo siento —contestó ella, a cámara lenta—. No he visto pasar a ningún niño.

Cada palabra tardó una eternidad en formarse y salir de su boca. Me pareció estar esperando a que la mujer esculpiera la frase en piedra. Ya casi estaba abandonando el claro cuando ella terminó de hablar. A mi espalda, oí al marido decir: «También puedes coger el viaje organizado más barato y usar sólo los billetes. Luego, una vez allí, te buscas un hotel mejor».

Recorrí un laberinto de senderos estrechos y oscuros entre azaleas, gritando el nombre de Charlie. Me arrastré por los tenebrosos túneles que formaban las ramas, totalmente al azar. Me hice heridas en los codos al gatear, pero no sentía el dolor. No sé cuánto tiempo pasé corriendo. Quizá fueron cinco minutos, o quizá el tiempo que le cuesta a una divinidad crear un universo, hacer a la humanidad a su imagen y semejanza, no encontrar consuelo en ella, y luego presenciar aterrada la muerte lenta y gris de su creación, consciente de encontrarse de nuevo completamente sola y desconsolada. Sin saber muy bien cómo, regresé al lugar donde Charlie había estado construyendo su ciudad de palos y ramas. Destrocé a patadas sus edificaciones, gritando su nombre. Busqué a mi hijo bajo una pila de palitos del tamaño de un dedo, escarbé entre montones de hojas muertas aún a sabiendas de que mi pequeño no estaría debajo. Lo sabía, pero seguía levantando cualquier cosa que sobresaliese un poco del suelo. Encontré una bolsa de patatas fritas, una rueda de un cochecito de niño. Me rompí las uñas desenterrando la historia de días de campo en familia.

Vi a Little Bee y a Lawrence regresar de sus búsquedas entre las azaleas. Eché a correr hacia ellos, pero a medio camino recuerdo que tuve el último pensamiento racional que pasó por mi mente: si mi hijo no se encontraba en el prado ni entre los arbustos, entonces sólo podía estar en el lago. Mientras reflexionaba sobre ello, sentí que la parte que permanecía activa en mi cerebro se apagaba lentamente. El pánico me subía por el pecho y me envolvía por completo. Me di la vuelta, apartándome de Lawrence y de Little Bee, y me dirigí a la orilla del lago. Me interné en el agua, que primero me llegó a la altura de las rodillas y luego hasta la cintura, buscando entre las turbias y pardas aguas, gritando el nombre de mi hijo a los nenúfares y a los sorprendidos patos mandarines.

Vi algo bajo el agua, posado sobre el lodo del fondo del lago. Entre los nenúfares, distorsionado por las ondas, se vislumbraba una cosa parecida a un rostro blanquecino. Me agaché, lo agarré y lo alcé: era el cráneo de un conejo. Al levantarlo, mientras goteaba agua y barro, me di cuenta de que ya no tenía el teléfono en la mano en la que ahora sostenía la calavera del animal. Debí de haberlo perdido en algún sitio, igual que mi vida, en algún punto entre los arbustos o el lago. Permanecí en medio de las aguas, sosteniendo un cráneo de conejo entre las manos. No sabía qué hacer. Escuché un silbido y bajé la vista de repente. Era el viento, que silbaba al atravesar el hueco del ojo de la calavera. En ese momento, empecé a gritar de verdad.

Charlie O'Rourke, de cuatro años, Batman. ¿Qué me vino a la cabeza? Sus perfectos dientecitos, blancos como la nieve. Su cara de profunda concentración cuando despachaba a los malos. Cómo me abrazaba cuando me ponía triste. El modo en que, desde lo de África, he estado saltando de un mundo a otro, de Andrew a Lawrence, de Little Bee a mi trabajo, corriendo por todas partes excepto por el mundo al que pertenezco. «¿Por qué nunca he corrido hacia Charlie?», grité. Hijo mío, mi chiquitín. ¿Dónde estás? ¿Dónde? Desapareció igual que había vivido, mientras yo miraba hacia otra parte, hacia uno de mis egoístas futuros. Pensé en los días vacíos y sin fin que me esperaban.

Entonces sentí unas manos en mi hombro. Era Lawrence. Me sacó del lago y se quedó conmigo en la orilla. Empecé a temblar de frío por el viento.

—A ver, tenemos que proceder con orden para solucionar esto —dijo—. Sarah, tú quédate aquí y sigue llamándolo, así sabrá dónde volver si se ha perdido. Yo voy a pedirle a la gente que está por aquí que nos ayude a buscarlo. Little Bee, tú coge mi teléfono, vete a un sitio con cobertura y llama a la policía. Luego ve a esperarlos a la entrada del parque para acompañarlos aquí cuando lleguen.

Lawrence le entregó su teléfono a Little Bee y luego me dijo:

—Sé que suena un poco radical, pero la policía sabe qué hacer en estos casos. Seguro que encontramos a Charlie antes de que lleguen, pero en el remoto caso de que no aparezca, siempre es preferible que vengan lo antes posible.

–De acuerdo –exclamé–. Hazlo, venga.

Little Bee seguía sin moverse, con el teléfono de Lawrence en la mano, mirándonos con ojos asustados. No comprendí por qué no salía corriendo de una vez.

–¡Venga, Little Bee!

–La policía... –balbució, mirándome.

Me costaba entender. En mi cabeza, vagamente, pensé: «¡Ah, claro! No sabe el número de emergencias».

–Es el 112 –dije.

Pero Little Bee seguía sin moverse. No podía comprender qué problema había.

–Sarah, ¡la policía!

La miré. Sus ojos eran suplicantes, parecía aterrorizada. Entonces, muy lentamente, su rostro cambió y adquirió una expresión firme, resuelta. Tomó aire, me hizo un gesto afirmativo con la cabeza y se giró. Primero despacio y luego más rápido, echó a correr en dirección a la entrada del parque. Cuando se encontraba a medio camino, Lawrence se llevó una mano a la boca y soltó:

–¡Mierda! La policía...

–¿Qué?

–Nada, no pasa nada –dijo, meneando la cabeza.

Lawrence se fue corriendo por el laberinto de senderos que recorrían las azaleas. Yo me dirigí al centro del jardín y volví a gritar el nombre de mi hijo. Chillé y chillé, mientras los patos volvían a surcar el lago con cautela y yo, con los pantalones mojados, temblaba por efecto del viento. Al principio, gritaba el nombre de Charlie como una señal para indicarle el camino de vuelta, pero a medida que empecé a perder la voz fui consciente de que había cruzado otra línea y de que gritaba el nombre sólo para oírlo, para asegurarme de que seguía existiendo en este mundo. Me di cuenta de que lo único que me quedaba era su nombre. Mi voz se redujo a un débil suspiro. Respiraba el nombre de mi hijo.

Cuando Charlie apareció, lo hizo él solito. Salió trotando de detrás de la maraña de azaleas, manchado de barro, arrastrando su bat-capa. Corrí hacia él y lo estreché entre mis brazos. Apreté mi rostro contra su cuello y respiré su olor, mezclado con el punto salado de su sudor y la acidez penetrante de la tierra. Las lágrimas me resbalaban por el rostro.

—Charlie —suspiré—, mi vida, todo mi mundo.

—Ya vale, mami. ¡Me estás aplastando!

—¿Dónde estabas?

Charlie extendió los brazos mostrándome las palmas de las manos y respondió, como si yo fuera tonta:

—En mi bat-cueva, ¿dónde iba a estar?

—Pero Charlie, ¿no nos has oído gritar? ¿No has visto que te estábamos buscando?

Charlie sonrió tras su bat-máscara.

—¡Estaba escondido!

—¿Por qué? ¿Por qué no saliste? ¿No has visto lo preocupados que estábamos?

Mi hijo miró desolado al suelo y comentó:

—Lawrence y Little Bee estaban enfadados y no jugaban conmigo, así que me fui a mi bat-cueva.

—Ay, Charlie. ¡Mami ha estado tan equivocada! Soy tan tonta y tan egoísta. Te prometo, Charlie, que nunca volveré a serlo. Eres todo mi mundo, ¿lo sabes? No volveré a olvidarme de ti. ¿Sabes cuánto significas para mí?

Charlie parpadeó, intentando sacar provecho de la situación.

—¿Me compras un helado?

Abracé a mi hijo, sintiendo su aliento cálido y somnoliento en mi cuello. A través de la tela elástica de su disfraz, disfruté de la agradable e insistente presión de sus huesos bajo la piel.

11

La policía llegó pasado un cuarto de hora. Eran tres, y aparecieron en un coche de color plateado con bandas reflectantes azules y naranjas en los laterales y una barra de luces sobre el techo. El vehículo recorrió lentamente la pista hasta llegar a la entrada de la Plantación Isabella, donde me encontraba yo. Los agentes se bajaron del auto y se pusieron las gorras. Llevaban camisas de manga corta blancas y unos gruesos chalecos negros con una franja de ajedrezado blanco y negro y un montón de bolsillos en los que había porras, radios, esposas y otros utensilios cuyos nombres desconozco. Pensé que a Charlie le gustarían estos policías, porque tenían más artilugios que el cinturón de Batman.

Si les estuviera contando esta historia a las chicas de mi aldea, tendría que explicarles que, en el Reino Unido, la policía no lleva armas de fuego.

—¡*Ué!* ¿No llevan pistolas?

—No, no llevan pistolas.

—Pero ¿cómo llevan todos esos cacharros y se olvidan de lo más importante? ¿Cómo van a disparar a los bandidos?

—Allí la policía no dispara a los bandidos. De hecho, si lo hacen, se meten en un buen lío.

—¡*Ué!* En ese país está todo patas arriba. Las mujeres pueden ir con las tetas al aire pero los policías no pueden enseñar sus pistolas.

Entonces, tendría que repetirles de nuevo:

—Casi todo el tiempo que estuve en aquel país me lo pasé confundida.

Los policías cerraron las puertas del vehículo y ese sonido me hizo temblar. Cuando eres una refugiada, aprendes a prestarle mucha atención a las puertas: te fijas en si están abiertas o cerradas, en el ruido que hacen, en a qué lado de ellas te encuentras tú...

Uno de los agentes se me acercó, mientras los otros dos permanecieron junto al coche con la cabeza ladeada para escuchar las radios que llevaban en el chaleco. El policía que se dirigió hacia mí no sería mucho mayor que yo, creo. Era muy alto, y bajo su gorra se adivinaba un pelo anaranjado. Intenté sonreírle, pero no lo conseguí. Estaba tan preocupada por Charlie que la cabeza me daba vueltas. Temí que me fallara mi inglés de la reina. Procuré calmarme.

Si este policía sospechaba de mí, podría llamar a los de inmigración. Entonces, apretarían algún botón en sus ordenadores, marcarían una casilla en mi expediente y me deportarían. Eso significaría mi muerte, pero sin haber disparado ni una sola bala. En ese momento comprendí por qué en vuestro país la policía no lleva pistolas: en el mundo civilizado, te matan con un clic desde un lugar muy lejano, en el corazón del reino, dentro de un edificio lleno de ordenadores y máquinas de café.

Miré al policía. No tenía cara de ser una persona cruel, pero tampoco amable. Era joven, muy pálido y todavía no había arrugas en su rostro. No imponía nada de respeto, parecía tan inofensivo como un polluelo. Si este agente abriera la puerta del coche patrulla y me obligara a subir, sería como si me estuviera enseñando el tapizado del interior del vehículo. Pero yo vería cosas que él no podía ver: vería tierra rojiza en los asientos, vería hojas de yuca seca en el suelo, vería la calavera blanca en el salpicadero, vería las plantas de la selva creciendo entre los oxidados orificios de la chapa, colándose por el parabrisas roto… Para mí, entrar en ese coche significaría abandonar Inglaterra y regresar a los problemas de mi país. Eso es lo que quieren decir cuando afirman: «En nuestros tiempos, el mundo es un pañuelo».

El policía me estudió con la mirada. De repente, la radio de su chaleco dijo: «Charlie Bravo, adelante».

—No se llama Charlie Bravo —lo corregí—. Se llama Charlie O'Rourke.

El agente me observó sin ninguna expresión en el rostro.

—¿Es usted la mujer que dio el aviso?

Asentí y dije:

—Los llevaré al lugar donde estamos.

Empecé a caminar hacia el parque.

—Señorita, primero necesitamos recopilar unos datos —dijo el policía—. ¿Cuál es su relación con la persona desaparecida?

Me detuve y me giré hacia el agente.

—Eso no es importante —contesté.

—Es el procedimiento, señorita.

—¡Charlie ha desaparecido! Por favor, no tenemos tiempo que perder. Luego le explicaré todo.

—Señorita, se encuentran en el interior de un parque cercado por una valla. Si el niño está ahí dentro, no llegará lejos. No pasa nada porque nos dé primero unos simples datos. —El policía me miró de arriba a abajo y añadió—: Estamos buscando a un menor caucásico, ¿verdad?

—¿Cómo?

—Un menor caucásico… Un niño blanco, vamos.

—Sí, eso es. Su madre está en el parque.

—¿Es usted la niñera?

—No, no soy la niñera. Por favor, no veo por qué…

El policía avanzó hacia mí y no pude evitar retroceder un paso.

—Señorita, por alguna extraña razón, parece nerviosa ante mi presencia. ¿Hay algo que deberíamos saber?

Pronunció esta frase con mucha tranquilidad, mirándome fijamente a los ojos.

Me puse todo lo tiesa y estirada que pude, cerré los ojos durante un instante y, al abrirlos, contemplé con frialdad al agente y exclamé con la voz de la reina Isabel II:

—¿Cómo se atreve?

El policía dio un paso atrás, como si acabara de encajar un golpe. Bajó la mirada al suelo y se sonrojó.

—Lo siento, señorita —murmuró.

Pasados unos instantes, levantó la vista y me miró de nuevo. Al principio parecía avergonzado, pero poco a poco una expresión de enfado se fue adueñando de su rostro. Me di cuenta de que, otra vez, me había pasado de la raya. Lo había ridiculizado, y eso es algo que no tendría que explicar a las chicas de mi aldea ni a las de vuestro país: cuando pones en evidencia a un hombre, se vuelve peligroso. El policía me miró fijamente a los ojos durante un buen rato y empecé a sentir miedo de verdad. Como no podía ocultarlo, esta vez fui yo la que bajó la vista al suelo. Entonces, el agente se volvió a uno de sus compañeros y le dijo:

—Quédate con esta chica y tómale los datos. Paul, ven conmigo a buscar a la madre.

—Por favor —supliqué—, déjeme ir con usted para mostrarle el camino.

El policía me brindó una gélida sonrisa y dijo:

—Ya somos mayorcitos, sabremos llegar.

—No entiendo por qué necesita coger mis datos.

—Señorita, quiero tomar sus datos porque resulta evidente que usted no está por la labor de dármelos. Eso es lo que me hace pensar que los necesito. No es nada personal, señorita. Se sorprendería si supiera la cantidad de ocasiones en las que la persona que da el aviso a la policía es clave en la investigación de una desaparición.

Observé cómo el policía entraba en el recinto de la plantación en compañía del que se llamaba Paul. El otro agente se acercó a mí y se encogió de hombros.

—Lo siento —se disculpó—. Si es tan amable, señorita, puede sentarse en el coche patrulla mientras le tomo los datos. No tardaremos nada y luego podrá marcharse. Para entonces, mis compañeros ya habrán encontrado al niño, no se preocupe.

Abrió la puerta trasera del coche de policía y me invitó a sentarme. El agente permaneció fuera mientras hablaba por su radio. Era muy flacucho, tenía unas muñecas delgadas y muy blancas y una barriguilla como la del vigilante que estaba de guardia el día que nos dejaron salir del centro de internamiento. El interior del coche olía a nailon y a tabaco.

—¿Cómo se llama, señorita? —me preguntó el policía después de unos instantes.

—¿Por qué quiere saberlo?

—Mire, tenemos dos o tres casos de desapariciones por semana y siempre hay que afrontarlos con frialdad. Estamos aquí para ayudar. Puede que para usted la situación esté muy clara, pero nosotros necesitamos hacer un par de preguntas para saber qué tenemos entre manos. Cuando escarbas un poco suelen salir a la superficie viejas historias enterradas. Los asuntos de familia son los peores. Tras unas pocas preguntas te puedes hacer una buena idea de por qué se fugó la persona desaparecida, si me entiende. —Sonrió y añadió—: No se preocupe, no la estoy acusando de nada.

—Eso espero.

—Muy bien. Entonces, ¿puede decirme su nombre, por favor?

Suspiré y, de repente, me sentí muy triste. Sabía que ya no había esperanza para mí. No podía decirle mi verdadero nombre al policía porque descubrirían quién soy. Tampoco había pensado en una identidad falsa, como Jennifer Smith o Alison Jones, porque esos nombres sólo te sirven cuando tienes algún documento que los confirme. Nada es cierto a no ser que

270

lo diga una pantalla en ese edificio lleno de ordenadores y máquinas de café situado justo en el centro del Reino Unido. Me recosté en el respaldo del asiento, tomé aire y, mirando fijamente a los ojos del agente, dije:

—Me llamo Little Bee.

—¿Puede deletrearlo, por favor?

—L–i–t–t–l–e–b–e–e.

—¿Es su nombre o su apellido, señorita?

—Es todo mi nombre. Ésa soy yo.

El policía suspiró, se dio la vuelta y habló por su radio:

—Charlie Bravo a control. Enviad una unidad. Tengo a una que necesita que le tomen unas fotos y las huellas.

Se giró y volvió a mirarme, pero ahora ya no sonreía.

—Por favor —le pedí—. Déjeme ir para ayudarles a buscar a Charlie.

—Espere aquí —contestó, meneando la cabeza.

Cerró la puerta del coche y me quedé un buen rato sentada en el asiento trasero del vehículo de policía. Allí dentro no corría el aire, así que hacía mucho calor. Esperé hasta que llegó otro grupo de policías y me llevaron con ellos. Me montaron en una furgoneta y contemplé la Plantación Isabella alejándose por la ventanilla trasera, a través de una rejilla metálica.

Sarah y Lawrence vinieron a visitarme esa misma tarde. Me habían metido en una celda de la comisaría de policía de Kingston-upon-Thames. Un agente abrió la puerta sin llamar y entró Sarah, que llevaba a Charlie dormido en los brazos. La cabeza del niño reposaba en el hombro de su madre. Me puse tan contenta al ver al pequeño sano y salvo que me eché a llorar. Besé en la mejilla a Charlie, que se revolvió en sueños y suspiró. A través de los agujeros de su bat-máscara, pude ver que sonreía dormido, y esto me hizo sonreír a mí también.

Fuera de la celda, escuché cómo Lawrence discutía con un agente.

—Esto es ridículo. No la pueden deportar así como así. Tiene un hogar, alguien que responde por ella.

—Yo no establezco las reglas, caballero. Son los de inmigración los que dictan la ley.

—Pero seguro que puede darnos un poco de tiempo para interponer un recurso. Trabajo en el Ministerio del Interior, puedo conseguir un recurso de apelación.

—Si me permite un consejo, caballero, si yo trabajara para el Ministerio del Interior y supiera que esta mujer ha estado residiendo de forma ilegal, mantendría la boca bien cerrada.

—Sólo un día, por favor. Veinticuatro horas, nada más.

—Lo siento, caballero.

—¡Joder! Esto es como hablar con una máquina.

—Soy de carne y hueso como usted, caballero. Lo que pasa es que, como le he dicho antes, yo no establezco las reglas.

En el interior de la celda, Sarah se echó a llorar.

—No te entendí —dijo—. Lo siento mucho, Little Bee, no tenía ni idea. Pensaba que estabas haciéndote la tonta. Cuando Lawrence te mandó que avisaras a la policía, no se le ocurrió que… yo no pensé que… y ahora… ¡Ay, Dios! Sabías lo que podía suceder, y a pesar de todo lo hiciste sin rechistar y sin pensar en ti.

—Mereció la pena —comenté, con una sonrisa—. Tenía que hacerlo para encontrar a Charlie.

Sarah apartó la vista.

—No te pongas triste, Sarah. Al final la policía encontró a Charlie, y eso es lo importante.

Se giró lentamente hacia mí y me miró con los ojos muy brillantes.

—Sí, Little Bee. Hicieron una gran búsqueda y lo encontraron, y todo fue gracias a ti. Ay, Little Bee, nunca he conocido a nadie más amable ni más valiente… Dios… —Se acercó a mi rostro y me susurró al oído—: No pienso dejarles que lo hagan. Encontraré la manera de evitar que te envíen de regreso a la muerte.

Hice un gran esfuerzo por sonreír.

Para sobrevivir, tienes que estar buena o hablar bien. Yo opté por aprender a hablar inglés como la reina. Aprendí todo lo que se puede aprender sobre vuestro idioma, pero creo que me pasé de la raya. Además, llegado ese momento, no encontraba las palabras adecuadas para expresar lo que sentía. Tomé la mano izquierda de Sarah entre las mías, me la acerqué a los labios y la besé en el muñoncito que quedaba de su dedo amputado.

Aquella noche le escribí una carta a Sarah. El agente que estaba de guardia me entregó papel y lápiz, y me prometió que la echaría al correo por mí.

> *Querida Sarah:*
> *Gracias por salvarme la vida. No elegimos que nuestros mundos se cruzaran. Por un momento creí que nuestros destinos se habían unido, pero no era más que un bonito sueño. No estés triste, te mereces que tu vida vuelva a ser tranquila. Creo que no tardarán en venir a por mí. Pertenecemos a mundos distintos, y por eso debemos separarnos.*
> *Con cariño,*
> *Little Bee.*

Vinieron a buscarme a las cuatro de la madrugada. Eran tres agentes de inmigración uniformados: una mujer y dos hombres. Escuché el sonido de sus pasos acercándose por el pasillo. Llevaba toda la noche despierta esperándolos. Todavía tenía puesto el vestido de verano con el lacito en el cuello que me dejó Sarah, y en la mano sujetaba la bolsa de plástico transparente con todas mis pertenencias. Me levanté antes de que abrieran la puerta. Me sacaron de la celda y la puerta se cerró a mis espaldas. ¡Bum! Se acabó. Fuera, en la calle, llovía. Me montaron en la parte de atrás de un furgón. La carretera estaba mojada y los faros del vehículo lanzaban destellos de luz sobre el asfalto. Una de las ventanillas traseras se encontraba medio abierta. En el interior del furgón olía a vómito, pero el aire que entraba por la ventanilla traía el aroma de Londres. Mientras atravesábamos las calles, las ventanas de las casas permanecían en silencio y ciegas, con las cortinas echadas. Nadie me vio desaparecer. La agente me esposó al respaldo del asiento que tenía delante.

—No veo la necesidad de esposarme, señorita —comenté—. ¿Cómo iba a escaparme?

La mujer me miró sorprendida y dijo:

—Vaya, hablas muy bien inglés. La mayoría de los que detenemos no saben ni jota.

—Pensaba que si aprendía a hablar como vosotros, me dejaríais quedarme.

La agente sonrió.

—Y no te ha servido de mucho, ¿verdad? El problema es que sois una sangría para el país. No sois de aquí.

El furgón giró al final de la calle. Miré a través de la rejilla metálica de la ventanilla trasera y contemplé dos largas hileras de casitas adosadas alejándose en la distancia. Pensé en Charlie, que en ese momento dormiría tapadito con su edredón. Recordé su valiente sonrisa, y sentí un gran dolor en mi corazón al ser consciente de que no volvería a verlo nunca más. Las lágrimas asomaron a mis ojos.

—Por favor, ¿puede decirme qué significa? —pregunté—. ¿Qué significa ser de aquí?

La agente se giró para mirarme:

—Bueno, pues hay que ser británico, ¿no? Compartir nuestros valores.

Aparté mi rostro de la mujer y contemplé la lluvia a través de la ventanilla.

Tres días más tarde, otro grupo de agentes me sacó de una nueva celda y me montaron en un microbús junto a otra chica. Nos llevaron al aeropuerto de Heathrow, nos saltamos la cola de la terminal y nos metieron en una pequeña sala en la que había más personas como nosotras. Estábamos todos esposados. Nos dijeron que nos sentáramos en el suelo porque no había sillas en la estancia. Habría otros veinte hombres y mujeres en la sala, y hacía mucho calor. El cuarto no estaba ventilado y costaba respirar. Junto a la puerta, una agente con una porra y un *spray* de gas lacrimógeno en el cinturón nos vigilaba.

—¿Qué está pasando? —le pregunté.

Sonrió y me contestó:

—Lo que está pasando, bonita, es que aquí hay un montón de aparatos voladores (se llaman «aviones») que despegan y aterrizan sobre una carretera asfaltada que llamamos «pista». Este sitio se llama aeropuerto, y dentro de poco uno de esos aviones va a salir hacia tu país, Bongolandia, y tú irás en él, te guste o no, ¿vale? ¿Alguna otra pregunta?

Pasamos un buen rato esperando. De vez en cuando, llegaban unos policías y sacaban a algunas personas de la habitación. Hubo una mujer que salió llorando, y un hombre muy delgado que se puso nervioso e intentó resistirse a los guardas. Para tranquilizarlo, la agente le pegó un par de golpes en el estómago con la porra.

Me quedé dormida sentada en el suelo. Cuando me desperté, vi un vestido morado y unas piernas color chocolate ante mí.

—¡Yevette! —exclamé.

La mujer se volvió para mirarme, pero no era ella. Al principio me dio pena no ver a mi amiga, pero luego me alegré. Si ésta no era Yevette, había una posibilidad de que la jamaicana siguiera libre. Me la imaginé paseando por las calles de Londres, con sus sandalias y las cejas pintadas, comprándose una libra de *fish'n'chips* y soltando sus carcajadas, «Wu–ja–ja-já», bajo el cielo azul. Su recuerdo me hizo sonreír.

La mujer que no era Yevette puso mala cara y me preguntó:

—¿A ti qué te pasa? ¿Te crees que nos envían de vacaciones?

—Pues sí —contesté—, de vacaciones de por vida.

Se dio media vuelta y no volvió a hablarme. Cuando le dijeron que se levantara para coger su vuelo, se marchó sin armar jaleo y sin volverse para mirarme.

Al verla abandonar la habitación, fui consciente de mi situación y, por primera vez, sentí miedo. Me asustaba regresar a mi país. Lloré y contemplé mis lágrimas empapando la sucia moqueta marrón del suelo.

No nos dieron agua ni comida. Pasadas unas horas, empecé a sentir mareos. Finalmente, vinieron a por mí. Me escoltaron hasta el avión. Los otros pasajeros, los que habían pagado su billete, tuvieron que esperar mientras me subían la primera por la escalerilla del avión. Todo el mundo me miraba. Me llevaron hasta la última fila de asientos, al lado de los servicios. Me hicieron sentarme junto a la ventanilla y un guarda, un tipo enorme con la cabeza rapada y un aro en la oreja, se sentó a mi lado. Llevaba una camiseta azul de Nike y unos pantalones Adidas negros. Me quitó las esposas y me froté las muñecas para que la sangre volviera a circular por mis manos.

—Lo siento —me dijo el hombre—. Esta mierda me gusta tan poco como a ti.

—Entonces, ¿por qué lo haces?

El agente se encogió de hombros y se abrochó el cinturón.

—Es un trabajo, ¿no?

Sacó una revista del bolso del asiento que tenía delante y la abrió. Había fotos de relojes de pulsera a la venta y de un avión de peluche para regalar a los niños.

—Si no te gusta este trabajo, deberías buscarte otro.

—Bonita, nadie elige trabajar en esto por gusto. Pero no tengo estudios, ¿sabes? Antes hacía chapuzas de vez en cuando, pero ahora no se puede competir con los polacos. Esos cabrones del Este son capaces de trabajar un día entero a cambio de un paquete de tabaco y una palmadita en la espalda. Así que, aquí me tienes, escoltando a chicas como tú a las que mandan de vacaciones para siempre. Vaya desperdicio, ¿verdad? Seguro que tú podrías encontrar un trabajo mejor que yo. En realidad, deberías ser tú la que me escoltase a ese sitio al que vamos, ¿cómo se llama?

—Nigeria.

—Eso es. Hace calor por allí, ¿verdad?

—Más que en Inglaterra.

—Eso me parecía. Esos sitios de los que venís suelen ser cálidos.

Volvió a enfrascarse en su revista. Cada vez que pasaba de página, se chupaba el dedo para que se pegara al papel. Tenía unos puntitos azules tatuados en los nudillos y llevaba un enorme reloj dorado en la muñeca que estaba perdiendo el color. Se parecía a los relojes que salían en la revista. Pasó unas páginas más y después levantó la cabeza y volvió a mirarme.

—No eres muy habladora.

Me encogí de hombros.

—Bueno, no pasa nada. Mejor que los llorones.

—¿Los llorones?

—Muchos de los que escolto se echan a llorar. Y, aunque no te lo creas, las mujeres no son las peores. Una vez fui con un tipo a Zimbabue que se pasó seis horas seguidas llorando, venga a soltar lágrimas y mocos como los niños. ¡Va en serio! Menuda vergüenza pasé, ¿sabes? Los demás pasajeros no paraban de mirarnos. Y yo venga a decirle: «Ánimo, tío, que no pasa nada», pero no sirvió de mucho. No dejó de llorar y de soltar parrafadas en su idioma. A veces me da pena veros marchar a algunos, pero te juro que me moría de ganas de librarme de aquel tipo. No estuvo mal aquel encargo. Como no había vuelos de regreso hasta tres días después, me metieron en el Sheraton. Me pasé tres días viendo Sky Sports y rascándome las pelotas. ¡Y me lo pagaron como horas extra! Pero los que de verdad hacen pasta son los contratistas para los que curro: una empresa holandesa que es la que maneja todo el cotarro. Dirigen los centros de internamiento y se encargan de las repatriaciones. Así que, tanto si os encerramos como si os deportamos, ellos siempre ganan. Buen negocio, ¿eh?

—Buen negocio.

—Pero así es como hay que pensar estos días —dijo, golpeándose con un dedo en la frente—. Es la economía global.

El avión comenzó a retroceder sobre la pista y unas pantallas descendieron del techo y empezaron a mostrarnos una película sobre las normas de seguridad. Explicaron qué podíamos hacer si la cabina se llenaba de humo y dónde estaban los chalecos salvavidas por si caíamos al agua. Pero no nos dijeron qué postura teníamos que adoptar si nos deportaban a un país en el que lo más probable es que nos mataran por lo que habíamos presenciado. Decían que había más información en la tarjeta de seguridad que teníamos en el bolso del asiento delante de nosotros.

De repente, escuché un rugido enorme y aterrador, tan fuerte que pensé: «Todo es un truco, no nos llevan de viaje, en realidad nos van a destruir». Pero entonces se produjo una gran aceleración y el avión empezó a temblar y a adquirir una aterradora inclinación. De pronto, desaparecieron todos los temblores, el ruido se fue calmando y mi estómago se volvió loco. El hombre, mi guardián, me miró y se echó a reír.

—Tranquila, muñeca, ya estamos volando.

Después del despegue el piloto habló por megafonía y dijo que en Abuja hacía un día claro y soleado.

Comprendí que, durante unas horas, no estaba en ningún país. Me dije: «Mira, Little Bee, por fin estás volando, zuuum, zuuum». Apreté mi nariz contra el cristal de la ventanilla y contemplé los bosques, los campos y las carreteras con sus cochecitos. ¡Todas esas hermosas existencias ahí abajo! Sentí que ya había perdido la vida y que, sola en lo alto del cielo, observaba la curva del mundo.

Entonces escuché una voz amable que me resultaba familiar.

—¿Little Bee?

Me giré y vi a Sarah, de pie en el pasillo, sonriéndome. Charlie iba cogido de su mano y sonreía también. Llevaba su traje de Batman y parecía feliz, como si acabara de cargarse a todos los malos.

—*Somos* en el cielo, ¿verdad?

—No, cariño —lo corrigió Sarah—. Estamos en el cielo, ¿verdad?

No podía entender lo que estaba viendo. Sarah estiró el brazo por encima del guarda y me cogió de la mano.

—Lawrence se encargó de averiguar en qué vuelo te ponían. Conoce a bastante gente influyente, a fin de cuentas. No podíamos dejar que volvieras sola, Little Bee. ¿Verdad que no, Batman?

Charlie meneó la cabeza con un gesto de absoluta seriedad.

—No, porque eres nuestra amiga.

El guardia no sabía qué hacer.

—Ahora sí que ya lo he visto todo —dijo.

Se levantó y dejó que Sarah y Charlie se sentaran a mi lado. Me abrazaron y me eché a llorar, mientras los demás pasajeros se giraban para contemplar ese milagro y el avión nos conducía hacia el futuro a ochocientos kilómetros por hora.

Pasado un rato nos trajeron frutos secos y coca-cola en unas latas muy pequeñas. Charlie se tomó la suya tan rápido que la bebida se le salió por la nariz. Sarah, después de limpiarle la cara, me dijo:

—¿Sabes? Me pregunto por qué Andrew no dejó una nota de despedida antes de suicidarse. He estado pensando en ello y supongo que no era su estilo, a mi marido no le gustaba escribir sobre sí mismo.

Asentí.

—De todos modos, me dejó algo mejor que una nota de despedida.

—¿El que?

—Una historia.

A1 aterrizar en Abuja, se abrieron las puertas del avión y entraron a raudales el calor y los recuerdos. Recorrimos la pista, caminando sobre el asfalto, que reverberaba. Al llegar a la terminal, el guarda me entregó a las autoridades.

—Chao, guapa —se despidió—. Que tengas suerte.

La policía militar me estaba esperando en un cuartucho, con sus uniformes y sus gafas de sol de monturas doradas. No pudieron arrestarme porque Sarah me acompañaba. No se separó ni un instante de mí. «Soy una periodista británica —les dijo—, informaré sobre cualquier cosa que le pase a esta mujer.» Los militares no tenían claro qué hacer, así que llamaron a su comandante. Se presentó un hombre con uniforme de camuflaje, boina roja y cicatrices tribales en las mejillas. Echó un vistazo a los documentos de mi deportación y luego nos miró a Sarah, a Charlie y a mí. Permaneció un rato en silencio, rascándose la barriga y meneando la cabeza.

—¿Por qué va vestido así este niño? —preguntó finalmente.

Sarah le contestó, mirándolo directamente a los ojos:

—Mi hijo cree que tiene superpoderes.

El comandante se echó a reír.

—Bueno, yo soy un simple mortal, así que no voy a poder deteneros.

Todos se echaron a reír, pero un vehículo de la policía siguió a nuestro taxi cuando salimos del aeropuerto. Yo tenía mucho miedo, pero Sarah me cogió de la mano y dijo:

—No pienso abandonarte. Mientras Charlie y yo estemos aquí, no te pasará nada.

Un par de agentes montaron guardia en la puerta de nuestro hotel. Nos quedamos allí dos semanas, y los policías también.

Las ventanas de nuestra habitación ofrecían unas hermosas vistas de Abuja. A lo largo de varios kilómetros se levantaban altos y limpios edificios. Algunos tenían ventanas de cristales plateados en los que se reflejaban las largas y rectas avenidas de la ciudad. Me dediqué a observar cómo Abuja se teñía de rojo al atardecer, y luego me pasé toda la noche mirando por la ventana. No podía dormir.

Al amanecer, los primeros rayos del sol aparecían entre el horizonte y la base de las nubes, y se reflejaban en la cúpula dorada de la gran mezquita, mientras la iluminación eléctrica de sus cuatro espigados minaretes seguía funcionando. Era muy bonito. Sarah salió al balcón de nuestra habitación y me encontró contemplando el paisaje.

—Así que ésta es tu ciudad —me dijo—. ¿Estás contenta?

—No sabía que existía un lugar así en mi país. Todavía estoy intentando asimilar que soy parte de esto.

Me pasé allí toda la mañana, mientras el calor iba en aumento y las calles se llenaban con el trasiego continuo de taxis, motos y vendedores ambulantes con sus cestos bamboleantes de camisetas, pañuelos y medicinas.

En el interior de la habitación, con el aire acondicionado encendido, Charlie veía dibujos animados mientras Sarah extendía todos los papeles de Andrew sobre una mesita. Encima de cada pila de folios tenía que poner un zapato, una lámpara o un vaso, para evitar que se volaran con el aire de los enormes ventiladores que giraban en el techo. Sarah me explicó cómo pensaba escribir el libro en el que Andrew había estado trabajando.

—Necesito escuchar más historias como la tuya. ¿Crees que podremos conseguirlas aquí, sin tener que ir al sur?

No contesté. Miré algunos de los papeles y regresé al balcón. Sarah me siguió y permaneció de pie a mi lado.

—¿Qué pasa? —preguntó.

Señalé con la cabeza el coche de la policía militar que esperaba aparcado allá abajo, en la calle. Dos hombres con uniforme, boina y gafas de sol se apoyaban en él. Uno de ellos miró hacia arriba y comentó algo al vernos. Su compañero también levantó la vista y se quedaron un buen rato mirando nuestro balcón. Después encendieron unos cigarrillos y se sentaron en el coche, uno en el asiento del conductor y el otro detrás, sacando las piernas por las puertas abiertas y posando las botas en el asfalto.

—No creo que sea una buena idea salir a buscar historias —dije.

—No estoy de acuerdo —protestó Sarah, meneando la cabeza—. Creo que es la única posibilidad que tenemos de protegerte.

—¿Qué quieres decir?

Sarah dejó de contemplar la calle y me contestó:

—Nuestro problema es que sólo contamos con tu historia, y una sola historia te hace muy vulnerable. Pero cuando reunamos cien relatos iguales, serás más fuerte. Si podemos demostrar que lo que pasó en tu aldea sucedió en otros cien pueblos, tendremos el poder de nuestro lado. Necesitamos recopilar historias de gente que haya pasado por lo mismo que tú, para que nadie pueda negarlo. Entonces, podremos enviar los relatos a un abogado, ponerlos en conocimiento de las autoridades y, si algo te sucede, todas esas historias saldrán en la prensa. ¿Entiendes? Creo que eso es lo que pretendía Andrew con este libro. Era su modo de salvar a chicas como tú.

—¿Y si las autoridades no le tienen miedo a la prensa? —pregunté, encogiéndome de hombros.

—Es una posibilidad —dijo lentamente Sarah—. No sé, ¿tú que piensas?

Miré al horizonte, a las torres de Abuja. Los altos edificios reverberaban en el calor, como si se tratara de espejismos irreales y fueran a desaparecer si te tiraran un cubo de agua en la cara y te despertaras.

—No sé —respondí—. No sé cómo son las cosas en mi país. Hasta los catorce años mi país no iba más allá de tres campos de yuca y un árbol de limba. Después, escapé al tuyo. Así que no me preguntes cómo funcionan las cosas aquí.

—Ajá —dijo Sarah, que permaneció un minuto en silencio y luego añadió—: Entonces, ¿qué quieres que hagamos?

Volví a contemplar la ciudad desde el balcón. Por primera vez, me fijé en su enorme extensión. Entre los bloques de edificios había grandes espacios vacíos. Pensé que esas manzanas verdes eran parques o jardines, pero entonces me di cuenta de que no eran más que solares esperando a que construyeran algo en ellos. Abuja es una ciudad inacabada. Me resultó muy interesante comprobar que la capital de mi país tenía espacios verdes sobre los que levantar nuestras esperanzas. Mi país llevaba sus sueños en una bolsa de plástico transparente.

Sonreí a Sarah y le dije:

—Vamos a buscar esas historias.

—¿Estás segura?

—Quiero formar parte de la historia de mi país. —Señalé la ciudad y añadí—: ¿Ves? ¡Han dejado espacios para mí!

Sarah me cogió la mano y la apretó muy fuerte.

—¡De acuerdo!

—Pero, Sarah…

—¿Sí?

—Hay una historia que tengo que contarte primero.

Le expliqué a Sarah lo que sucedió cuando murió Andrew. Me resultó muy difícil de contar, y a ella de escuchar. Cuando terminé, regresé al interior de la habitación y Sarah se quedó un rato a solas en el balcón. Me senté en la cama con Charlie. El pequeño veía los dibujos animados mientras yo contemplaba cómo temblaban los hombros de su madre.

Al día siguiente nos pusimos manos a la obra. Por la mañana temprano, Sarah bajó a la calle y dio una gran cantidad de dinero a los policías que montaban guardia a la puerta del hotel. A partir de ahí, los ojos de los agentes se convirtieron en los de las caras que aparecían en los billetes que les entregó Sarah: no veían más allá del interior de la guantera del vehículo militar y el forro de los bolsillos de sus uniformes. La única condición que pusieron fue que teníamos que estar de regreso en el hotel antes de que se pusiera el sol.

Mi labor consistía en encontrar personas que, en circunstancias normales, tendrían miedo de hablar con periodistas extranjeros, pero que lo harían con Sarah porque yo les iba a prometer que era una buena persona. Se fiarían de mí, porque mi historia era igual que la suya. Descubrí que había muchos como yo en mi país, personas que habían visto cosas que las compañías petroleras no querían que se supieran. Gente que el Gobierno prefería que permaneciese callada. Recorrimos el sureste de mi país en un viejo Peugeot blanco como el que tenía mi padre.

Yo iba en el asiento del copiloto y Sarah conducía, con Charlie riendo en el asiento de atrás. Escuchábamos la música de las radios locales a todo volumen. El polvo rojizo de las pistas se levantaba por todas partes e incluso entraba en el coche. Al final de cada jornada, cuando le quitábamos a Charlie el traje de Batman para lavarlo, descubríamos dos rombos rojos sobre la lechosa piel del pequeño, donde quedaban los agujeros de su bat-máscara.

En ocasiones, pasé miedo. Cuando llegábamos a una aldea y veía el modo en que me miraban algunos hombres, me acordaba de cómo nos persiguieron a mi hermana y a mí. Me preguntaba si las compañías petroleras seguirían ofreciendo dinero a quiénes cerraran para siempre la boca de gente como yo. Los hombres me daban miedo, pero Sarah sonreía y me decía:

—Tranquila, recuerda lo que pasó en el aeropuerto. No te harán nada mientras yo esté contigo.

Así que empecé a relajarme. En cada pueblo encontrábamos gente con historias, y Sarah las escribía. Era una tarea muy sencilla. Nos pusimos muy contentas, pues creíamos que habíamos hecho suficiente para estar a salvo. «¡Qué buen truco!», pensábamos.

Una noche, cuando ya llevábamos dos semanas en mi país, soñé con mi hermana Nkiruka. La vi saliendo del mar. Primero, se formó un remolino en la superficie. Había algo moviéndose bajo el agua, pero no podía verlo. De repente, entre dos olas, asomó su frente, rodeada de espuma. Luego, su rostro surgió de las aguas y, poco a poco, se fue acercando a la playa, hacia mí, sonriéndome. Llevaba puesta la camisa hawaiana con la que salí del centro de internamiento, empapada de agua salada. Mi hermana me llamó por mi nombre, y se quedó esperando.

Cuando Sarah se despertó, le dije:

—Por favor, tenemos que ir al mar. Quiero despedirme de mi hermana.

Sarah me contempló durante un rato en silencio y luego asintió con la cabeza, sin pronunciar ni una palabra. Esa mañana, les entregó a los policías mucho más dinero que la vez anterior y condujimos en dirección sur hasta Benin City, adonde llegamos al caer la tarde. Pasamos la noche en un hotel y al día siguiente salimos muy temprano hacia la costa. El sol todavía estaba bajo en el cielo y la luz que atravesaba las ventanillas del coche era cálida y dorada. Charlie suspiró, dando pataditas en el asiento trasero.

—¿Falta mucho? —preguntó.

—Ya casi estamos, cariño —le respondió Sarah, mirándolo por el retrovisor.

La carretera terminaba en un pueblecito pesquero típico de esa zona. Nos bajamos en la playa. Charlie echó a correr entre risas y se puso a hacer castillos en la arena. Yo me senté junto a Sarah y estuvimos contemplando el océano. No se oía más que el rugido de las olas rompiendo en la playa. Pasado un buen rato, Sarah se giró y me dijo:

—Estoy orgullosa de que hayamos llegado tan lejos.

—¿Sabes, Sarah? —le comenté, cogiéndola de la mano—. Desde que dejé mi país, cada vez que veo algo nuevo, siempre pienso en cómo se lo explicaría a las chicas de mi aldea.

Sarah se echó a reír, extendió los brazos en dirección al mar y me preguntó:

—Entonces, ¿cómo les explicarías esto a las chicas de tu aldea? Supongo que se merece una explicación, ¿no?

—No, esto no se lo explicaría —contesté, meneando la cabeza.

—¿No? ¿Por qué?

—Porque hoy he venido a decir adiós a todo eso, Sarah. Hoy, las chicas de mi aldea somos tú y yo. Ya no tengo un sitio al que volver. No necesito contarle esta historia a nadie más que a ti. Gracias por salvarme, Sarah.

Sarah se echó a llorar al escuchar mis palabras, y a mí también se me escaparon las lágrimas.

Cuando empezó a hacer calor, la playa se llenó de gente. Había pescadores que se internaban entre las olas y lanzaban sus enormes y brillantes redes, ancianos que se sentaban a contemplar el mar y madres que traían a sus pequeños a jugar en el agua.

—Deberíamos ir a preguntar a esa gente si tiene historias —dije.

—Sí, pero podemos esperar un poco —repuso Sarah, señalando a Charlie—. Mira lo bien que se lo está pasando.

Charlie correteaba y reía sin parar. Habría por lo menos una docena de niños locales persiguiéndolo entre carcajadas y gritos. Y es que, en las playas de mi país, no es muy normal ver a un superhéroe blanco de un metro de altura con la capa llena de arena y de sal. Charlie se reía con los otros críos en medio de juegos, carreras y persecuciones.

Hacía mucho calor, así que enterré los pies en la arena, que estaba más fresca.

—Sarah, ¿cuánto tiempo os quedaréis aquí?

—No lo sé. ¿Quieres volver conmigo a Inglaterra? Podemos intentar conseguirte papeles esta vez.

—Allí no quieren a gente como yo —repuse, encogiéndome de hombros.

—Bueno, yo soy inglesa y sí que quiero a gente como tú. Y seguro que no soy la única.

—Dirán que eres una ingenua.

—¡Déjales! —exclamó Sarah, sonriendo—. Déjales que digan lo que les apetezca.

Permanecimos un buen rato sentadas, contemplando el mar.

Por la tarde comenzó a soplar una brisa proveniente del océano y me quedé un ratito adormilada, medio resguardada por la sombra de los árboles que bordeaban la playa. El sol me fue calentando la sangre hasta que llegó un momento en que no fui capaz de mantener los ojos abiertos, mientras las olas del mar rugían una tras otra, una tras otra…. Mi respiración se acompasó a su ritmo y empecé a soñar. Soñé que nos quedábamos en mi país y que era feliz. En mi sueño, yo era periodista y contaba las historias de mi pueblo, y todos, Charlie, Sarah y yo, vivíamos en una mansión de tres pisos muy fresquita en Abuja. Era muy bonita, el tipo de lugar con el que nunca he soñado, ni tan siquiera en los días en los que nuestra Biblia terminaba en el capítulo veintisiete de San Mateo. Yo era muy feliz en la casa de mi sueño. El cocinero y la asistenta me sonreían y me llamaban princesa. Todas las mañanas, el jardinero me traía una rosa amarilla de fragante aroma para que me la pusiera en el pelo. La flor, todavía cubierta por el rocío del amanecer, temblaba al final del delicado tallo verde. La casa tenía una galería de madera labrada pintada de blanco y un enorme jardín con flores de brillantes colores y abundante sombra. Me dedicaba a viajar por el país recopilando historias de todo tipo. No todas eran tristes, también escuchaba muchos relatos bonitos. Los había de terror, sí, pero también alegres. Los sueños de mi país no son distintos de los del vuestro, son tan grandes como el corazón humano.

En mi sueño, Lawrence llamó por teléfono a Sarah para preguntarle cuándo iba a volver a casa. Sarah contempló desde la galería a su hijo, que jugaba con unos mecanos en el jardín, sonrió y le contestó: «¿Qué quieres decir? ¡Si ya estamos en casa!»

El sonido de las olas muriendo en la arena me despertó. Sonaba como la bandeja de una caja registradora al abrirse, cuando todas las monedas rebotan contra el borde de sus compartimentos. Las olas vienen y van, la caja registradora se abre y se cierra.

Hay un momento en el que, después de haber estado soñando al sol, te despiertas. Son unos instantes que permanecen suspendidos en el tiempo, durante los cuales no sabes dónde te encuentras. Al principio te sientes totalmente libre, como si pudieras transformarte en cualquier cosa, como si fueras dinero. Pero entonces notas una ardiente respiración en tu rostro y descubres que no, no eres dinero. Debes de ser esa brisa cálida que viene del mar. Te parece que esa pesadez que sientes en tus miembros está provocada por el peso de la sal que arrastra el viento, y que la dulce somnolencia que te envuelve no es más que el cansancio que te produce el constante vaivén de las olas en el océano. Pero entonces te das cuenta de que no, no eres la brisa del mar. De hecho, puedes sentir la arena pegada a tu piel desnuda. Por un instante, eres la arena que el viento levanta en la playa, un simple granito entre miles de millones de partículas suspendidas en el aire. ¡Qué agradable es ser intranscendente! ¡Qué bonito saber que no hay nada que hacer! ¡Qué dulce volver a dormirse, como la arena, hasta que al viento le dé por despertarte de nuevo! Pero entonces comprendes que no, que no eres arena, porque esa piel a la que se pega la arena es la tuya. Por lo tanto, eres una criatura con piel. Bueno, ¿y qué? No vas a ser la primera criatura que se queda dormida al sol escuchando el rumor de las olas. Millones de peces han perdido la vida así, dando sus últimos coletazos sobre la cegadora arena blanca. ¿Qué importa uno más? Pero, pasado un momento, ya no eres un pez agonizante. De hecho, ya no estás ni dormida. Abres los ojos, te miras y piensas: «¡Ah! Soy una chica, entonces. Una chica africana. Esto es lo que soy, así seré», mientras las mágicas transformaciones de tus sueños se pierden entre el rugido del mar.

Me incorporé y miré a mi alrededor. Junto a mí, sentada sobre la playa en esa cosa que se llama sombra, había una mujer blanca. Recordé su nombre: Sarah. Vi su rostro y sus ojos que, muy abiertos, observaban algo a lo lejos. Busqué el nombre de la expresión de su cara en vuestro idioma: «asustada».

—Ay, Dios —dijo Sarah—. Creo que deberíamos marcharnos de aquí.

Adormecida, le sonreí. «Claro, claro —pensé—, siempre tenemos que marcharnos de aquí, no importa dónde estemos. Siempre existe una buena razón para irse. Es la historia de mi vida: escapar, escapar y escapar, sin un solo momento de paz. A veces, cuando recuerdo a mis padres o a mi hermana Nkiruka, pienso que me voy a pasar toda la vida huyendo hasta que me reúna con los muertos».

Sarah me cogió del brazo e intentó levantarme.

—Arriba, Little Bee —gritó—. Vienen unos soldados por la playa.

Llené mis pulmones con el aire ardiente y salado, que olía a arena, y suspiré. Miré en la dirección que me indicó Sarah y vi a seis soldados. Todavía estaban lejos, al final de la playa. Hacía tanto calor que el suelo reverberaba y las piernas de los militares se convertían en una mezcla de tonos verdes. Era como si avanzaran hacia nosotras flotando sobre una nube de alguna sustancia mágica, libres como los pensamientos de una chica que se despierta de sus sueños en una playa calurosa. Entrecerré los ojos para enfocar mejor y vi el brillo de los cañones de sus rifles. Las armas eran más visibles que los hombres que las llevaban. Sus líneas se mantenían firmes y rectas mientras que sus portadores se difuminaban en el calor. Parecía que eran las armas, orgullosas y brillando al sol, las que montaban a los hombres, reduciéndolos a la condición de mulos, conscientes de que si moría una de esas bestias que las llevaban, se montarían en otra. Así es cómo el futuro vino a mi encuentro en mi país. El sol se reflejaba en sus rifles y me daba en toda la cabeza. No podía pensar, era demasiado tarde y hacía mucho calor.

—Pero, Sarah, ¿por qué van a venir a por nosotras?

—No lo sé, Little Bee. A lo mejor esos policías de Abuja nos han delatado. Pensé que les había pagado lo suficiente para que mantuvieran la boca cerrada durante unos días, pero no estoy segura. Alguien ha debido de irse de la lengua. Quizá nos han visto en Sapele.

Sabía que Sarah tenía razón, pero fingí que no. Qué buen truco, ¿verdad? Se llama «Aprovechar un minuto más de una tranquila puesta de sol cuando tu tiempo se acaba».

—Es posible que esos soldados sólo estén dando un paseo por la playa, Sarah. Este sitio es muy grande, no se darán cuenta de quiénes somos.

Sarah tomó mi cara entre sus manos y giró mi cabeza para ponerla ante sus ojos.

—Mírame, joder —dijo—. ¿No ves lo blanca que soy? ¿Hay más mujeres con este color de piel en esta playa?

—¿Y qué?

—Están buscando a una chica que va con una mujer y un niño blancos. Aléjate de nosotros, ¿entendido? Vete allá, con esas mujeres, y no se te ocurra mirar hacia aquí hasta que se hayan marchado los soldados. Si nos llevan con ellos, no te preocupes. No pueden hacernos nada.

Charlie se agarró a la pierna de Sarah y preguntó:

—Mami, ¿por qué tiene que irse Little Bee?

—Será sólo un momento, Batman. Hasta que se marchen los soldados.

—¡No quiero que Little Bee se vaya! —protestó el pequeño.

—Tiene que esconderse —dijo su madre—, sólo durante unos minutos.

—¿Por qué? —preguntó Charlie.

Sarah alzó la vista hacia el horizonte sobre el océano y su rostro adquirió la expresión más triste que he visto jamás. Contestó a Charlie, pero mirándome a mí mientras hablaba:

—Porque todavía no tenemos suficiente material para salvarla, Charlie. Pensé que lo habíamos logrado, pero necesitamos más. Y lo conseguiremos, cariño. Nunca abandonaremos a Little Bee, porque ya forma parte de nuestra familia. Hasta que ella no esté feliz y a salvo, nosotros tampoco podremos estarlo.

—Quiero ir con ella —dijo Charlie, agarrándose a mi pierna.

—Tienes que quedarte conmigo para ayudarme —le ordenó Sarah.

Charlie meneó la cabeza. No estaba contento. Miré a lo lejos. Los soldados estaban a medio kilómetro de distancia. Se acercaban lentamente, mirando a izquierda y a derecha, comprobando los rostros de la gente en la playa. A veces se detenían ante alguien y no seguían avanzando hasta que les enseñaba sus papeles. Lentamente, asentí y dije:

—Gracias, Sarah.

Bajé por la playa hacia la zona donde rompían las olas y la arena estaba húmeda. Contemplé el brumoso horizonte, siguiendo con la vista el tono azul oscuro del océano desde aquella distante línea hasta la playa, donde acababa en olas de blanca espuma. Las últimas capas de agua espumeante silbaban sobre la arena hasta que desaparecían justo donde estaban posados mis pies, y morían al llegar a mi lado. La arena mojada me recordó aquel día en que los hombres nos cogieron a Nkiruka y a mí, y empecé a tener miedo. Ahora ya me encontraba totalmente despierta. Me arrodillé en la orilla y me refresqué la cara con el agua salada para espabilarme un poco. Luego caminé por la playa hasta el punto que me había indicado Sarah, a un par de minutos de distancia: unas altas rocas grises que emergían de la jungla. Tenían la altura de las palmeras, se extendían por la arena y se internaban en el agua. Iban perdiendo altura, pero donde rompían las olas todavía medirían como dos personas. Las olas las golpeaban enviando una explosión de espuma al cielo azul. Hacía fresquito a la sombra de las rocas, y mi piel tembló al apoyarse en la oscura piedra. Había un grupo de mujeres descansando en este lugar, sentadas sobre la arena, apoyando la espalda contra la roca mientras sus críos jugaban a su alrededor, saltando sobre las piernas de sus madres y corriendo hacia las olas, entre gritos y risas, retando a sus amigos a meterse en el agua en el punto donde rompían.

Me senté con las mujeres y les sonreí. Ellas me devolvieron el saludo y siguieron hablando en su idioma, que yo no entendía. Olían a sudor y a humo. Me giré para mirar la playa y vi que los soldados ya estaban cerca. Las mujeres también los observaban. Cuando los hombres se acercaron lo suficiente como para distinguir el color de la piel de Sarah, vi que apuraron el paso. Se detuvieron frente a Sarah y Charlie. Mi amiga se levantó y miró a los militares con las manos en las caderas. El jefe de la patrulla dio un paso adelante. Era un hombre alto y tranquilo, llevaba el rifle colgado del hombro. Se rascó la cabeza y pude ver que sonreía. Dijo algo y vi cómo Sarah meneaba la cabeza. El agente dejó de reírse y gritó. Oí el grito, pero no pude entender lo que decía. Sarah volvió a menear la cabeza, agarrando a Charlie entre sus piernas. A mi alrededor, las mujeres contemplaban preocupadas la escena y exclamaban: «¡Ué!», mientras los niños seguían jugando en la orilla del mar sin darse cuenta de lo que estaba sucediendo a escasos pasos de ellos.

El jefe de la patrulla tomó su rifle y apuntó a Sarah. Los otros soldados se acercaron, desenfundando sus armas. El jefe volvió a gritar y Sarah meneó de nuevo la cabeza. El hombre dio la vuelta a su rifle y pensé que iba a estrellar la culata contra la cara de Sarah, pero justo en ese momento Charlie se soltó del abrazo de su madre y echó a correr por la playa en dirección a las rocas donde estábamos sentadas. Corría con la cabeza agachada y su capa de Batman ondeando al viento. Al principio, los soldados lo contemplaban escapar entre risas, pero el jefe estaba muy serio. Gritó algo a sus hombres, y uno de ellos apoyó su rifle en el hombro y apuntó a Charlie. Las mujeres a mi lado soltaron unos gritos sofocados. A una de ellas se le escapó un chillido extraño, aterrador. Al principio pensé que había sido una gaviota y me giré para mirar de dónde provenía ese sonido. Al volver la vista vi un chorro de arena levantándose al lado de Charlie. Al principio no supe lo que era, pero luego oí la detonación del disparo que lo había provocado. Entonces yo también grité. El soldado estaba volviendo a cargar su rifle. En ese momento me levanté y eché a correr hacia Charlie, tan rápido que me ardía el corazón, mientras chillaba: «¡No disparen! ¡No disparen! ¡Yo soy la que buscáis!». Corría con los ojos medio cerrados y una mano extendida delante de mi cara, como si eso pudiera protegerme de la bala que vendría a mi encuentro. Corrí, jadeando como un perro fustigado, pero la bala no llegó. El jefe de los soldados gritó algo y el hombre bajó su rifle. Todos los militares se quedaron observando.

Charlie y yo nos encontramos a medio camino entre las rocas y los soldados. Me arrodillé y extendí mis brazos. El pequeño tenía el rostro descompuesto por el terror. Lo abracé y se echó a llorar con la cabeza enterrada en mi pecho. Pensaba que los militares vendrían a llevarme de inmediato, pero no lo hicieron. Su jefe nos observaba, y pude ver cómo volvía a colgarse el rifle al hombro y se rascaba la cabeza. También vi a Sarah, con las manos en la cabeza, tirándose del pelo y chillando que la soltara al soldado que la retenía.

Pasado un rato, Charlie dejó de llorar y levantó la vista para mirarme. Retiré un poco su máscara de Batman para poder verle la cara, y me sonrió. Le devolví la sonrisa, aprovechando esos instantes que me estaba ofreciendo el jefe de los soldados, ese minuto de dignidad que me concedía, de ser humano a ser humano, antes de enviar a sus hombres para que me cogieran. Entonces llegó, por fin, el momento más tranquilo del atardecer. Sonreí a Charlie y comprendí que, aunque yo no fuera libre, él sí lo sería. De este modo, la vida que había en mí encontraría refugio en él. Por eso no estaba triste. Sentí que mi corazón alzaba el vuelo como una mariposa y pensé: «Sí, eso es. Una parte de mí ha sobrevivido, algo que ya no necesita seguir huyendo, porque vale mucho más que todo el dinero del mundo. Su moneda, su verdadero hogar, está entre los vivos. Y no sólo los de este país en concreto ni los de ningún otro, sino en el corazón secreto e inquebrantable de los vivos». Sonreí a Charlie, consciente de que las esperanzas de todo nuestro mundo cabían en una sola alma. Qué buen truco, ¿verdad? Se llama «globalización».

—Charlie, todo va a salir bien —le dije.

Pero el pequeño no me escuchaba, se revolvía y forcejeaba para que lo dejara bajar al suelo. Por detrás de mi hombro, Charlie miraba a los niños que seguían jugando en las olas junto a las rocas.

—¡Déjame! ¡Quita!

—No, Charlie —le contesté—. Hace mucho calor, no puedes andar por ahí con ese traje, te vas a cocer. Y entonces no nos servirás para luchar contra los malos, ¿entiendes? Quítate el traje de Batman ahora mismo, vuelve a ser tú y te dejaré ir a refrescarte al agua.

—¡No!

—Por favor, Charlie, tienes que hacerlo. Piensa en tu salud.

Charlie meneó la cabeza. Lo bajé y lo dejé sobre la arena. Me arrodillé a su lado y le susurré al oído:

—Charlie, ¿recuerdas cuando te prometí que si te quitabas el traje te diría mi verdadero nombre?

El pequeño asintió.

—¿Todavía quieres saber cómo me llamo de verdad?

Charlie inclinó la cabeza hacia un lado para que las dos orejas de su máscara se echaran hacia atrás. Luego la inclinó hacia el otro y me miró a los ojos.

—¿Cómo te llamas? —preguntó.

—Me llamo Udo.

—¿Uuuu-do?

—Eso es. Udo significa «paz». ¿Sabes qué es la paz, Charlie?

Charlie meneó la cabeza.

—La paz es cuando la gente puede decirle a los demás su verdadero nombre.

Charlie sonrió. A su espalda, pude ver que los soldados se acercaban por la playa. Avanzaban lentamente, con los rifles apuntando hacia el suelo, mientras las olas rompían en la arena, una tras otra, poniendo punto final a su viaje. Las olas no paraban de llegar, con infinita fuerza, tan frías como para despertar a una chica de sus sueños, tan ruidosas como para contar una y otra vez el futuro. Me agaché y besé a Charlie en la frente. El niño me miró y dijo:

—¿Udo?

—¿Sí, Charlie?

—Voy a quitarme el traje de Batman.

Los soldados ya casi estaban a nuestro lado.

—Venga, rápido, Charlie.

Charlie se quitó primero la máscara, y los otros niños se quedaron boquiabiertos al ver su pelo rubio. Su curiosidad venció al miedo que les daban los militares y corrieron con sus raquíticas piernas hacia nosotros. Luego Charlie se quitó el traje y, al contemplar su delgaducho cuerpecito blanco, los niños dijeron: «¡Ué!», porque nunca habían visto a un niño así por allí. Entonces Charlie se echó a reír, se soltó de mi brazo y se plantó orgulloso ante los otros críos. A mi espalda, sentí los golpes de las botas de los soldados al posarse sobre la arena mientras, delante de mí, todos los niños corrían con Charlie hacia las olas junto a las rocas. Noté la áspera mano de un militar posándose en mi brazo, pero no me giré. Sonreí y contemplé a Charlie, que correteaba con los otros críos, con la cabeza agachada y girando los brazos como si fueran hélices. Me puse a llorar de alegría cuando los pequeños se pusieron a jugar entre la espuma de las olas que rompían en medio de dos mundos contra las rocas. Era muy hermoso, y ésta es una palabra que no me vería obligada a explicar a las chicas de mi aldea, ni a vosotros, porque ahora todos hablamos el mismo idioma. Las olas seguían golpeando la playa, furiosas e indomables. Yo observaba a todos esos niños riendo, bailando y chapoteando en el agua salada, bajo el ardiente sol, y me eché a reír, reír, reír, hasta que mis carcajadas apagaron el rugido del mar.